半年後に円満離婚のはずがなぜだか溺愛されています

月宮アリス

Alice Tsukimiya Presents

fairy kiss

この作品はフィクションです。
実際の人物・団体・事件などに一切関係ありません。

半年後に円満離婚のはずが、
なぜだか溺愛されています

一章

フレアディーテ・ファレンストはグラス一杯のカクテルで酔いつぶれるほどお酒に弱くはない。ぶどう酒であればグラスで三杯までなら通常と変わらない。四杯目で気分がふわふわしてきて、飲み干す頃になると瞼《まぶた》が重くなり、こてんと眠ってしまう。

自身の酒の限界を知っておくのは大切なことだよ、とは父の言だ。一定量を超えると眠ってしまう体質は母譲りらしい。

それもあって父からは「フレアは外でお酒を飲む時は、絶対にグラスで三杯以上飲まないこと」とも言われている。

それなのにこの日はたった一杯のカクテルで足元がふわふわして体の内側から熱くなってきたのだ。

体の芯が火照《ほて》り、汗がじわりと浮かぶ。体にまとわりつく布地の感触がやけに煩わしい。否、布が肌を擦《こす》る感触を今日はやけに感じ取ってしまうのだ。

酩酊する中、半ば本能でドレスを脱ごうとして、途中一人じゃ難しいところは側《そば》にいる友人に頼んだ。女物はやたらとボタンやホックがついていて脱ぎ着が大変なのだ。

友人はしきりに何かを言っていたが、今のフレアにしてみればそれらの言葉は全く意味をなさずに右の耳から左の耳へと素通りしていく。

それにしてもどうしたというのだろう。

ドレスを脱いでコルセットを外したにもかかわらず、体から熱が放出されない。むしろ体の内側で石炭をくべられているかのように暑い。それは夏の暑さとも違い、自分の体が燃えているような熱さでもあった。

「リディウス、お願い。助けて」

気がつけばフレアは側にいる友人に懇願していた。

不思議なことに彼ならばどうにかしてくれると体が知っていた。体の奥側から泉のように湧き出る奇妙な感覚を、目の前の彼ならば鎮めてくれる。

だから何度もお願いした。わたしを助けて、と。

もう一度同じ台詞《せりふ》を口にしかけた時、彼――リディウスに唇を塞がれた。

それだけではなく、ぬるりと舌が入り込んでくる。

互いの舌が擦れれば、えも言われぬ感覚が背中の辺りを突き抜け、フレアは彼の背に手を回し引き寄せていた。

なんだか現実感のない展開だ。まあ、酔っぱらっているし、こういう夢を見ることもあるだろう。

やっぱり二十歳を超えると多少なりともこの手の行為に興味が湧くのだろうか。現実世界では男っ気などまるでないから、せめて夢の中だけでも経験したいという深層心理の表れかもしれない。

お互い裸で、リディウスがフレアの肌を指で辿るたびに高い声を上げた。

最初は痛いと聞くけれど夢補正なのか、そう痛みも感じずにあっさりと彼を受け入れた。

寝台がギシギシ鳴る音と己の口から漏れる高い声がやけに鮮明に耳に届く。

強すぎる愉悦のせいで何度も頭が真っ白になって。

もう無理、限界、と思うのに、体の奥にくすぶる炎はそう簡単に鎮まることもなくて。

結果としてフレアは夢の中で何度も何度も腰を浮かせ背を反らし、絶頂に喘《あえ》いだ。

ようやく体の火照りが収まり出したのはどれくらい時間が経過した頃のことだろうか。

夢の割には、この身に感じる疲労がやけに現実的だ。

もう眠い。よし寝よう。あれ、夢なんだからもう寝ているのでは？　と脳内で突っ込みつつ、フレアは眠りについた。


「…………っ」


朝。目が覚めたら寝台の隣で上半身裸の男友達が眠っていました。ちなみに自分も真っ裸です。

頭の中で現在の状況を客観的に説明してみたフレアは、人間予想外の出来事に見舞われると頭が真っ白になって言葉も出てこないのだなあとしみじみ感じ入った。

（え……どういう状況？　ていうか、ここはどこ？）

寝台の中でもぞもぞ動いたフレアはこちらを抱き込むように眠っているリディウスをごろんと反対側へ転がし、半身を起き上がらせた。それから周りを見回す。

落ち着いた色合いの壁紙に彩《いろど》られた正方形の客室だ。今自分たちが眠っているのは天蓋《てんがい》付きの大きな寝台で、横にはサイドボード。それから窓辺には二脚の椅子と小さな円卓が置かれ、寝台の正面に設《しつら》えられた暖炉のマントルピースの上には置時計や風景写真が飾られている。

（ええと……昨日はわたし、イグレシア公爵家主催の仮面舞踏会に出席していたのよね。それでお酒を飲んで……飲んで……？）

一杯で酔いが回った気がする。あのカクテルには強い酒が使われていたらしい。

そういえば隣にいたリディウスが制止するような台詞を言っていた気もするが、昨日のフレアは聞く耳を持たずに飲んでしまった。

なぜなら彼はまるでフレアの保護者にでもなったかのように「いくらイグレシア公爵家主催とはいえ、仮面舞踏会で羽目を外す出席者だっているんだ。二、三曲踊ってもう満足しただろう？　早く帰った方がいい」などと諭してきたのだ。

リディウスが心配するのも無理はない。過去にフレアは、言い寄ってくる男たちへの対応に苦慮しているところを、二度も彼に助けられたことがあった。

それが縁でフレアは新興男爵家の娘であるにもかかわらず、リーヒベルク公爵位を受け継ぐリディウスと知り合い、気の置けない友人という関係になったのだから。

だというのに、昨夜は反発心と舞踏会の高揚感も手伝い、リディウスの前で帰らない宣言までして、給仕係が持つ盆の上からグラスを取り一気に呷《あお》った。

そして見事に酔っぱらったというわけだ。

（体が熱くなってドレスを脱いで……リディウスにわたしの方からくっついた気がする……。そしてまさかこんなベタオブベタな展開になってしまうとは……。事実は小説よりも奇なりって、あれ本当だったわ）

覚えている限り昨日の記憶を脳内で思い返したフレアは頭を抱えた。いや、まさか酒に酔った勢いで男友達と男女の関係になってしまうなんて思わないではないか。

「はあ……まさか現実だったとは」

まるで夢を見ているかのようにふわふわした出来事だった。てっきり夢だと思っていたのだが、その割にところどころ鮮明に覚えている。否、酔いが醒めた今、リディウスとの夜の残り香のようなものが肌や耳に残っていることを知覚する。

見下ろした上半身には赤い痣《あざ》のようなものがいくつもついているし、倦怠感に包まれてもいる。足のつけ根の奥が妙にひりひりするのは、初めて男性を受け入れたからであろう。

今年二十歳になったフレアは友人たちにも既婚者が増え、未婚ながら性知識はしっかり持ち合わせている。

一方、一夜の相手であるリディウスはまだ夢の中だ。

「このあと……どうしよう？」

多分話し合いが必要なんだろうけれど。何を話せばいいのか。二年も友人関係を続けてきたリディウスが相手というのが気まずい。いや、これが見知らぬ誰かであれば今頃悲鳴を上げて逃げ出しているけれど。頭の中は大忙しだ。

「もう。何だってあなたは眠ったままなのよ」

フレアは隣を覗《のぞ》き込んだ。

すると、目を閉じていてもまざまざと分かる美貌が目に飛び込んでくる。

「……こうして見ると、ほんっとうにきれいな顔をしているわねぇ」

蜂蜜を溶かしたような金の髪はさらさらしているし、固く閉ざされた瞼を縁取る睫毛《まつげ》も同じく金色で、そのへんの女性よりも長いのではないだろうか。

シャープな顎のラインと形の良い鼻梁《びりょう》、厚くも薄くもない絶妙な形の唇。文句のつけどころのない美貌の持ち主である。

「寝顔なんて滅多に……ううん、こういうことでもなければ一生拝めなかったのだもの。せっかくだから観察しておこう」

フレアはリディウスの髪に触れてみたり、喉の出っ張りが上下に動く様子をまじまじと見つめてみたりする。

一種の現実逃避である。

少々したのち、フレアの目の前で観察対象が「ん……」と呻《うめ》いて目をぱちりと開く。

リディウスは焦点を合わせるように幾度か目を瞬いた。

身を起こした彼がフレアを見つけ、その頬に手を伸ばしてきた。

「おはよう、フレア」

アイスクリームの上にクリームとチョコレートソースをかけたかのような極上の微笑《ほほえ》みは、彼がまだ寝ぼけていると察するには十分すぎるもので。

けれどもすでにしっかり覚醒しているフレアは、彼がその身から無意識にだだ漏れさせている色気にどう対処していいのか分からず、思わず身を後ろへと引いた。

ドンッ。

「痛ったぁ……」

ヘッドボードに強《したた》かに頭を打ちつけたフレアは、両手で後頭部を押さえて呻いた。

すぐ間近にリディウスが迫ってきた。

「フレア！　大丈夫？　傷になっていたらいけない。私に見せてごらん」

こちらを案ずる声は真剣そのもの。

痛みから涙目になったフレアは、眼前に迫った何も纏《まと》っていない男の胸筋に一気に頬が茹《ゆ》だった。

激痛も一瞬吹っ飛ぶほどの破壊力であった。

「ふ、ふ、服を着てぇぇぇ！　リディウス！」

フレアの叫び声が室内に響いた。


（気まずい。とぉっても気まずい……）

気の置けない友人とうっかり一夜を過ごしてしまったあと、どう平常心を取り繕えばいいものか。

誰か教えてほしい。

窓辺に設えられた椅子へと場所を変えたフレアは、リディウスと顔を突き合わせていた。

お互い真っ裸のままというわけにはいかないため、フレアはシュミーズ姿だ。その上からリディウスが貸してくれた一昔前の宮廷服の上着を羽織っている。

夜会用のドレスは一人での着衣が非常に面倒くさいため苦肉の策なのだが、これはこれでいかにも事後ですと知らしめているようで居たたまれない。

リディウスはといえば、寝ぼけまなこから完全に意識を覚醒させたあとは、事の重大さに思い至ったのか、終始フレアを気遣ってくれた。そして深く悔恨し消沈した様子だ。

おかげで先ほどからリディウスの顔をまともに見ることができないでいる。

意を決したのか、リディウスが先に口を開いた。

「フレア、もしかしたらきみは覚えていないかもしれないが――」

「全部は覚えていないけれど、何が起こったのかは覚えているわ。強いお酒を飲んでしまったせいで酔っぱらって……わたしたちはいわゆる、男女の仲になったのよね？」

彼に全部を言わせるよりは、自分がどの程度記憶を持っているのか言った方がいいだろうとの判断で、フレアは言葉の先を引き取った。

それをきっちり聞いたあと、リディウスが頭を深く下げた。

「……ああ。その通りだ。こちらの事情にフレアを巻き込んだ挙句に、私の理性が足りずにこのようなことになってしまい申し訳ない」

「リディウスの事情？」

フレアは首を傾げた。

「昨日のわたしは、あなたがいる前で暑いなどと言ってドレスを脱ぎ始めたはずよ。どちらかというとわたしに隙があったように思うわ。そのあと……あなたにくっついたのだし……」

改めて口にすると恥ずかしいが、事実確認は大事だ。

フレアが酔っていたのは確かだが、リディウスもまた少なからず酔っており判断能力と理性が緩んでいたのだと思う。

俗に言う『お酒の勢いでそういう間柄になってしまった』というあれである。

女優の友人曰《いわ》く、男友達や幼馴染《おさななじ》みとの間に稀《まれ》に起こり得る出来事とのことだ。

前述の彼女は「上流階級では分かりませんが、人恋しい時とか気分が盛り上がった時とかに起こりやすいんですよねー」とエヘッと笑いながら言っていた。

確かに市民階級では、貴族や富裕層から成る上流階級ほどには貞操観念が厳しくない。男爵家の娘でありながら劇作家としての収入を得ているフレアは、職業柄色々な話を集めているし、中流階級を含む一般市民や女優などの友人もいる。そのため市民階級の考えや生活習慣にも精通しており、それなりに理解もしていた。

けれど、フレアの属する上流階級では婚前交渉などもってのほか。露呈すれば即結婚のため、日頃持参金目当ての男達に狙われているフレア自身は、普段から身持ちを固くし、つけ入られる隙を作らないようにしていた。

そんな中、夢だと思っていたとはいえ、気を許していた男友達のリディウスを受け入れたのだから、思っていた以上に異性への興味を持っていたのだろうか。

などと自己分析に励んでいると、目の前からリディウスの神妙な声が聞こえてきた。

「昨晩フレアが飲んだカクテルには媚薬が仕込まれていた」

「昨日の仮面舞踏会はイグレシア公爵家主催、つまりはクリーウトの監督下にあったのよ。彼が媚薬入りカクテルを配り歩くような真似《まね》をするとは思えないわ。そういういかがわしい仮面舞踏会へわたしとイデルダ様が行かないよう自家開催にしたのだもの。誰かさんがチクったから」

最後の台詞はジト目と共にリディウスに送ってやった。

ちなみに友人のイデルダはフレアの遠い親戚で、現在フレアが住んでいるアルンレイヒ王国の元王女様だ。彼女の降嫁相手クリーウトを含めて幼馴染み兼友人という間柄である。これも三人の母たちが結婚後も交流を持っていたおかげだ。人見知りのきらいのあるフレアにとって二人は、本音を話せる貴重な存在だ。

「実は昨日の舞踏会には、私との結婚を狙っている、貴族階級のとあるお嬢さんが出席していたんだ。フラデニア出身の令嬢なのだけれど、どうにかして招待状を入手したのだろう。彼女はこれまでにも何度か私に媚薬を盛ろうと画策していた」

フラデニアとはアルンレイヒ王国の西隣に位置する国である。フレアとリディウス二人にとっての生国でもある。リディウスは一か月半ほど前からフラデニアの副大使として、アルンレイヒに滞在していた。

彼曰く、社交場で挨拶と一緒に二、三言葉を交わす程度の付き合いしかない某貴族家の娘から有望な結婚相手として狙われているとのこと。しかもそのご令嬢、一向になびいてくれないリディウスに業を煮やし、数か月前から媚薬を仕込むようになったのだとか。

とんでもない話に目が点になった。

（媚薬ってあれよね……。親密な間柄の男女が寝台の中で行うアレのマンネリ防止とか、ちょっと刺激が欲しくってとかいう理由で使う、気分が高まりやすくなる薬のことよね……）

毒性のない原材料で作られる一般的なものは、市井《しせい》で買い求めることができるのだとか。

「こ、こういうことってよくあるの？」

「私との距離を物理的に詰めてしまいたいと考えたんだろうね。さすがによくあることとは言えない……というかあってほしくない。いつもすぐに気がついてやり過ごすのだけれど、昨日は止める間もなくフレアが飲んでしまって」

「昨日わたしとあなたが話していたら、同じ年頃の娘《こ》たちが給仕係を引っ張ってきて会話に割り込もうとしたのよね。で、わたしはあなたに早く帰れって、まるで保護者のような台詞を吐かれた直後でむかっ腹が立っていたから、その給仕係からグラスを取って一気に呷った……」

「まさかきみが一発でハズレを引き当てるとは思わなかったんだ……」

「……」

聞けば、そのご令嬢が協力者と共に側にやってきて、協力者が給仕係の気を引いた隙にお盆の上に載せられているカクテルの中に媚薬を混ぜるという手口がよく使われるとのこと。

昨日もまさにそのパターンで、例のご令嬢はリディウスに飲み物を勧めようと給仕係を連れてきた。別の娘が給仕係に酒について質問をして気を逸らし、その隙にご令嬢が媚薬をグラスへ入れた。

ただそのご令嬢は素人丸出しのため、視線がちらちらと媚薬入りグラスへと注がれていたらしい。

それで今回もいつものあれだと確信したそうだ。

「仮面を着けているのに一発であなたを見つけることができるだなんて愛の力？　それとも執念？　どちらにしても媚薬を使ってまで既成事実を作って結婚へ持ち込もうとするだなんて……その思考が怖いわ」

完全なもらい事故である。

上流階級同士では、たとえ酔った上での勢いだろうと何だろうと男女の関係を持てば男性側に責任が求められる。

そのため狙った相手に一度でも手を出してもらえれば『責任』という言葉で結婚を迫れるというわけだ。

貴族の娘にとって結婚とは、己の将来に直結する最重要事項である。

貴族家に生まれても先祖由来の土地建物などの財産を受け継ぐことができるのは一人、即ち長男のみ。

ゆえに貴族の後継ぎと結婚するために女たちは必死になる。

家と家の繋《つな》がりである結婚にはさまざまな条件が絡み合うのだが、同じような条件の娘が複数いれば水面下で足の引っ張り合い、もしくは抜け駆け合戦が生じる。

目の前に座るリディウスは現在二十八歳という若さで公爵位を継いでいる。両親は健在なのだが、引退しのんびり過ごしたいとのことで、フレアと知り合った三年前にはすでに彼は公爵を名乗っていた。

麗《うるわ》しい美貌だけでも女性を虜《とりこ》にしてしまえるのに、その上、公爵位持ちであるリディウスがモテないはずがない。

彼を何としてでも落としたいと考える女性が日常的に過激な手段を講じているのだそうだ。

「元凶はそのご令嬢とはいえ……うっかり媚薬入りカクテルを飲んでしまって申し訳ないわ」

「フレアは悪くない。謝るのは私の方だ。私の自制心のなさに問題があったんだ。きみを大切に思っているのなら、何としてでも一線を越えないよう自制すべきだったんだ」

「でも……わたしの方から、あなたにくっついてしまったし……」

リディウスの消沈ぶりに居たたまれなくなる。

彼の事情に依《よ》る事故だし、歯止めを利かせられなかったリディウスにも責任はあるが、全責任を背負わせるのは違うかなとフレアは思った。

それに不幸中の幸いというか、一夜の相手が友人であるリディウスだったからフレアは今、冷静でいられる。

一方で相手が彼だったからこそ、どうしたものかと悩むことになっているのだが。

「フレア、私は不誠実なことはしたくない。いや違う。そういうのを抜きにして私の気持ちから伝えたい。私は前からきみのことを――」

ドンドンドンドン――。

リディウスの台詞にかぶせるように、扉が強い音で叩《たた》かれた。

「フレアー、ねえフレア、起きている？　もう十二時前だけれど、今開けても平気ー？」

扉越しに声をかけてきたのはイデルダである。

慌ててマントルピースの上に置かれてある時計に目を向けた。あと十五分で正午だ。

「もしかしなくても、一緒にリディウスもいるんでしょう？」

続けて聞こえてきた問いかけに、フレアは慌てて立ち上がった。

昨晩酔っぱらったフレアが客間に運ばれたことは、イグレシア公爵家に嫁いだイデルダの耳にも当然入っているだろう。

つまりは運び込んだリディウスとフレアが同じ部屋で一晩明かしたことも当然把握をしているわけで。さすがにいたしてしまったことまではまだバレてはいないが、確実にバレる。

（気まずい……。ものすごぉく気まずい……）

相変わらずドンドンドンと鳴り続ける扉を、フレアはゆっくり開いた。

目の前にフレアと同世代の栗色の髪の女性――イデルダが現れた。いつになく急《せ》いた形相である。

「大変よ！　あなたの叔父様、メンブラート伯爵が来ているのよ！　あなたったらちっとも起きてくる気配がないし、気がつけば昼近く。伯爵も友人宅だから朝帰りも大目に見ていたがそれにしても遅すぎるだろうってご立腹よ。わたしたちも今朝は遅かったから伯爵邸に遣いを出すのを忘れていて」

「ううん。こちらこそ相変わらず心配性で過保護なうちの叔父様がごめんなさい。どうせ先触れもなく乗り込んできたのでしょう？」

フレアは早くもげんなりした。屋敷を訪れたのはアルンレイヒでのフレアの保護者代わりでもある母方の叔父、リュオン・レイマ・メンブラート伯爵だ。

昔からフレアの姉も含めて大変可愛《かわい》がってくれたのだが、いかんせん心配性で過保護なところがあり、自身が懐に入れた身内のこととなると、普段の冷静沈着さが消え失せ暴走するきらいがある。

いくら家族ぐるみの付き合いがあり、公の場以外ではそう堅苦しい礼儀作法に縛られない仲とはいえ、朝っぱらから（すでに十二時前だけれど）突撃してこないでほしい。

「そんな悠長なことを言っている場合じゃないわよ。その恰好じゃまずいわね。わたしの室内着貸してあげるから、超特急で着替えなさい」

イデルダがずいと身を乗り出した。

その直後、よく知る男性の声が届いた。

「フレア！　フレア、いるんだろう？　いくらイグレシア公爵家主催の舞踏会とはいえ、羽目を外しすぎるのは良くないぞ――」

「！」

バタン！

フレアは思わず扉を閉めていた。

扉の向こうから「メンブラート伯爵、まずはわたしがフレアの様子を見てくると言ったじゃない」というイデルダの焦る声が聞こえてきた。

まずい。非常にまずい。どうして叔父は応接間で待っていられないのか。愛情が深すぎる叔父ほど厄介なものはない。

「フレア！　そこにいるんだろう?」

ガチャガチャと扉の取っ手を上下させる音が響くが、ここで引くわけにはいかない。

扉を内側から精一杯引っ張るフレアの前にリディウスがやってきた。

「フレア、今の声は確か……?」

「叔父様よ。とぉ～っても過保護で心配性なメンブラート伯爵が来ちゃった……」

フレアの頬から血の気が引いた。

その瞬間、つい力が緩んでしまったのか、扉が勢い良く開いた。

「フレア、別に少し顔を見せてくれるくらいいいだろう?　元気な姿を見られれば支度が整う間くらい下で待っている……の……に……」

扉を開けたメンブラート伯爵の姪を心配する声が尻切れになった。

「な……な……」

彼の視線はフレアのすぐ側に佇《たたず》むリディウスに釘付《くぎづ》けになっている。

「……お、はよう、叔父様」

フレアはひとまず微笑《ほほえ》んで朝の挨拶の言葉を述べた。

しかし直後。

「――な……何なんだ、貴様はぁぁぁぁぁ!!」

メンブラート伯爵の怒声が室内に響き渡ったのだった。

「貴様、よくも私の可愛いフレアと、ど、ど、同衾《どうきん》などという破廉恥なことをしてくれたな！　もちろん覚悟はできているのだろうな。楽に死ねるとは思うなよ。縄で首を絞めてやろうか。それともその体を蜂の巣にしてやろうか。どちらかを選ばせてやるから三秒で答えろ」

「どっちもだめに決まっているでしょう！」

物騒すぎるメンブラート伯爵の恫喝《どうかつ》に対してフレアは間髪いれずに突っ込みを入れた。

現在、イグレシア公爵家の数ある客間の内の一室を借り、事情聴取の真っ最中である。

シュミーズの上から男物の上着を羽織っただけのフレアが見知らぬ男性と公爵邸の客室で二人きりだったのだ。何があったか察するには十分な状況に、メンブラート伯爵は激高して叫んだのち、衝撃が強すぎたのかくらりと傾《かし》いだ。

そこでひと騒動あり、叔父を別室で休ませている間にフレアはイデルダから室内着を借り、最低限の身づくろいを整えて、リディウスと一緒に叔父の待つ客間へ向かうこととなった。

そして今に至っている。

フレアの隣に座るリディウスは言い訳も反論もせずに、神妙に伯爵の言を聞いている。

(どうしよう。叔父様ったら、今日も絶好調に理性が吹き飛んでいるわ)

正面に座るリディウスをこの世界全ての敵であるかのように睨みつけるメンブラート伯爵を前に、フレアは内心頭を抱えた。

フレアの叔父は普段はアルンレイヒ議会に議席を持ち、国政にも参加する有能で冷静沈着なお人であるのだが、大好きな姉とその娘二人のこととなると理性が吹っ飛び暴走する困ったお人なのだ。ちなみに大好きな姉というのがフレアの母である。敬愛する姉が産んだ娘二人の内の一人がフレアだ。

何しろこの叔父ときたら、その昔母が恋人――現在のフレアの父を実家に連れ帰った際、家令に命じて父だけを立ち入り禁止にしようとしたのだ。それは母の姉の機転ですぐに回避されたのだが、今度は父に対し決闘しろと威勢良く啖呵《たんか》を切った（そしてその決闘で負けた）。

今では笑い話として語り継がれているが、リディウスにも同じことをやりかねない。

「分かった。では、剣で切り刻んでやる」

「全然分かっていないじゃない。とにかく、絞殺も銃殺も刺殺もだめよ。わたしとリディウスは昨日今日知り合った仲ではないの。――実はかれこれ二年くらい男女交際をしていたの！」

リディウスを物騒な叔父から守るため、フレアは嘘《うそ》をつくことにした。

彼とは二人で食事に行ったりお茶をしたり文通したりする仲だけれど、それは単なる友情から成り立つもので男女の仲ではない。

しかし、目の前の叔父を納得させるには、二人の間にあるのは友情ではなく恋心だと思ってもらった方がいいと考えた。リディウスとの話し合いもまだなのに、この叔父がしゃしゃり出てくると国際問題に発展する恐れがある。

理性のねじが一つ二つ吹き飛んだメンブラート伯爵が感情のまま、隣国フラデニアの公爵であり、副大使としてアルンレイヒに駐在しているリディウスを害すれば、二か国間に摩擦が生じてしまうかもしれない。

フレアはそれだけは絶対に阻止しなければならないという使命感に燃えた。

だから隣でリディウスがびっくりしたように一瞬目を丸くしたことにも、直後に真意を探るように僅《わず》かに視線をこちらに向けてきたことにも気付かなかった。

「なっ……う、う、嘘だと言ってくれ……」

フレアの交際宣言に、メンブラート伯爵が顔に絶望の色を宿したまま硬直する。

この隙に畳みかけることにする。

「わたしはもう二十歳を超えているのよ。自分の交際相手くらい、自分で選べるわ」

「っ……っ！」

「……ちょっと順番が逆になってしまったけれど……。リディウスはわたしの大切な人なの。傷つけたら、叔父様とは一生口を利かないんだから」

その台詞にメンブラート伯爵はさらに悲愴な顔つきになったが、今回ばかりは絶交も仕方がないと腹をくくったのか、リディウスへと視線を移した。今にも人を一人殺《や》れそうなほど凶悪な目つきをしている。

「貴様、リーヒベルク公爵といったか。フレアを単なる男爵家の娘と思って遊び相手に選んだのだったらその認識を今すぐに改めてもらおう。フレアはこのメンブラート家を後ろ盾に持つ、伯爵家に準じる娘だ」

メンブラート家は約六百年の歴史と伝統を受け継いでおり、これは現在のアルンレイヒ王家よりも長い。現王家が国名をアルンレイヒと改め、国境を定めたのが二百年ほど前のことだった。その際に元公国だったトルデイリャスを治めていたメンブラート家もアルンレイヒ王国に組み込まれた。

この時、当時の王家と剣を交えることはなかったものの、全面的に協力をしたわけでもなかったなどという裏事情はともかくとして、長い歴史を有するメンブラート伯爵家は、現在も国内のみならず周辺諸国にたくさんの親戚を抱え、西大陸の名門として名を馳せている。

このような歴史的背景があるため、メンブラート伯爵は公爵位を持つリディウス相手であっても遜《へりくだ》ったりしない。

そして姪への愛が深すぎるゆえに、フレアをメンブラート一族の娘として扱えと当主として要求している。

「フレアディーテ嬢がご家族、ご親戚から大切にされていることは承知しています。もちろん遊び相手などと思ったことは一度もありません」

怒り心頭のメンブラート伯爵を前に、リディウスは動揺を表すこともなく真摯《しんし》に言葉を紡いだ。

さすがは外交に携わっているだけのことはある。何の打ち合わせもせずに話を振ってしまった感が否めないのに、フレアに合わせてくれている。

「はっ。口では何とでも言える」

メンブラート伯爵が吐き捨てた。

「私は遊びでフレアディーテ嬢と親しくしていたわけではありません」

「遊び相手ではなく、真剣交際をするに相応《ふさわ》しい相手であると？」

「もちろんです。フレアディーテ嬢とは数年前にアルンレイヒの宮殿で出会いました。その翌年フラデニアの王都ルーヴェの夜会で再会し意気投合したのです。それが縁で真剣交際に発展し、かけがえのない時間を二人で育んできました」

「くぅ……」

メンブラート伯爵が悔しそうに歯ぎしりをする前でフレアは感心していた。

（すごい……ものは言いようだわ。友情を育んできた話が男女交際してきましたっていう風に聞こえる）

「今回、順番が逆になってしまったことは大変申し訳なく思っています。伯爵のお怒りもごもっともでしょう」

リディウスがメンブラート伯爵に向けて深々と頭を下げた。反省していることが分かるとても真剣な声であった。

「ふんっ。かけがえのない時間などと格好いいことを言ったと内心自画自賛しているかもしれないが、女性の十八歳から二十歳までの二年間は、我々男にとっての十年にも勝る大事な時間であることを貴様は知らないのか？　おまえのような男を時間泥棒というのだ！」

（叔父様、普段わたしとお姉様に、何かにつけて嫁に行かないでくれって懇願していたのを忘れちゃっている？）

どうやら攻撃できるならどんな理屈でも使うつもりらしい。子供の難癖と同じである。非常に大人げない。理性のねじが一つどころか十個単位で抜け落ちてしまっているのなら仕方がないのか。

フレアの推測を裏付けるかのようにメンブラート伯爵が悪魔の首を取ったかのように、非常に人の悪い笑みを浮かべた。

「フレアに対する想いが遊びではなく本物だというのなら、貴様は今すぐに結婚契約書に署名できるのだな？」

（ちょっと、叔父様。何を言い出すの!?）

叔父の挑発めいた台詞にフレアは内心素《す》っ頓狂《とんきょう》な声を出した。

「もちろんです。結婚契約書でも何でも、私は今すぐに署名できますよ」

「ほう――、面白い。貴様の本気度をこの目で確かめてやろうではないか。今すぐに公証人を呼んでやる。逃げ出すのなら今の内だぞ？」

「私はフレアディーテ嬢を大切に想っています。逃げ出す必要がどこにあるのですか」

「二人共、何を言い出すのよ!?」

フレアはたまらずに口を挟んだ。

「フレアは黙っていなさい。私はこれからこの時間泥棒の化けの皮を剝《は》いでやるのだ」

「私は時間泥棒ではありません。フレアディーテ嬢へのこの気持ちは真剣そのものです」

直後リディウスとメンブラート伯爵の視線が絡み合う。男同士の、ここは引いてはいけないのだという気迫のようなものがにじみ出ている。

「ちょっとリディウス？」

フレアは慌てて隣に座るリディウスの袖を引っ張った。

嘘の設定を振ったのはこちらだが、リディウスにはそろそろ理性の吹き飛んだ叔父を宥める方向に話を誘導してほしい。

「この期に及んでフレアに助けを求めるのか？」

「いいえ、まさか」

凄《すご》んだメンブラート伯爵に対して、リディウスが即座に首を横に振った。

まずい。自分が何を言ってもリディウスへの攻撃理由にしかならない。フレアは口を閉ざさざるを得なくなる。

「では公証人を呼ぼう」

その虚勢はいつまで続くかな、と楽しげに笑ったメンブラート伯爵が控室で待機する自身の従者に命じた。

その後も正面に座ったまま腕を組みこちらを凝視しているから、リディウスとの会話もままならない。

室内に静けさが漂う。置時計が刻むコチコチという音がやけに大きく聞こえる。

やがて公証人が入室し、彼は三人が囲む机の上に書類を置いた。役所へ提出するための結婚契約書である。

「さあ、署名をしてもらおうではないか」

「ええ、もちろんです」

メンブラート伯爵の挑発をリディウスが受け止める。ペンを手に持ち、一切の躊躇《ためら》いを見せずに署名欄に名前を記入してしまった。

「フレア、きみの番だ」

「……え、ええ」

ここでフレアが躊躇えば、今までの演技が全て水の泡となる。ということはリディウスが絞殺、銃殺、刺殺のどれかで二十八年の人生に幕を閉じ、二か国間で国際問題が勃発《ぼっぱつ》する恐れがある。

事を穏便に済ませるためにも、二人の仲は本物だと示さなければ。

フレアまでもこの異様な空気に呑まれ、リディウスから受け取ったペンを署名欄に走らせた。

署名ほやほやの結婚契約書は公証人によって即座に持ち出され、役所に提出されてしまった。

ぎりぎりでリディウスが結婚を撤回することを見込んでいたのかどうなのか。

役人が書類を受け取り、「ご結婚おめでとうございます」と言った数秒後、メンブラート伯爵は我に返った。

そして「うわぁぁぁぁぁぁ」と文字通り頭を抱え、そのまま床に崩れ落ちた。

こうしてフレアは急転直下の展開で人妻になってしまったのだった。

(え、ちょっと待って。結婚ってこんなにも簡単に成立するものだったかしら)

あまりの展開の速さについていけなかった。

二章

フレアとリディウスとの出会いは三年ほど前まで遡《さかのぼ》る。

あれはフレアが十七歳の頃のこと。まだイデルダが王女殿下と呼ばれていて、彼女の話し相手としてアルンレイヒのアルムデイ宮殿に住んでいた初夏のある日のことだった。

その日、フレアは宮殿の庭園の一角で見知らぬ青年に質《たち》の悪い絡まれ方をしていた。

「なあ、そんなに怖がるなよ。ちょっと俺と一緒に来てくれれば悪いようにはしないからさ」

「……手を、は、は、離して」

「だーめ。きみに逃げられたら困るんだ。イデルダ王女に見つかる前にさっさと終わらせたいんだよね」

くつくつと嗜虐的《しぎゃくてき》に笑うその男は、フレアの腕を無遠慮に摑んでいた。

正直、油断していたのだと思う。

今日はふた月に一度の、新聞記者に宮殿の前庭への出入りが許される日だ。この日は王家の人々が自身の近況を話したり、議会で制定される予定の法律案について語ったり、王立芸術院主催のコンクールの最優秀作品を披露したりと、色々な情報が公開される。

普段から宮殿に出入りを許されている貴族たちも自然とそちらへ足を向ける。

だからフレアはこういう時は静かになった他の庭園で一人創作活動に耽《ふけ》ることにしていた。新作の構想を練ったり、楽譜に合わせて歌詞をつけてみたり。自分の〝好き〟を追求していたせいで、こちらに近付いてきた青年に腕を摑まれるまで、気付くことができなかった。

腕を解《ほど》こうとしても解けない。この男は分かっているのだろうか。女性が見ず知らずの男に突然触れられる驚きと恐怖を。絶対に理解できないに決まっている。

「これから僕と一緒に前庭に向かってもらう。新聞記者たちの前に二人並んで姿を見せたら明日の社交欄には僕たちの交際記事が載るって寸法だ」

青年がにたりと笑った。そうすると仕立ての良いフロックコートを纏う紳士然とした姿に隠れている醜悪さが垣間見えるようだった。

フレアは震える口をどうにか動かす。

「根回し……しているのね？」

「ああ。一人の記者にね。きみは半分は由緒あるメンブラート伯爵家の血を引いているし、その美貌だ。連れて歩くにはちょうどいい。そして何より、きみと結婚すれば莫大な持参金が手に入るってわけだ。娘を溺愛するきみのお父上のことだ。持たせる持参金だって、お城の二つや三つ買ってもおつりがくるだろうな」

聞いてもいないのにペラペラとよく回る口だ。

どうせそんなことだろうと思っていた。フレアの父は男爵とはいえ、大きな商会を営んでいることもあり、超がつくほどのお金持ちなのだ。その娘が結婚するとなれば持参金はいかほどか。欲深い者たちは頭の中で勝手に金勘定し期待する。

あの娘を手に入れればファレンスト家の莫大《ばくだい》な資産のおこぼれにあずかれるのではないか。それだけではない。彼女の父親が社長を務めるファレンスト商会で何かしらの役職に就けるのではないか。

そうなれば一生働かずとも生活できる。自由に遊べる金が手に入る。

家を継げない貴族の次男以下の男や、身分はなくとも才能や力はあると自負する野心家の男にとって、フレアは鴨がネギを背負って歩いているような存在なのだ。

あの女は遊んで暮らせる人生への切符。残念なことに一部のろくでもない男たちからそのように見なされているフレアは、昔からクズ男たちの標的にされてきた。

「わたしの、持参金は……わた、わたしのものよ」

「妻の持ってきた財産は夫の専有物になるに決まっているだろう。きみを手に入れれば俺はぜいたくな暮らしができるってわけだ。新聞に掲載されればファレンスト男爵も俺たちの仲を認めるだろうよ」

「！」

（そもそもあなたのことなんてわたしは何も知らないし、交際している事実だってないじゃない！大体、お父様が持たせてくれる持参金は、あくまでわたしの名義よ。遊びのお金にされてたまるものですか！　というかあなたと結婚するだなんて、明日火山が大噴火を起こして世界が終わるってなっても絶対にお断りよ！）

心の中では次々と反論の言葉が出てくるのに、いざ口にしようとすると唇が固まって動いてくれない。

「ほら、さっさと歩けよ。俺の将来がかかっているんだ」

「嫌！　やめて！」

引っ張られたフレアはたまらず叫んだ。

「あー、可愛いなあ。やめて、だなんて」

くっくっと愉快そうに笑う青年は、小動物をいたぶることが楽しくて仕方がないという嗜虐心に満ちた顔つきであった。

この男によって新聞記者の前に連れていかれたら面倒なことになる。さすがに捏造交際記事の一つくらいで即結婚が決まるとは思わないが、こんなクズ思考な男とのスキャンダルはごめんだ。

けれども悲しいかな、一般的な男女の場合、男性の方が女性よりも力が強いのだ。

その例に漏れずフレアが目の前の男に引きずられるように歩き出したその時――。

「アルンレイヒでは嫌がる女性に無遠慮に触れることが真っ当な紳士の振る舞いとして推奨されているのかな？」

近くから知らない男性の声が聞こえてきた。

「なんだ、おまえ！」

フレアをいたぶり楽しんでいた青年が驚きの声を出した。

いつの間にか近くに一人の金髪の青年が佇んでいた。

声の方へ二人して顔を向ける。

フレアは目をぱちぱちと瞬いた。

陽光を受け蜂蜜色の髪がきらきらと輝いている。フレアの、太陽の光の下で見ると金髪に見えなくもないかな、という明るい栗色の髪とは全く違う、まごうことなき本物の金髪だ。

切れ長の双眸は透き通った青色で、すらりとした体躯からは品の良さが滲み出ている。

美貌の彼の身を包んでいるのは一目で上等だと分かる深い黒色のフロックコート。クラヴァットを留めるピンと袖口を飾るカフスボタンは揃《そろ》いの意匠のダイヤモンド。そしてピカピカに磨かれた曇り一つない上等な革靴。

それらを上品に着こなした彼は、おそらく注目を浴びることに慣れているのだろう。顔に浮かべる微笑はどこか人を寄せつけない冷たさを持ち合わせている。

(すごい……。貴公子って彼のためにある言葉だって言われても納得できそう)

美形なら叔父で見慣れているが、系統の違う美しさのため、恐怖も忘れてつい観察してしまった。

「それとも女性に居丈高に接することがこの国の流行《はや》りなのかな?」

「何だよ、おまえ。名乗りもしないくせに失礼だぞ! 俺が侯爵家の息子だって知っていて喧嘩《けんか》を売っているのか?」

「それは失礼したね。私は西隣のフラデニア王国で公爵位を賜っている者だ」

「なっ……」

フレアの手を掴む青年が絶句する。侯爵である父の権威にぶら下がっている彼の態度を一蹴する発言に何も言い返せないのだろう。

「リディウス・レヴィ・リーヒベルク。少し前に父から爵位を受け継いで、今は私自身が公爵を名乗っている。それで、きみはいつまで女性の手を無遠慮に摑んでいるつもりなんだい？」

「こいつは俺の女なんだよ！　貴様が公爵だとしても余計な口出しはしないでもらいたいね」

「ち、違うわ。こ、こんな人、わたし顔も名前も知らないもの！」

フレアはなけなしの勇気をかき集めて訴えた。ここで否定をしないと、この男性が言いくるめられてしまう恐れがある。

「イ、イデルダ様に尋ねてみれば、わたしの言うことの方が、た、正しいって、分かってもらえるわ」

「って彼女は言っているけれど？　私はこのあと王家の方々と面会の予定がある。その時にイデルダ王女殿下に尋ねることもできる」

リディウスと名乗った公爵は王家の方々と面会できるほどの力を有しているらしい。

分が悪いとの計算が働いたのか、青年は「ちっ」と舌打ちをしてフレアの手を乱暴に振り払い、立ち去ってしまった。

その背中を見送りつつフレアの体から力が抜けそうになる。ひとまず危機は脱したらしい。

「あ、あの。……助けてくださって……ありがとう、ございました」

まだバクバクと早鐘を打つ胸を押さえながら礼を言った。

「きみが、やめて、と言ったのが聞こえたから」

「声、出して良かったです」

あの時ちゃんと自分の意思を口にできたから、彼は助けてくれたのだ。

「きみはイデルダ王女殿下のお友達かな。帰り道であの男に待ち伏せされている可能性もある。乗りかかった舟だから、途中まで送ろうか？」

「わたしはフレアディーテ・ファレンストといいます。イデルダ王女殿下の話し相手を務めていて。宮殿に住んでいるので……」

フレアが名乗るとリディウスは得心がいったとばかりに頷《うなず》いた。

「ファレンスト男爵家のご令嬢か。そういえば現男爵とアルンレイヒの王妃殿下は従兄妹《いとこ》同士だったね。その縁で話し相手を？」

「はい」

フレアが生を受けたファレンスト家は、曾祖父《そうそふ》の代で商会を立ち上げた。徐々に規模を拡大していき、小麦粉から鉄、石炭まで幅広い商品の国内流通に携わり、貿易も取り扱うようになる。それだけではなく銀行や保険業者を傘下に置き、その他鉱山の運営や新興事業への出資など多岐にわたって商いを行っている。

今ではフラデニア経済の牽引役と言われるほどの大きな組織となっており、これらの功績が認められ、十数年前、フレアがまだ乳幼児の頃に男爵に叙せられた。

そして、そこに至るまでの間——およそ数十年前のことだが、フレアの大叔母がアルンレイヒの由緒正しい侯爵家の男性に恋をした。行動力がありまくりの彼女は、自分は鰥夫《やもめ》だから若いあなたには釣り合わないと言ったその男性にぐいぐい迫り後妻となった。

大叔母は貴族社会で成金娘と言われ苦労はあったものの、夫婦仲は良好で、一人の娘に恵まれた。それが現在のアルンレイヒ王妃である。父とは従兄妹の間柄で、その縁もあり幼い頃から親族として交流を持っていた。

よってフラデニアだけでなく、この国の貴族たちもまた、王妃の母親の実家であるファレンスト家を表立って侮《あなど》りはしない。

けれども、爵位を持たない資本家たちの躍進がより一層目立つようになった昨今、彼らはもはや伝統にしか縋《すが》るものはないとばかりに、貴族の血を強調する。財力という武器を手にした一般市民の台頭は止めることのできない流れだ。

(だからさっきみたいに、本音がちらっと漏れ出ちゃうのよね)

一方、フレアの母の実家は六百年の歴史を持つ名門伯爵家である。その娘が輿入れをした先は爵位を持たない資本家の家。当時斜陽となっていた伯爵家から血統を買っただの何だのと色々言われた両親の結婚は、その実れっきとした恋愛結婚。子供から見ても仲良し夫婦だ。

こういった様々な経緯の結果、この国の貴族の認識では、ファレンスト家は成り上がりの新興貴族。けれど王妃と縁続きで、現男爵の妻は名門伯爵家の出身、その子供たちは半分貴族の血を引いている。

だから先ほどの男に言わせると、結婚相手としては単なる成金娘よりもフレアの方がまだマシ、なのだそう。

「そうか。宮殿に住んでいるのなら、私よりもここのことを熟知しているね」

「はい」

「帰り道、気をつけてね」

　フレアは「ありがとうございました」と、もう一度お礼を言って彼と別れた。


　正直、男性にはあまりいい思い出がないフレアではあったが、その日の出来事は、見ず知らずの男性の中にもいい人はいるなあ、と思わせてくれるものであった。

　そんな親切な人との再会は案外早くに巡ってきた。

　それから数日後の午後。

　二人の少女が宮殿の庭園のベンチに並んで座っていた。

　栗色の髪に灰緑色の瞳の少女は、フレアの主でもある第三王女イデルダだ。公務もない自由時間、彼女はフレアの創作活動に協力してくれていた。

　フレアは彼女の前で試作の歌を歌って聞かせた。

「うんうん、主人公の恋する気持ちが伝わってくるわ」

「もう一案あるの。聞いてくれる?」

　二人きりの時、王女と話し相手という二人の関係は友人同士へと変化する。丁寧な言葉遣いから砕けた言葉遣いへ。そこに身分の差による隔たりはなく、幼馴染み特有の気安い空気が流れていた。

「いいわよ」

「それではいきます」

イデルダの前でフレアは歌った。

先日届いた楽譜にフレアが歌詞をつけた。今担当している歌劇の一幕で、自分の恋心を自覚したヒロインがヒーローを想《おも》って歌う場面だ。前半のハイライトになる重要なところだから、フレアは気合いを入れて作詞した。

小さな頃から歌を習っていたこともあり、音痴ではないと自負している。先生にもお墨付きをもらっており、兄姉やイデルダといった気を許している人たちの前でなら歌うことに抵抗はない。

歌っているうちに興が乗ってくる。こうなると歌うこと自体が気持ちいい。

初夏の風がフレアの周囲でじゃれ合い、歌声を空へ押し上げる。

イデルダが人払いをしてくれているおかげで、どこぞの持参金目当ての子息に絡まれる心配もない。

(ここからがいいところなのよ)

歌は終盤に向けてさらに盛り上がりを見せる。

「わたしの心に愛という名の熱を植えつけたあなた……を――」

フレアの口が歌詞の途中でぴたりと閉ざされた。

「フレア?」

イデルダが訝《いぶか》しそうに名を呼ぶのが聞こえた。

「あ……ああ……」

フレアはそれどころではなく、ある方向を指さした。それをイデルダの視線が辿る。

そこには二人の男性が佇んでいた。多分二十歩くらいでフレアたちの前まで辿り着けるほどの距離だ。

男性二人の内、幼馴染みの方は少々気まずそうに視線を横へとずらし、もう一人の金髪の方は心ここに在らずという顔つきであった。

「あら、クリーウトじゃない。一緒にいるのは……ええと、リーヒベルク公爵だったかしら」

その言葉が終わる直前にフレアは脱兎のごとく駆け出していた。

「フレア！」

後ろからイデルダの声が聞こえるがそれどころではない。

歌を聴かれてしまった。見ず知らずの男性に。

クリーウトはまだいい。イデルダの婚約者でもある彼はイグレシア公爵家の長男で、公爵夫人と母が知己のため子供の頃から知る仲だ。

問題は隣の男性だ。茶色の髪のクリーウトの隣で、青年の金髪はよく映えた。どこかで見た顔のようにも思えたが、よく知りもしない、よりにもよって男性に歌を聴かれたのが恥ずかしかった。

「ファレンスト嬢！」

すぐ近くから男性の声が聞こえた。

（この人、わたしのことを知っている？）

気が逸れたのがいけなかったのだろう。何かに躓《つまず》いたフレアは、ビタンという擬音が聞こえそうなほど盛大に正面から転んだ。

「うぅ……」

「ファレンスト嬢、大丈夫？」

すぐ近くから先ほどの男性と思《おぼ》しき気遣う声が聞こえてきて、フレアの指がぴくりと動く。

もうやだ。恥ずかしいのと痛いのとで泣けてきた。

（しばらくこのまま地面に突っ伏したままでもいいかしら……？）

「フレア、あなたったらいきなり走り出すのだもの。ねえ、大丈夫？　起き上がれる？」

「もしもどこか痛いのなら私が運ぼうか――」

追いついたらしいイデルダの心配する言葉のあとに、青年の声が続いた。何やらとんでもない提案を聞いてしまったフレアは急いで顔を上げた。

「いいえ、大丈夫です！　この通り元気です」

いい年して顔から盛大に転びましたなどという理由で知らない男性に運ばれるとか絶対に嫌だし、同じく宮殿の誰かに運ばれるのも勘弁願いたい。

顔を上げたら青年と目が合った。曇りのない金色の髪と澄んだ青い瞳は、まじまじと観察すれば見覚えがあった。先日どこかの貴族の息子からフレアを助けてくれたフラデニア人の青年である。

「起き上がれる？」

「はい」

ごく自然に差し出された手のひらに、フレアは気付けば自分のそれを乗せていた。

「鼻の上を少し擦りむいているね。これを使って」

その流れでハンカチも受け取った。鼻の上を押さえつつ、流れとはいえ一度しか会ったことのない男性の手を取ったことにフレアは驚いていた。

「あなた……この間わたしを助けてくれた……フラデニアからいらっしゃった――」

名前が思い出せずに言いよどむフレアに、青年が「リディウス・レヴィ・リーヒベルク」ともう一度名乗ってくれた。

「きみを驚かせるつもりではなかった。歌が聞こえてきた時、イグレシア卿は引き返そうとしたんだ。とても澄んでいてきれいな声だったから、気がついた時には足がふらふらと前に動いていた」

「！」

予想外の褒め言葉をもらったフレアはその場で固まった。

計算も何もない声のトーンで家族と親戚以外から肯定的な意見を受け取るのはいつぶりだろうか。

今までフレアの周りにいた男の子たちは何かにつけて意地悪をしてきた。歌を歌えば下手だとからかい、贈りものをあげると言われて手を差し出せばミミズを乗せられた。悲鳴を上げれば従兄弟《いとこ》たちはけらけら笑った。

「恋の歌のようだね。これが楽譜かな。アルンレイヒで流行っている曲？」

「あっ！　わたしの楽譜！」

走っている時に手から離れてしまったらしい。リディウスが拾ってくれたようだ。

彼は何気なく書面に視線を落とした。

「『ジョセニア・ラビエ様へ。楽曲の第一稿です』……先生？」

「うわぁぁ！」

フレアは大きな声を上げながらリディウスから楽譜をひったくった。

「こ、これは……まだ、世には出ていないっ……これから発表される予定の、もので……」

歌を聴かれたことと派手に転んだこととペンネームを見られたことが重なって、フレアの羞恥心はもはや限界点を突破しそうだ。

彼はフレアの挙動とこれまでの情報を統合させたのか、合点がいったという顔をした。

「もしかして、ファレンスト嬢は作詞家なのかな？」

「う……。ええと、まあ……」

似たようなものです、と口の中でごにょごにょと言った。

「じゃあ他にもきみが作詞をした曲があるのか。アルンレイヒにはもう少し滞在する予定だから世の中に出ている曲を聴いてみるよ。どこの劇場で歌われているの？」

「ち、違っ……」

予想以上に興味を持たれたフレアは焦りを覚えた。

「フレアったら、これ以上隠しておくのは無理だと思うわよ。ペンネームもバレてしまっているのだし」

横から助け舟を出したのはイデルダだ。彼女の隣ではクリーウトも苦笑している。

「はい。残りの落とし物」

イデルダが手渡してくれた紙束をフレアは胸にギュッと抱いた。

変に誤解されるよりは本当のことを明かした方がいいと分かってはいるのだが、近しい人物以外に話したことがないため、上手《うま》く説明できる気がしない。

「う……。あ、その……ええと」

フレアはイデルダとリディウスとの間で視線を行ったり来たりさせた。

リディウスは、言いあぐねるフレアに感じるものがあったらしい。

「今日は、先日の一件が何か困ったことに発展していないか気になってイグレシア卿に案内してもらっただけで、ファレンスト嬢を困らせる意図はないんだ」

どうやら先日助けたあとのことまで案じてくれていたようだ。

フレアはじっとリディウスを見つめた。彼と目が合う。そのまま逸らさずに彼の内側を探るように凝視する。彼はやや戸惑っていたものの、焦ることなくフレアの眼差しを受け止めている。どうやら他意はないようだ。

たとえ公爵家であっても台所事情は火の車ということは珍しくもない昨今にあって、リーヒベルク公爵家にはそういった問題はないのかもしれない。

(最近疑り深くなっていたようね。反省しないといけないわ)

実際許可もなしに面識のない男性に突然腕を掴まれたり、物陰に連れ込まれそうになったりと、何度も危険な目に遭ったため、用心するに越したことはないのだが。

「心配してくださりありがとうございます。あのあとイデルダ様にも報告しましたので……多分もう何もないかと思います」

「クズ男に絡まれたフレアのことを助けてくれたフラデニア人の公爵がいらっしゃったって聞いていたの。リーヒベルク公爵のことだとは思っていたけれど、改めてわたしからもお礼を言わせてちょうだい。フレアのことを助けてくれてありがとう」

イデルダがフレアのことを妹分として可愛がっているのは宮殿では周知のことだ。彼女は己が不在の隙を突いた例の件で立腹していた。

「フレアはこの通り、まるで精巧なお人形のようにきれいでしょう？　この美貌と、ファレンスト家の巨額の資産のおこぼれにあずかりたいっていう打算とで、持参金目当てやらヒモ志望やら野心家やら……とにかくろくでもない男たちのターゲットにされているの」

イデルダの言い分は大げさではなく、実際フレアは人の目を引く大層な美少女だ。

白磁器のようにきめ細やかな肌と形の良い小さな卵型の顔。長い睫毛に縁どられたくっきりとした二重の瞳は、春に咲くプリムラのように明るい赤紫色で、熟《う》れたさくらんぼ色の唇は艶《つや》やかだ。

髪の色こそ、金髪と主張するには濃すぎる、どちらかというと栗色にも似た風合いだが、熟練の職人によって作られたお人形のように可憐で美しい容姿をしていた。

「わたしのこの顔はお母様から受け継いだのよ。母と叔父、それから姉も同じ顔をしているもの。この顔が好きなら他に何人もいますから、顔を褒められても別に何とも思いません」

「ふふっ。同じ系統の美形に囲まれて育つとこんなにも自分の顔に無頓着になるのねーって、いつも感心しちゃう」

「イデルダ様だってご自分のお顔には無頓着じゃないですか」

事実イデルダも美しい両親からいいところを塩梅《あんばい》良く受け継いでいるため、フレアと似たり寄ったりだ。

二人のやり取りを見たリディウスが微笑む。

「イデルダ王女とファレンスト嬢は仲が良いのですね」

「ええ。遠い親戚だっていうのもあるけれど、わたしは末っ子だから、妹がいたらこんな風なのかしらってつい世話を焼いてしまうの」

イデルダがくすくすと笑った。

「ちなみにわたしの婚約者のクリーウトは、フレアにとってはもう一人のお兄様ってわけ。幼馴染みなのよ。生まれた国は違うけれど、母親同士が仲が良かったから必然的にわたしたちも仲良くなったの」

幼い頃から兄や姉の背に隠れがちで、外で思い切り遊ぶよりも室内で大人しく過ごすことの方が好きだったフレアは、幼馴染みや親戚の男の子たちから意地悪をされることも多く、特定の相手としか上手く話せない子供であった。

小さな世界に閉じこもりがちな娘を心配する母に、アルンレイヒ王妃が同じ年頃の話し相手を探していると声をかけたのが縁で、単身隣国へ赴くことになった。

以来、十四歳の頃からアルンレイヒの宮殿に部屋を賜り、一つ年上のイデルダの話し相手を務めている。そして一緒に詩や楽器、文学、地理、歴史などを学んだ。

「わたし、一度くらいは寄宿学校生活を味わってみたかったのだけれど、立場上難しくって。それで両親が何人か同じ年頃の子たちを宮殿に呼んでくれたの」

女の子だけの生活はまるで本当の寄宿舎生活のようでもあった。皆、人見知りのフレアに対しても優しくしてくれた。加えてイデルダが面倒を見てくれたこともあり、早いうちから彼女たちに溶け込むことができた。

思い出話になったところで、立ち話も何だからと近くの四阿《あずまや》に移った。

あの日リディウスが話していた通り、王家の者たちとの面会の場が設けられたようで、イデルダはその時出た話題も交えて話を進めた。

アルンレイヒの第一王女が数年前にフラデニアの王太子のもとに嫁いでいることもあり、話題には事欠かない。

数か月前に公爵位を譲り受けたリディウスは、父と同じく外交関連でフラデニアの政治に貢献したいと考えているようだ。そのため各国を表敬訪問している最中なのだという。

リディウスが順番に国名を述べていく。

「ロルテーム、ユトレイ、ネイデンを回ってアルンレイヒが最後です」

「ロ、ロルテームなら……わたしも行ったことがあります。お姉様が留学しているので」

今まで聞き役に徹していたフレアは、訪れたことがある国の名に、つい口を挟んだ。

「じゃあ運河巡りはしたことある？」

「はい。お姉様たちと一緒に」

　フラデニアの北の隣国ロルテームの王都ロームは、運河の街として有名なのだ。

「ロームを訪れるのは二度目だったけれど、運河が多いから自分が今どこにいるのか分からなくなったよ」

「わたしも少しの散策のつもりが、運河沿いに歩いていたら予想よりも遠くまで行ってしまったことがあります」

「ロームでは絶対にムール貝の白ワイン蒸しを食べろって言われたけれど、あれは本当に美味《おい》しかった」

「分かります！　バケツみたいな大きさの入れ物で最初ビックリしたけれど、気がつくとぺろりと食べきっていました」

「ホテルで食べたの？　私は勧められた運河沿いのレストランで食べたんだ」

　と続けられたレストラン名に、フレアはぴくりと反応する。

「そのレストランでしたらわたしも訪れたことがあります。リーヒベルク公爵はあの料理は食べました？」

「え、他にもおすすめがあったの？」

　同じ場所を知っているという共通点から始まり、そのあともあの場所には行ったことがあるだの、あの店は絶対に行くべきだなどと話が続いた。

　でもリディウスがジョセニア・ラビエについて尋ねてくることはなかった。彼はフレアの反応から、その話を蒸し返すことをよしとしなかったのだろう。

本当は歌声を打算も何もなく褒めてくれたことが嬉《うれ》しかった。彼は意地悪を言うでもなく、フレアの背後にあるファレンスト家のお金が目的でもなく、耳に聞こえてきた歌声をただきれいだと言ってくれた。

彼にならば自分のことを話しても普通のこととして受け止めてもらえるのではと思った。根拠はない、ただの勘。でも――。

そろそろ解散となった時、フレアはリディウスに声をかけた。

「あの……。さっきの、ジョセニア・ラビエは……わたしの、劇作家としての名前なんです。実は、昨年『ミュシャレン日報』という新聞を出している出版社が開催した劇作家公募企画で入選して。それで、その入選作を歌劇として上演してもらって。次もまた書いてみませんかって、お仕事をもらって。それで……」

最後は何を言っているのか分からなくなったが、ちゃんと言いたいことは伝えた。

彼はまさかフレアの方から話を戻すとは思ってもいなかったようで、僅かに目を丸くしたのち「次の上演、楽しみにしているよ」と微笑んでくれた。

フレアは嬉しくなった。自分の勘を信じてみて良かった――そう思った。

翌年の夏、フレアはフラデニアの王都ルーヴェにある実家に里帰りをしていた。

この年の五月にイデルダはクリーウトと結婚し、王籍から外れた。そのため彼女の話し相手を務めていたフレアも宮殿を辞した。

けれどジョセニア・ラビエとしての活動が軌道に乗り始めたこともあり、引き続きアルンレイヒの王都ミュシャレンに住んでいた。

拠点はミュシャレンだけれど、フレアは生まれ故郷のフラデニアのことも大好きだ。

フラデニアは西大陸の中で文化の牽引役として大きくその名を馳せており、食べ物も服も流行は全てルーヴェからと言われるほど。

今ではそう珍しくもない女性の短髪も、もとはといえばルーヴェ発祥の、女性だけの歌劇団の男役の女優が役作りのために髪を短く切ったことに端を発する。

というわけでフレアは『ルーヴェでしかとれない〝栄養素〟をとるため』に定期的に里帰りを行っている。〝栄養素〟とはもちろん劇作家としてのだ。そしてその手段の中には取材活動も含まれている。

歌劇では登場人物が王族や貴族などである方が人気だ。娯楽を楽しむには生活に余裕があることが前提で、よって必然的に客層は中流階級以上になる。そのため登場人物も客と近い立場の方が良い。

加えて華やかな世界観が好まれるから、定期的に社交界の流行を取り入れる必要がある。フレアはこれでも一応男爵家の娘のため、舞踏会などの招待状を入手することができる。

「フレア、ミュシャレンからルーヴェへ引っ越しておいでよ。イデルダ殿下もご結婚されて、もうきみのお役目は済んだだろう?」

とある侯爵家の夜会にて、ダンスを踊りながら猫撫《な》で声を出すのは、フレアの父ファレンスト男爵だ。金茶色の髪には白いものが交じり始めているが、緑柱石と同じ色の瞳は未だに現役であることを証明するかのように潑溂《はつらつ》と輝いている。

「何回も言っている通り、わたしは今ミュシャレンでお仕事をしているの。それにあちらの方がお友達も多いもの」

「ルーヴェにだって友達はいるだろう?」

「だから三、四か月に一回は帰ってきているでしょう?」

列車が開通して数十年。国内はもとより国際列車も増え、今では国民の足として日常使いされるほど当たり前のものになっている。

「劇作家を続けるのならルーヴェでいいじゃないか。そうだ。私がフレアのために劇団を作ろう」

「絶対にやめて」

「お父様は寂しいんだ……。シーアもフレアもフラデニアから出ていってしまって。フレアに至ってはリュオンと一緒に暮らしているし。あいつ、何かにつけてフレアの父親面《づら》をするんだ。きみの父親は世界でたった一人、私だけだろう?」

「はいはい。わたしのお父様はお父様だけです」

面倒になったフレアはおざなりに復唱した。ちなみにシーアとはフレアの姉、オルレイシアのことである。

せっかくの社交シーズンのため、フレアはこれまでよりも積極的に舞踏会に出席していた。アルンレイヒよりもフラデニアの国民の方が派手好きということもあり、華やかだ。いい取材になりそうである。

とはいえ、よく知りもしない男性と踊る気は皆無のため、フレアの相手は父か兄、もしくは複数人いる叔父だけだ。ただし叔父二人は外国住まいのため年に数度しか会えないが。

ダンスの最中、ずぅっとルーヴェ引っ越しの勧誘を泣き落とし込みで行ってきた父にうんざりしたフレアは、適当に理由をつけて大広間をあとにした。人間、生理現象を盾にされては敵わないのである。

「おっと、危ない」

「えっ？」

一時離脱から大広間へと戻る道すがら、頭の中でネタを捏《こ》ねていたのがいけなかったのか、注意力が散漫になっていたようだ。

「すみません。ぶどう酒を零《こぼ》してしまいました」

目の前に見知らぬ青年が立っていて、彼の手には空のグラスがあった。中身の大半はフレアのドレス生地に吸収されていた。

今日身に纏っているのは、光沢のある薄紫色のドレスだ。今季新調したばかりのドレスだったが仕方がない。こちらにも落ち度がある。

「本当に申し訳ない。すぐに染み抜きをしないと。一緒に控室に行きましょう」

「え……あ……で、も」

申し訳なく思っているのだと言いたげな顔でずいと寄られたフレアは、あっという間に腕を取られた。金茶色の髪の青年は二十代中頃であろうか。見知らぬ顔だ。

「控室には私の家の者が待機しています。染み抜きは時間との勝負ですからね」

「え、あ、わたしの侍女が控室に……」

「いいえ。こちらの落ち度ですから」

フレアの主張を勝手に取り下げた青年はすたすたと歩き出す。その場から動かないよう足に力を入れたが、こういう時、男と女の力の差で勝てたためしがない。

(やられたわ！　ぶどう酒はこの男の仕込みだったってわけね！)

物語のネタとしてなら使えるが、自分の身に起きたのではたまったものではない。

そもそも人気《ひとけ》のない通路でグラスを持っていたこと自体おかしかったのだ。

舞踏会では多くの部屋が客人に開放される。メインはダンスを行う大広間だが、隣接するサロンや応接間なども同時に歓談の場として供され、そこには飲み物や軽食などが用意されている。そのような場所ならともかく、控室や手洗い場所へ通じる通路にまで飲み物を持ち歩くなどよほどの変わり者か、もしくは腹に一物を抱えているかである。

明らかに後者である青年は、フレアとの接触を持つためにぶどう酒をぶちまけたらしい。

「いや……離してっ」

触れられた箇所が怖気《おぞけ》立つ。脳内で警鐘が鳴っていた。このまま彼に控室に連れていかれたら、良くない噂《うわさ》を広められるだろう。舞踏会の最中に男と逢引きしていたとか何とか。いや、もっと破廉恥な話をでっちあげるつもりなのかもしれない。

フレアのような階級の未婚の娘にとって、特定の男性との噂話は致命的な傷となる。この男はそれを狙ってフレアが彼と結婚しなければならない状況を作り出そうとしているのだ。

(どうせわたしの持参金が目当てなんでしょう！)

今シーズン出席した他の舞踏会が平和だったため、油断していたようだ。

「ドレスの染み抜きが必要なら私から主催の侯爵に話を通すよ」

突然、フレアを連れ込もうとしていた青年の肩にぽんと手が置かれた。

朗らかだが有無を言わさぬ意志のこもった声に、フレアと青年が同時に声を出す。

「リーヒベルク公爵！」

「あなた、去年の！」

すぐそこに立っているのは、光沢のある深い黒色のフロックコートに身を包んだ青年貴族。

昨年一度、同じような状況からフレアを救ってくれたリディウスであった。

「やあ、フレアディーテ嬢、久しぶり。里帰り？」

「え、ええ」

親しげに話しかけてきたリディウスにフレアはこくこくと頷いた。

単なる気まぐれでフレアを助けたわけではないと青年は悟ったのだろう。分が悪いと踏んだのかフレアの腕から手を離し、そそくさと行ってしまった。

「ありがとうございます。おかげで助かりました」

「相変わらず大変みたいだね」

リディウスはあの青年の意図を察していたようだ。だから敢えて個人的な知り合いであると示すべく、家名ではなく名前で呼びかけたのだろう。この国でリーヒベルク公爵といえば名門だ。昨年の一件のあと、イデルダからそう聞かされた。

現に先ほどの青年は、彼の顔を見るなり何者であるか気付き、即座に退散した。

「挨拶はともかく、ドレスの染み抜きをしなければいけないね。途中まで送るよ」

そう言って彼はファレンスト家にあてがわれている控室手前までついてきてくれた。途中会場に戻らなくても平気なのかと尋ねれば「義務は果たしたから」とのことだった。もしかしたらたくさんの令嬢たちに囲まれることに疲れてしまったのかもしれない。

（舞踏会が始まる前からわたしと同じ年頃の女の子たち、みーんな浮き立っていたものね）

あの美貌で公爵。そして独身ときたら、結婚適齢期の娘たちは皆彼の隣に立つことを夢見てしまうだろう。

リディウスと別れ控室に戻ったフレアは、着ていたドレスを脱いで侍女のローミーに託した。もう一人小間使いを連れてきているため、二人で染み抜きを行ってくれるだろう。

念のためにと持ってきていた水色のドレスに着替えてフレアは控室をあとにした。

まだ舞踏会の一部も終わっていない時刻のため、控室にと割り当てられたこの付近は静寂に包まれている。

会場近くまで戻ってきたフレアがふと窓の外を見ると、バルコニーに設えられたベンチにリディウスが座っているのを見つけた。

「改めましてこんばんは。あなたも誰かから逃げていらっしゃるの？」

「私と踊りたいというお嬢さん方全員と踊る時間もないから」

リディウスが立ち上がった。どうぞ、と示されたのは今しがたまで彼が座っていたベンチ。

フレアは促されるままストンと腰を落とした。

「そうそう、先ほどの彼のことは心配しなくてもいいよ。私の方から主催者の侯爵に話を通しておいた。もちろんきみの名前は一切出していないから安心して」

「え、ええ。ありがとうございます」

「どうやら彼の実家の借金が婚約者の家にバレて縁談が破棄されたばかりだったようだ」

「今の世の中、どこも大変ですね」

金策と後ろ盾目当てに舞踏会を渡り歩いていたのだろう。そしてフレアが目をつけられた。あの青年は伯爵家の嫡男だというが、蒸気機関の発明に伴う産業の改革が行われ、資本家が台頭し数十年が経過したこのご時世、貴族の名だけでは食べていけないのである。

貴族が貴族というだけで威張ることができる時代は過去のものになりつつある。技術革新が著《いちじる》しいこの時代、旧来のやり方を通すだけでは家は没落する一方である。

上手く立ち回れずに破産する貴族が出る一方、フレアの実家のように事業で出した利益を新しい産業に投資し、財を膨らませていく新興富裕層の存在は大きくなる一方だ。

「そういえば、きみが脚本を書いた舞台を観たよ」

リディウスが話題を変えた。

「え！　本当ですか？」

「ああ。三月に仕事の関係でミュシャレンに赴いたんだ。付き合い先の夫人が歌劇好きだと言うんで、一緒に観劇してね」

と言ってリディウスが告げた演目は、本当にフレアが書いたもので。

「わたしが脚本を書いているのを知っているのはごく僅かな人だけなんです。うわ、どうしよう。嬉しいのか恥ずかしいのか、今どっちの気持ちに持っていけばいいのか分からない」

ジョセニア・ラビエの正体を知る人々には、絶対にその事実を口外しないように口を酸《す》っぱくして言い含めている。デビューするきっかけとなった新聞社主催の公募企画では侍女の身内を装って応募した。ファレンスト家の娘であると同時にメンブラート伯爵家の血縁だとバレて、変に忖度《そんたく》をされたくなかったからだ。

父と叔父には「バラしたら一生口利かない」と告げているため、今のところ情報は流出していない。

母や姉、イデルダたちはフレアの気持ちを汲《く》み、口を噤《つぐ》んでくれている。

「面白かったよ。あのキャラクターがいい味を出していた」

と、彼がちゃんと舞台を観てくれたのだと分かる感想まで続けて話してくれたものだから、フレアは真っ赤に染まる顔を両手で隠した。

「褒められるとすっごく恥ずかしい」

「普段から褒められているだろう？　ご両親やイグレシア夫人に」

「それとはまた別です。イデルダ様は昔からわたしの読書好きとそれが原因での妄想癖を知っていらしたし」

元々外を駆け回るよりも読書を好むような子供だったフレアは、悪戯《いたずら》好きの従兄弟と、何かにつけて「ブス」とか「泣き虫」などと言って意地悪を言ってきた幼馴染みの男の子たちにより、物心ついた頃から一部の例外を除いて男性が苦手になっていた。

優しい兄や穏やかなクリーウトはいいけれど、同じ年頃の男の子は嫌い。

姉曰く「あなたの気を引きたくてやっているのよ」とのことだが、そんなの本人からしてみたら迷惑以外の何ものでもない。

フレアが読む本に登場するのは、優しくて賢くて勇敢で、主人公の女の子を助けてくれる格好いい男の子ばかりだ。歳を重ねるにつれ子供用の絵本から冒険譚《たん》や淡い初恋を描いた青春物語、恋愛ものへとジャンルを変更していったが、それは変わらない。

物語の中にいる素敵なヒーローにうっとりして、彼と結ばれるヒロインを応援して。いつしかフレアは、恋とは物語の中で疑似体験するものだとの結論に至った。

「それでね、十五歳の時、ルーヴェに里帰りした際、お母様が初めて観劇に連れていってくださったの。その時の興奮といったら！　今でも鮮明に思い出せるわ。物語がわたしの目の前にそのまま飛び出てきているのだもの！　衣装も歌もとっても素敵で、わたしはすぐに歌劇の虜になったんです」

「好きだから自分でも書いてみようって?」

「はい。好きが高じて自分でも妄想を始めて、それを文字にしてみようって、ちまちま書いていたんです。そうしたらある日イデルダ様が公募企画の載った新聞を持ってきてくださって。どうせなら応募してみたらどうかって」

「てっきりファレンスト嬢が自主的に応募したものだと思っていたけれど。イグレシア夫人の勧めだったんだね」

「わたしは絶対に無理! って言ったのに、イデルダ様がやってみなくちゃ分からないじゃないって、背中を押してくださったのです」

あの時のことは今でも感謝している。イデルダがフレアの才能を見込んでくれたおかげで今がある。きっと自分一人では応募など絶対にしていなかった。

「あの時の縁で、その次も仕事がもらえて。実はデビューした劇場以外からも執筆依頼が来たんです。仕事としてやっていくには今までのように頭の中で妄想するだけではだめなのでこうして舞踏会に出て。こういった場は色々な噂話も手に入るから取材にはうってつけなんです」

賑やかな場所も社交もあまり得意ではないけれど、今後も執筆を続けていきたいという思いで外に出るようになった。

「実は……リーヒベルク公爵のことも今日の舞踏会開始直後からずっと目で追っていました」

「へえ、私を?」

打ち明けた直後、リディウスの気配が僅かに硬くなった。彼が警戒心を纏わせ始めたことにも気付かずにフレアは続ける。

「はい。観察対象にはもってこいだったので」

「……観察？」

リディウスが意味不明だとばかりに眉根を寄せる。

「洗練された振る舞いとその身の内側からにじみ出る優雅さは、なるほど令嬢たちの憧れだと納得したんです。完璧な貴公子っぷりは作品作りの参考に最高だわって、勝手に取材させてもらいました。ありがとうございます」

美貌の貴公子は立ち居振る舞いもダンスも大変洗練されていて、まさに本の中から飛び出したかのよう。大変良いものを見せてもらいましたと最後にお礼を言うと、リディウスは拍子抜けしたとでも言うように目を丸くしたのち、くすくすと笑い始めた。

「歌劇の取材対象にされたのは初めてだよ」

「いい経験でしょう？」

フレアはすっかり寛《くつろ》いでいた。貴族同士の腹の探り合いは苦手だ。社交場での会話は打算とお世辞が入り交じり、おいそれと本音など話さない。

社交場とは違う場で出会い、その時に自分の仕事のことも話したせいか、それともリディウスが貴族の娘が仕事を持つなんてとフレアを非難しなかったせいか、構えることなく話をすることができていた。

彼の方も飾り言葉のないこの会話を楽しんでいる節がある。たまにはこういうのも一興だと思っているのかもしれない。

「だったら今度、物語作りの参考に私と出かけてみる？」

「あら、面白そう。いいデートネタが集められそうです」

フレアは即答していた。そんな風に答える自分にも内心驚いていた。

どうやらこの場をずいぶんと楽しんでいたようだ。

もしかしたら彼も同じなのかもしれない。きっと毛色の変わった娘が珍しいのだろう。公爵という高い地位の持ち主がわざわざ成金男爵家の娘に色恋を仕掛けるメリットなどないのだから。

（お父様と叔父様だとデートの参考にはならないのよね。一緒に外出しても、子供を甘やかす手本みたいなノリなのだもの）

何しろ使い切れないほどのお金を持つ父は、フレアが「この店のお菓子好きよ」と言うと「じゃあ店ごと買い取ろうか」と言い出すほどなのだ。

「集めたいデートネタの候補はあるの？」

「そうですねえ……。まずはクライネヴァール公園に行きたいです。ルーヴェ市民の定番デート場所といえばこの公園よね」

ルーヴェの北西に位置するクライネヴァール公園は上流階級専用ではなく、市民に向けて整備された公園だ。緑豊かで大きな池もある。中央の広場では露店が出ていて、大道芸人が輪投げやパントマイムなどを披露する。

ヒロインとヒーローのお忍びデートにはもってこいの場所である。

「了解」

リディウスが朗らかな声で請け負ってくれた。


さて、それから数日が経過したある日の午後。

フレアは実家の屋敷を出て辻馬車を拾った。やってきたのはルーヴェ中心部五区。商業地区と呼ばれる場所だ。

ルーヴェの街は四十年ほど前から区画整理を行っており、行政地区を数字で表している。一区から十七区まであり、ルーヴェっ子にもすっかり浸透していた。

大通りには等間隔に木が植えられ、建物の軒先にはカフェが連なっている。フロックコート姿の紳士や帽子をかぶった婦人、植木の下で道具を広げる靴磨きに、籠《かご》を腕に提げ通行人たちに声をかける花売りなど。商業地区は今日も賑わいを見せている。

リディウスと再会した舞踏会でデートネタ収集のための取材日を決めた際、待ち合わせ場所をどうするかと問われたフレアは、五区にある一軒のカフェを指定した。

カフェとはコーヒーやお茶を提供するだけではなく、政治や芸術などを議論する男性の社交場という性質がある場所だ。

一方のサロンはコーヒーなどと一緒にケーキを頼む場所であり、こちらは女性を中心に支持されている。

時代が下った現代では、カフェとはいえ女性厳禁という店は見かけなくなった。ただ、通りに面している上に、店舗のガラス戸が開放され外から店内が丸見えのため、上流階級の女性たちはあまり訪れない。

（リーヒベルク公爵との待ち合わせならこういう場所の方が都合がいいのよね）

フレアの母は元は伯爵令嬢なのだが、あまり格式にこだわらない性質だ。むしろ貴族特有のしきたりや排他主義を好ましく思っていないきらいがある。

当時爵位も持っていなかったファレンスト家の嫡男と恋愛結婚をするあたりからもそういった気質が垣間見える。

そのような人物が母だったため、子供の頃からフレアは様々な場所に連れていってもらった。

フレアにとってカフェが敷居の高い場所でないのも、貴族の娘とはこうあるべきという理想を押しつけなかった母のおかげだ。

目的地のカフェに到着したフレアは、近付いてきた接客係に待ち合わせだと伝えた。

約束の時間にはまだ十分くらいあるのにリディウスはすでに到着していた。

「早いのですね」

「女性を待たせてはいけないから」

「なんてヒーローっぽい台詞ですか。さすがは公爵」

フレアはさっそくポケットからメモ帳と鉛筆を取り出した。そして今の台詞と共に『真の貴公子は気障《きざ》な台詞が気障に聞こえない』と注釈を入れた。

「その注釈はどうなんだ？」

何をしているのだろうと覗き込んだリディウスの、思わずといった突っ込みが聞こえてきた。

「いいんです。だって本当のことだもの」

真剣にメモを取るフレアに、リディウスが声を潜めて言う。

「今日はせっかくの取材なのだから、敬語も敬称もなしにしよう。私のことはただのリディウスって呼んでほしい」

「街中で公爵って呼びかけると目立つでしょうしね……いえ、目立つものね。だったらわたしのことはフレアって呼んでほしいわ」

彼の場合、その身から溢れ出る気品を隠しきれていない。フロックコートはパリッと糊《のり》が利いていて袖や裾にはほつれ一つないし、黒い革靴もぴかぴかに磨かれている。カフスボタンこそ地味な黒曜石だが、どこからどう見ても上流階級であることが察せられる。

対するフレアは飾り気のない木綿地の外出着姿だ。深い碧色《あおいろ》の立格子柄のスカートに薄手のジャケット、それから同じ色のリボンがついた帽子をかぶっている。

二人はそれぞれコーヒーを頼み、一杯飲み終えたのちに店を出た。短時間の滞在でも気兼ねなく利用できるのがカフェの良いところだ。

公爵のような高位貴族は小切手かツケ払いかなと思い込んでいたため、会計の際リディウスが現金を出したことに驚いた。

「こういうカフェで小切手なんか出したら笑われるだろう?」

「え、ええ……まあ」

表情に出ていたらしい。リディウスが小さく肩を竦めた。
「大学生の頃は友人と飲み歩いたりしたものだよ。さすがにルーヴェ大学近くの酒場で小切手を出すわけにもいかない」

「あら、公爵閣下は学生街の安酒の味をご存じなの？」

フレアは父から聞いたことのある大学時代の話を思い出しながら問いかけてみる。彼がルーヴェ大学出身だというのなら父の後輩に当たる。

「多少は」

「その顔はあまり進んでは飲みたくないっていう風に見えるけれど？」

「さすがに水で薄めたぶどう酒は好んで飲むものではないね」

リディウスは苦笑してみせる。

ルーヴェ大学はフラデニアで一番権威のある大学だ。その歴史は古く、数百年前の王が私財を投じて作った研究機関がその前身だ。設立当初は家を継がない貴族子息が在籍する場所だったのだが、時代の変遷と共にその形態が変化し、大学となった。

今では奨学金制度が整ったことで、国中から優秀な学生が集まり、卒業者には父のような事業主や高級官僚も多い。

「大学ではあまり身分の差で壁を作ることはしなかったかな。数人単位で課題を出されることも多くて、教授は階級でグループを分けないから、図書館に籠《こも》って課題書を読みふけったり論文をまとめたりしていくうちに学生特有の仲間意識が芽生えていったものだよ」

「楽しい学生生活だったのね」

「まあね。あの頃が一番気楽だったかもしれない」

などと話をしながら辻馬車を捕まえ、クライネヴァール公園へと向かった。

馬車での移動中も話が弾む。リディウスの学生時代の思い出話やフレアが人生で初めてハマった物語の推しポイントなど、他愛もないものばかりだった。

雲の上のお人だと思っていた公爵が実は気さくで現金も持ち歩くことが分かり、フレアは親近感を持った。

きっと、貴族としての顔と今のような素の顔を使い分けているのだろう。

そしてずっと貴族の顔をしていることに疲れてしまったのかもしれない。今日が彼にとっていい息抜きになればいいのだが。そんなことを思った自分にも驚いた。まだ数回しか会っていない相手に感情移入をしているらしい。

到着したクライネヴァール公園では、今の時季、遊戯施設が開園している。夏季限定のこの催しは市民たちに夏の訪れを知らせる風物詩だ。

「リディウスは初めて？」

「子供の頃に連れてきてもらったことがあるよ。学生時代は友人たちと」

「へえ……。意外だわ」

「私的な場面では母は案外格式よりも興味を優先させるんだ。そんな母に父は昔から甘くてね。フレアは？」

「わたしは子供の頃に連れてきてもらって以来よ。あ、輪投げがあるわ。久しぶりにやりたいわ」

わくわくする心と共に目当ての露店へ足を向けると、苦笑しながらリディウスがついてきた。

(子供っぽいって思われていてもいいのよ。今日は取材だもの)

フレアは二人分の料金を店員に払い、一人分である五個の輪をリディウスに手渡した。

「ふふふ。勝負よ、リディウス」

「分かった。真剣勝負といこうじゃないか」

今日は取材だと考え直したのか、はたまたお遊びだと割り切ったのか、彼も承諾した。

結果として予想以上の真剣勝負となった。

「やったぁ～、リディウスに勝ったわ！」

「フレア、もう一回。もう一回勝負をしよう」

「次もわたしが勝つけれどね」

ふふん、と勝利予告したら次は負けてしまった。

「次はあのくじ。同時にくじを引いて、どちらが上位賞を引き当てられるかで勝負よ」

「望むところだ」

と言って勇んでくじを引いたのに二人共ビリ賞を引き当てたから、ぷっと笑い合ってしまった。

いつの間にかフレアもリディウスも童心に帰って遊んでいた。

「しまった！　自分の楽しさを優先させてデートネタ収集がおろそかになっていたわ」

そういえば、とフレアは大切なことに気がついた。

「今更だろう」

「もう、気付いていたのなら教えてほしかったわ」

「フレアが楽しそうにしていたから」

少し休憩しようということになり、公園内のパーラーへ入った。こちらも夏季限定の出店のため、石畳の広場の一角に天幕を張り、その下にテーブル席を設置するという簡素な作りなのだが、店内は多くの客で賑《にぎ》わっている。

「今日知ったことは、男性と出かけるのと父や兄と出かけるのとでは、色々なことが全然違うってことかしら」

注文したすもものタルトを頬張ったのち、フレアは厳かに言った。

「色々？」

「そう。まずお父様は未だにわたしのことを幼い子供だと思っている節があるから、基本的に過保護なの。勝負をしても百パーセントわたしに勝ちを譲ってくれるわ。兄はそもそも社交場以外でわたしの外出に付き合わないもの」

「なるほど、フレアもただ遊んでいたわけではなかったわけだ」

「途中まで素で楽しんでしまったけれど、こういう体験から次のアイディアが生まれることだってあるのよ。ただ机の前に座っていても書けない時はいくら考えても書けないもの」

からかわれたフレアは大真面目な顔を作って大きく頭を上下させる。

「じゃあ次はどんな体験をご所望で？」

「また付き合ってくれるの？」

「私も今日はいい気分転換になったから」

ということで、フレアとリディウスは互いの予定を確認し合い、次の外出の日時を決めた。

「あら。フレア、今日も出かけるの？」

「お母様。ええそうなの。せっかくルーヴェにいるのだから作品作りの参考に色々な場所へ出かけておこうかと思って」

屋敷を出る直前に呼び止められたフレアはにこりと笑った。

里帰りのルーヴェ滞在は、リディウスという新しくできた友人によって大変有意義なものになっていた。

「気をつけてね。あと、たまにはお父様にも付き合ってあげてね。せっかく娘が里帰りしたのに、構ってくれないって寂しがっているから」

母に「分かったわ」と返事をしてフレアは外に出た。さすがに成人した娘の行動に過度に干渉するつもりはないようだ。侍女のローミーは連れていけと言われるかもしれないと一瞬身構えたのだが、それもなくてホッとした。

新しくできた友人は男性です、とは両親には言いづらい。まず父は激昂するだろう。母は恋人候補なのではと勘違いするかもしれない。

お互い何の感情も抱いていないのに周りから囃《はや》し立てられてこの関係が壊れるのは嫌だ。

などと考えながら向かったのは、ルーヴェ市内の五区にあるいつものカフェ。

もはや定番と化しつつある待ち合わせ場所では、リディウスが長い脚を組みコーヒーを飲んでいた。

「今日もあなたの方が早かったのね。一度くらいはわたしの方が先に到着していたいものだけれど」

「女性を待たせるのは主義に反するんだ」

「またそうやって、ヒーローっぽいことをさらりと言うのだから」

「参考になるだろう？」

「もちろん参考にさせていただきます」

フレアは深々と頭を下げて筆記用具を取り出した。

すっかり打ち解けた二人である。

今日もコーヒーを飲みカフェを出たのち、フレアの希望に沿ってルーヴェ市内を東西に流れる河川沿いへやってきた。

セラージュ川はルーヴェ市民憩いの場所だ。ここも定番のデートスポットとして有名で、蒸気船による水上からのルーヴェ観光は、地方民の憧れなのだという。

乗り込んだ蒸気船が出航の音を鳴らす。

「そういえば王太子妃殿下も、セラージュ川のクルーズがお気に入りだったわね。その時の様子がイラスト入り新聞に掲載されて一気に国民の憧れになったのだとか」

「アルンレイヒから嫁いでこられた妃殿下と結婚式前に思い出を作りたいって殿下が案内をしたの

が始まりだったかな。あの時、殿下は何がいいだろうかと唸《うな》っていたよ」

「リディウスは王太子殿下とも親しいのだったわね」

「私の母が王妃殿下の元女官だったのもあって、小さな頃にお目通りをさせていただいたのが始まりかな」

「わたしとイデルダ様のような関係かしら」

「まあ、似たようなものかもしれないね。十代の頃はこっそり馬鹿をやったこともあったっけ」

「男の人ってどういう風に羽目を外すの？」

「あまり聞かないでくれると嬉しい」

リディウスが僅かに視線を逸らす。

こういう時、彼の表情は普段の貴公子から外れて、少しだけ子供っぽくなる。

「殿下は意地っ張りだけれど、妃殿下にベタ惚れなんだ」

「話題を変えたわね？」

船上で髪が風に揺れるのに任せながら、ごく近い距離で会話を続ける。

彼は守秘義務を課せられていること以外なら自身の仕事やフラデニアの宮殿内での話を教えてくれる。

普段アルンレイヒに住んでいるため、故郷とはいえこちらの国の上流階級事情にフレアは疎い。最新の宮殿内での勢力図や派閥などを教えてもらい、夜会を含む社交の場でそれが役立つこともあった。また、事前情報を得た上で人間観察を行うと、物語を作る上での参考にもなった。

もう一度風が吹く。フレアは帽子を押さえた。

「フレア、頬に髪が」

ふと腕が伸びてきた。リディウスだ。

髪を払ってくれた彼が、ハッとしたように慌てて腕を引っ込めた。

フレアはきょとんとした。

「あ、すまない。勝手に触れてしまったから」

「別に気にしないのに」

何気なく言ったらリディウスの方が困ったように微笑を浮かべていた。

船から降りたあとに足を伸ばしたのは、セラージュ川沿いにあるアイスクリーム専門店。ルーヴェ大聖堂にほど近いここは景観も良く、観光客のみならず地元民からも親しまれている。

「この店は財務卿もお忍びで通っているそうだよ」

「初耳だわ。有名な話なの？」

複数あるアイスクリーム店の中でリディウスが案内してくれたのは、三番目くらいの大きさの店だった。

「ああ。ルーヴェでアイスクリームを食べるならこの店に限るって。この間思い出話と一緒に教えてくれた」

「思い出話？」

「その昔、法案成立で意見が対立していた何某《なにがし》様とこの店でバッタリ会って、討論に発展して店主に追い出されたそうだよ」

三十年ほど前のことだった、と当時を懐かしむように目を細めていたのだとリディウスが続ける。

そのような逸話を聞けばアイスクリームへの期待も高まる。

「困ったわ。苺とチョコレートとさくらんぼ。どれも捨てがたい」

「じゃあ私と半分ずつにする？」

「いいの？」

メニューを前に難しい顔で真剣に唸っていると、隣から天使かと言いたくなる提案をされた。

「こういうのもデートネタには必須だろう？」

「あなたって本当に素晴らしい人だわ」

「アイスクリーム一つで評価が高すぎやしないか」

運ばれてきたアイスクリームは、フレアが苺とチョコレートで、リディウスがさくらんぼとラム酒。トッピングにチョコレートチップをかけてもらった。

フラデニア人は男女共に甘党が多い。フレアたち以外でも男女でアイスクリームを食べに来ている客は少なくない。男性の一人客の姿もある。

リディウスが掬《すく》ったスプーンをフレアの口の前に持ってきた。

フレアはつい口を開けて食べてしまった。

彼の方がびっくりしている。

「デートネタと言えばこういう趣向もありかな？　と尋ねるつもりだったんだけど……」

「も、もう！　冗談なら先に言ってちょうだい。昔からお父様や叔父様から食べさせてもらうことがあって。あ、もちろん大きくなってからはないわよ？　断っていたんだから。うう……は、恥ずかしい」

頬が真っ赤に染まった。冗談を真に受けて、否、つい幼い頃の習慣で口を開けてしまった己が恥ずかしい。

リディウスがあたふたするフレアを前に破顔した。

「フレア、可愛い」

「もう、もう！」

「え、可愛いは褒め言葉だろう？」

「子供みたいだって聞こえるの」

「フレア、機嫌を直して。ほら、私のアイスクリーム全部あげるから」

「絶対に子供扱いしているわよね？」

ぽんぽんと言い合う二人は、傍《はた》から見たら立派な恋人同士なのだが。そのように思われていることなど、もちろんフレアは気付いていない。

単に新しくできた友人と気安いやり取りをしているだけ、という認識だ。

リディウスとの外出は楽しい。

別の日には、ルーヴェ大学近くの食堂に案内してもらった。彼の大学時代の話を聞いて、ヒーロー像の参考にしようとしたのだ。

狭い路地には小さな食堂がひしめいており、出入り口付近の壁には本日のおすすめ料理が掲げられている。食堂では昼食時にセットメニューを置いているところが大半だ。前菜とメイン、もしくはメインとデザートの二品を頼むのだが、単品で注文するよりも割安になっている。

「ここは大学時代によく通ったんだ」

「あなたの思い出の味ってわけね。どれがおすすめ？」

「ええと……この鶏肉の煮込み料理なんだけど――」

そうして頼んだ料理は、高級料理店のような華やかさはないけれど、丁寧に作られたことが分かる深い味わいであった。

「ああ、同じ味だ……」

リディウスが感慨深そうに瞳を細めた。昔を懐かしむその様子にフレアも嬉しくなる。

それからこうも思った。地元民に愛される食堂にこっそり通うヒーローもありだと。

また別の日には気になっていた歌劇の昼公演を一緒に観に行ったり。はたまた書店に行ったり。

リディウスのおかげで里帰りは大変充実したものになった。


「あら、イデルダ様から手紙だわ」

ルーヴェに帰郷してもうすぐ二か月。何だかんだと長居をしてしまった。

五月に結婚式を挙げたイデルダはその間、夫となったクリーウトと新婚旅行に行っていたのだ。

どうやら帰国したらしい。

さっそく開封したフレアは旅の思い出がぴっちり書かれた書面を辿っていった。

最後には『お土産《みやげ》も買ってきたのよ。早くミュシャレンに帰ってきて』とあり、郷愁の念をくすぐられた。

十代中頃から過ごしたアルンレイヒの王都ミュシャレンは、フレアにとっては第二の故郷にも等しい。宮殿に上がっていた頃、一緒にイデルダの話し相手を務めていた娘たちとは今でもいい友人だ。

ルーヴェもいいけれど、今のフレアにとっての拠点はミュシャレンだ。

将来的にどちらの国に住むのかはまだ決めていないけれど、複数の国に親戚が散らばっているフレアにとっては、国境などあってないような感覚。その時の状況によって引っ越しするのだろうと考えている。

「やだ。仕事の打ち合わせの打診の手紙も来ているじゃない。少しゆっくりしすぎたわね」

転送されてきた手紙を検《あらた》めたフレアは手帳を開いて予定を確認した。父との食事とリディウスとの外出の約束が控えている。これらが終わった二日後に出発日を仮設定して侍女を呼んだ。

「お嬢様、いかがされましたか？」

「そろそろミュシャレンに帰ろうと思うの。ローミー、切符の手配や荷造りやら、支度をお願いしてもいいかしら」

「かしこまりました」

頭を下げた彼女が部屋を出ていった。

「今回のルーヴェ滞在ではリディウスにとってもお世話になったものね。最後に何かお礼をしないと。男の人って何がいいのかしら？」

フレアは首をひねらせたのだった。

†

はじめは単なる興味と好奇心。ただそれだけだった。

――洗練された振る舞いとその身の内側からにじみ出る優雅さは、なるほど令嬢たちの憧れだと納得したんです。完璧な貴公子っぷりは作品作りの参考に最高だわって、勝手に取材させてもらいました――

ひょんなことから知り合った男爵令嬢フレアディーテは、リディウスに対して取材対象だと言い切った。それはどこか新鮮で面白くもあって。自然と次の言葉が出ていた。

――だったら今度、物語作りの参考に私と出かけてみる？――

彼が生を受けたリーヒベルク公爵家はフラデニア王国の名門だった。父親譲りの金髪に青い瞳と端整な顔立ち、それから将来公爵位を継ぐ存在として、リディウスは昔からよくモテた。

貴族の家に生まれた女性にとっての結婚とは、自身の将来を左右するほど重要なもの。彼女たちの目的はただ一つ。家を継ぐ立場の男性との縁を結ぶこと。

それと同時に貴族の家の目的は、先祖から受け継いだ領地や財産を円滑に次代へ繋ぐことで、その領地や財産は大抵の場合、問題がなければ爵位と共に長男――すなわち継嗣が受け継ぐ。

当然継嗣となればその数は格段に少なく、女性たちも必死である。社交の場に顔を出せば、少しでもリディウスとお近付きになりたいと多くの娘たちがあの手この手で近寄ってくる。

リーヒベルク公爵家と付き合いのある家の場合だと両親経由で見合いの場を設けられそうになったり、仕事で付き合いのある紳士から娘のエスコート役を交渉の条件に出されたり。

リディウスは誰に対しても平等に接し、決して期待をさせないよう仮面のような微笑を常に浮かべていた。

フレアもまた、財産家の娘という立場上リディウスと同じように勝手に将来の伴侶候補に持ち上げられ、男たちから追いかけ回されていた。

そのせいか出会った当初、警戒心の強い猫のようにじっとこちらを見つめてきたのを覚えている。あれはリディウスをうっとり眺めるのではなく、心の奥底に実家の財産への期待がないか見定めようとする視線であった。

フレアと出かけたルーヴェ散策は予想以上に楽しかった。普段気取った淑女たちに囲まれていたリディウスは、公園に着くなり輪投げがしたいと言ったフレアに少々驚かされたものの、まあいいかと付き合うことにした。あの日の目的は取材だったのだから。

素で思い切り楽しむフレアと一緒に、気付けばリディウスも童心に帰って公園遊戯施設でのひと時を満喫していた。

久しぶりの感覚だった。見返りを求めていない相手との会話とはこんなにも心地好《よ》いものなのか。

そんなことを考え、気付けば次の約束をしていた。その次も、またその次も。一緒に出かけるうちに、リディウスはフレアとの外出を心待ちにするようになっていた。

警戒心を解いた彼女はリディウスの前で色々な表情を見せてくれるようになった。勝負に負けて悔しがったりむきになったり。赤紫色の瞳をキラキラさせて甘いものを頬張ったり、リディウスの学生時代の話を楽しそうに聞いたり、気を許してくれていると分かる笑顔を向けてくれたり。

彼女といると自然体でいられる。そのように感じた。もっと彼女を知りたい。話がしたい。当初抱いた彼女への興味とは何かが違う。

セラージュ川での船上観光中、風に弄《もてあそ》ばれた彼女の髪が頬にかかった時、自然と腕が伸びていた。その頬に触れて無作法だったと慌てて手を引っ込めたのに、フレアは不思議そうに首を傾げた。

あの時リディウスは、彼女の己への警戒心のなさに対して危うさを感じ取った。

そしてそのあと、つい出来心と冗談で彼女の口の前にアイスクリームが載ったスプーンを持っていった。

白い歯を覗かせながらうっすら開いた小さな唇を前に、全身の血液が逆流したかのような錯覚に陥った。

あの唇を貪《むさぼ》ったらどのような味がするのだろうか。アイスクリームのように甘いに違いない。

己の内から生まれた欲求にぎょっとし、慌てて取り繕おうとしたのに、口から出たのは「可愛い」という一言で。

「リディウス、お待たせ」

えんじ色の花柄の外出着に、大きなつば付き帽子姿のフレアがいつものカフェに入ってきた。

リディウスは本物のフレアを前に回想を終わらせた。

「今日は三つ編みなんだね」

「最近一人で外出するのに髪の毛を結ばなくなったのねってお母様に指摘されて。侍女のローミーも同じことを思っていたみたい。それに今日はこれから大学の講演会に行くでしょう。目立たない方がいいと思って」

聞けば一人で外出の際は、必ずつばの広い帽子、もしくはボンネットと伊達《だて》メガネをかけるように言われているらしい。髪の毛は三つ編みにするか一つにまとめるとのこと。

「今もメガネを持っているの？」

「もちろん。瓶の底のように分厚いの。ほら、見て」

そう言ってフレアは、女性用の小さな鞄から取り出した分厚い眼鏡をかける。

「わたしのお祖父様がお母様に伝授した変装姿よ。こうすると、お堅い家庭教師か既婚女性みたいに見えるでしょう。男性に声をかけられなくなるのですって。実年齢よりも年を取って見られるから、劇場で打ち合わせをする時もこのスタイルなの」

フレアは眼鏡をかけたまま運ばれたコーヒーに口をつけるも、レンズが曇ったようですぐに外した。

いつものようにコーヒーを一杯飲み終えたリディウスは、店の前で辻馬車を拾った。

二人で向かったのはルーヴェ大学である。

「あら、正門じゃないのね」

「人が多いだろうと思って」

停車したのは東側の門の手前。敷地内に入れば「お待ちしておりました。リーヒベルク公爵」と言って案内係の男性がすっと現れた。

「え？　え？」と顔に疑問符を浮かべながらリディウスと案内係、交互に視線を向けるフレアを促し、リディウスは久しぶりの母校を懐かしい気持ちと共に眺め歩いた。

到着したのは、左右に仕切りがされ一定のプライバシーを保てる特別席と呼ばれる空間。

その席に着いたフレアは顔を寄せてきて「一体どういうこと？」と小さな声で尋ねてきた。

「今日はプライベートだから、挨拶と称して近付きになろうとする聴講者に捕まりたくないんだ」

「多分、わたしへの配慮も入っているわよね。手間暇をかけてわたしに付き合ってくれてありがとう」

二階に設えられた特別席から一階席を見下ろしながらフレアが言った。座席の間隔が狭い一般席を占めるのはほぼ男性の聴講者。男性があまり得意ではないフレアは、あの中に自分が入っていったら講演を聴くどころではないと感じたのだろう。

現在大学は夏季休暇中で、その期間を利用し研究者たちによる講演会を行っている。

これはルーヴェ大学に所属する学生や教員以外の人間も参加費を払えば誰でも聴講することができる。先日何かの話題の際に出て、フレアから行くつもりであることを聞かされ、リディウスは「ちょうど私も興味があったんだ」と同行を申し出たのだ。

（フレアは家族の予定が合わずに一人で参加する予定だって言っていたけれど……一緒に来て正解だった。あんな男ばかりの中にフレアを一人で放り込むわけにはいかないだろう）

いくら変装用の眼鏡をかけて髪を三つ編みにして素顔を隠しているとはいえ、同じ趣味を持っているのだと気安く話しかけられたらどうするつもりなのか。

万が一にもそいつと気が合ってしまったら――と考えたリディウスの胸の中にムカムカが生じる。

己以外の男と仲良くなってほしくないし、彼女の美しさも愛らしさも己だけが知っていればいい。

いつの頃からかリディウスの中に独占欲のようなものが生まれていた。

「各国の歴史や文化をより知っておいた方が外交時に役に立つんだ。たまたまフレアと私の興味が一致しただけだから、そんなに恐縮しないで」

リディウスはフレアの懸念を取り払うように建前を駆使して微笑んだ。

本音はフレアと一緒に出かける機会が欲しかったから、秘書に言って予定を変更させたのだ。

「でも……リーヒベルク公爵の名前を出して女性連れじゃあ目立つんじゃない？　大丈夫？」

「今日はプライベートで大事なお客様を案内する予定だと念を押しておいたから大丈夫だと思うよ。多分、お忍びのやんごとなきどなたかの付き添いなんじゃないか……とでも思っているだろう」

「確かに。わたしの格好は世を忍ぶ仮の姿にも見えるわね」

未だ眼鏡をかけたままのフレアがレンズの奥で瞳を細めた。

リディウスはふと思い至って彼女の眼鏡を外した。

彼女の赤紫色の瞳が不思議そうにリディウスを見つめる。

「どうしたの？」

「いや……何でもない」

こちらを信頼しきっているフレアにどこまでなら許されるのか時々試してみたくなる。頬に触れても怒られなかった。肩を抱いたら？　腰に手を回したら？　さすがに唇に触れたら怒られる。そのくらいの理性は残っている。

「もうすぐ講演会が始まるね」

リディウスはフレアに眼鏡を返したのち、己の中に溜まりつつある熱い塊を逃がすようにそっと息を吐き出した。

隣の特別席を案内する声が聞こえてきて、リディウスは前方壇上へ集中するよう視線を定める。

これから始まる講演会の内容は、大陸北に位置するユトレイ王国の歴史学だ。

歌劇では、現代の他に百年以上前の宮廷時代なども人気の時代設定だそうだ。講演の内容には宮廷時代の内紛や権力闘争の詳細も含まれており、恋愛パート以外の話の作り込みの参考になるのではないかと考え、フレアは参加を決めたのだそうだ。

内容は面白く、リディウスも飽きることなく最後まで聴くことができた。

終了後は再び案内人が現れ、一般参加者とは違う通用路を使用できたこともあり、誰かに見つかり話しかけられることもなかった。しかも馬車まで呼んでくれていた。あとで謝礼品を届けようと頭の中に留めておく。

馬車に乗り込んだリディウスは「このあとどうする？」とフレアに尋ねた。

時間的に間食を摘まんでもいい頃合いだ。

「実はサロンを予約してあって……。案内してもいいかしら？　大事な話もあるし」

「もちろん構わないよ」

大事な話、というフレーズにドキリとしたが、おくびにも出さずに返事をした。

「予約したサロンはお姉様が出資をしていて最近開店したばかりだから、まだ上流階級のお客様は少ないはずよ」

この交流を自分たちが属する階級の人間には知られたくない。特に表面上の付き合いしかしていない人間に対しては。それがリディウスとフレア共通の考えであった。

個人的な友人付き合い一つとっても、貴族というのは面倒なのである。

邪推をされたくなかったし、自分との結婚を目標にして熱心に追いかけ回してくる令嬢たちには特に知られたくはない。

毎回の待ち合わせ場所が五区のカフェであるのも、上流階級の娘は出入りしないだろうという理由から。もし仮にリディウスと同じ階級の人間がいたとしてもお忍びだろう。そのような場合、互いに気付いていても見て見ぬふりをするのが礼儀である。

フレアから詳しい住所を聞いたリディウスは御者に行き先を伝えた。

車内で先ほどの講演内容についてお互いの見解や感想を伝え合っているとあっという間に時間が過ぎ、ルーヴェ中心部から少し離れた瀟洒《しょうしゃ》な館へ到着した。ここがフレアの姉が出資したというサロンらしい。

近くには新進気鋭の画家たちの作品を集めた美術館や画廊があり、彼らと購買客の商談の場としても当て込んでいるのだという。

館は優しい青色の壁紙で統一されており、そこかしこに絵が飾られている。

個室に案内されたリディウスは持っていた鞄から封筒を取り出した。二人での外出の際は互いに侍女も従者もつけていないため、普段は従者が持つ鞄も必要に応じて自ら持ち歩いているのである。

「この間、登場人物の会話のバリエーションを増やしたいって言っていただろう。外交の交渉時に役立つ会話術をいくつかまとめてみたんだ」

「今日の特別席といい、この資料といい、忙しいのに時間をかけてくれて本当にありがとう。あなたのおかげでいい作品が書けそうよ」

「大したことはしていないよ」

特別席も資料作成もフレアの笑顔が見たくて行っただけだ。完徹はしたけれど、それは内緒だ。

封筒からリディウス手書きの資料を出して目を通したフレアが目を丸くする。

「すごい……こんなにもたくさん。やだ、シチュエーションに合わせた想定問答集まである。すごいわ、時間かかったでしょう。お仕事本当に大丈夫？」

「大事なフレアのためだからこのくらいどうってことないよ」

リディウスは爽《さわ》やかに微笑んだ。

「ああそれから、昔父に勧められて読んだ外交術の書籍から脚本に役立ちそうなところを抜粋したんだ」

「そんなことまで！　リディウスありがとう。あなたは大天使様……いいえ神様だわ」

もう一つ封筒を渡すと、フレアが感動した様子で瞳を潤ませた。

フレアに頼りにされるなら、完徹の一回や二回くらいどうってことない。

「失礼いたします」

扉が叩かれ、給仕係が入室しそれぞれの前にケーキ皿が供された。

クリームがたっぷり載せられたケーキにフレアの目が輝く。

艶々に輝くチョコレートでコーティングされたケーキにフォークを入れる。カシスのジャムやチョコレートムースなどがそれぞれの風味を殺すことなく口の中で絶妙に蕩《とろ》け合う。

「いい雰囲気の店だね。味も確かだ」

「ありがとう。友人も褒めていたってお姉様にお手紙を書くわね」

確か彼女の姉は北の隣国に留学中であった。

「友人が褒めていたって伝えたら、どういう友人だって詮索されてしまわないかな？」

「お姉様はそういうことに興味を持たないもの。店の支配人もいちいち伝えないわ」

リディウスの含みのある言葉をフレアは軽く躱《かわ》した。

先ほど大事な話があると言っていた。それは、家族に知られても構わないような類の話という意味だろうか。

いつの間にか胸が早鐘を打っている。

現在、個室で二人きり。そのことを意識したらケーキの味も分からなくなった。

いつの間にか友情という言葉では片付けられない思いを抱くようになっていた。

――リディ、きみもいつか恋しい女性に出会ったら、私の気持ちが分かるようになるよ――

いつかの父の言葉がふと思い出された。

父の言う恋する気持ちとは、リディウスの中で長い間理解不能な代物だった。

冷静沈着で頼りになる父が母のことになると途端に大人げなくなる光景を子供の頃から見てきた。

妻を片時も離したくない、妻の一番は私だなどと言い、息子と張り合う父に子供ながらに呆《あき》れた。

自分はああはならない。幼心にそう誓った。

それに貴族社会でのリディウスの価値はリーヒベルク公爵家を継ぐ人間であることだけだ。誰もリディウス自身を見ようとはしない。だから恋愛など自分には縁のないものだと思っていた。

(そんなこと、分かり切っていたはずだし、そういうものだと割り切っていたのにな)

今さらそのようなことで感傷的になるのは、フレアが瞳に映すのが公爵としての己ではなく、リディウスという個人だからだ。

「あのね。リディウス」

フレアが神妙な声を出した。空気が変わる。大事な話の前触れ。そのような気配を漂わせている。

リディウスは数秒呼吸を止めたのち、努めて冷静に返事をする。

「どうしたの?」

「わたし……リディウスに伝えたいことがあって」

己の前でフレアが視線を忙《せわ》しなく左右に揺らし、さらには合わせた手を落ち着かなく動かしている。

リディウスはごくりと唾を呑《の》んだ。

「あなたは単にわたしの作品作りのネタ収集に付き合ってくれていただけなのに、こんな気持ちを持ってしまうことは、あなたの負担になるかもしれないのだけれど……」

フレアが話すたびに心臓の鼓動が速くなっていった。

これは、この話の流れはつまりは――。

期待に胸が張り裂けそうになるさなか、ふと考えた。こういうことはやはり男性の方から言うべきではないのか。愛の告白を、女性の方からさせてしまうのはいかがなものか。

愛の告白。そうだ。己は彼女のことを、フレアのことをいつの間にか異性として好きになっていたのだ。

こんなにも一緒にいて楽しい女性には今まで出会ったことがなかった。

もっと彼女と一緒にいたい。彼女を独占したい。その笑顔を己だけに見せてほしい。

この気持ちが恋なのだ。そう理解すると同時に胸の中に甘やかな感情が一気に広がっていった。

「フレア、わたしも同じ気持ちだ」

「ほ、本当に？　本当の本当？」

先回りして伝えると、フレアが目を丸くした。見開かれた赤紫色の瞳がまじまじとリディウスへと向けられる。可愛いと見惚《みほ》れながら、リディウスは「もちろん」と大きく頷いた。

次の瞬間、フレアが零れんばかりの笑みを浮かべた。

「良かった。あなたもわたしのことを友達だって思ってくれていたのね！」

「…………は？」

たっぷり十秒は固まったのち、間の抜けた音が口から漏れた。

「わたしね、今まで男性と友達になるのは無理だって考えていたの。これまでわたしの周りにいた男の子って意地悪だったり悪戯好きだったり。社交会デビューしてからは持参金目当ての男性に追いかけ回されるし。でも、あなたと出会って、物語や舞台の外にも、紳士で優しい男性はいるのだなって。そう思ったの」

「……」

フレアの弁をリディウスは半ば放心状態で聞いていた。

「あなたとは一緒にいて楽しいし、普通に話せたの。わたし、あなたと知り合えて、こうして一緒に出かける仲になれてとても嬉しい。ただ、これってわたしがあなたを振り回しているだけだから、友達だって伝えたら迷惑かなとも考えたの。だから、あなたもわたしのことを友達だって思ってくれていてとても嬉しい。ありがとう、リディウス」

ここで彼女の言葉を否定することなど、どうしてできようか。

フレアは純粋にリディウスに対して友情を抱いているのに、自分が抱えている気持ちはそれとは違い恋心だ。

フレアの身も心も全てを独占したい。きみに触れたい。恋人になりたい――などと伝えたら。

（まずい。今フレアに、きみのことを異性として好きだと伝えたら……彼女の気持ちを裏切ることになるのではないのか？）

もしもフレアから、そういう目でわたしを見ていただなんて信じられない、とでも言われようものなら。距離を置かれようものなら。

考えただけで胸の奥がじくじくと痛みだす。そして負の方向に思考が引きずられる。

もしかしたらもう己に笑いかけてくれないかもしれない。それどころか汚いものを見る目で見られるかもしれない。

（無理だ。そうなったら耐えられる気がしない）

想像するだけで心臓にナイフを突き立てられるような心地である。

だとすれば、リディウスが取れる対応はただ一つ。

しくしくと泣く心に蓋《ふた》をしてとびきりの笑顔をフレアに向けた。

「私もフレアと仲良くなれて嬉しいよ。もちろん私たちは友人だ。これからもきみの劇作家活動を応援するし、取材の協力だって惜しまないよ。次はどこへ行こうか？」

「それがね……。わたし、明後日にはミュシャレンに帰らなくてはいけなくって」

予想もしなかった言葉にリディウスはぴしりと固まった。

「それは……随分と急だね」

「先日イデルダ様から手紙が来たの。寂しいから早く帰ってきてって。それにそろそろ仕事もしなければいけないし」

友人宣言ほやほやのリディウスは現時点でイデルダの『寂しい』に負けていた。

「フレアは……これからもアルンレイヒで、いやミュシャレンで暮らしていくの……？」

「今のところはそのつもりよ。実家はルーヴェだけれど、生活基盤はミュシャレンだもの」

「……そうか」

友達の座に甘んじようと思った矢先に遠距離が確定した。今後はともかくとして、現時点でフレアはミュシャレンから動く気はないようだ。

フラデニア貴族として代々の領地の管理維持義務を持つリディウスは、恋しい女性を追いかけるためだけに隣国へ永住するわけにはいかない。

「あなたにもお礼がしたいのだけれど、男の人が喜ぶものって思いつかなくって。ねえ、何か欲しいものはある？　何でも言ってちょうだい。全力で叶《かな》えるわ」

ここで、きみが欲しいから私のものになってくれと即答しなかった己の自制心を褒めてやりたい。

「ありがとう、フレア。次は私がミュシャレンを訪問するから、その時は二人きりでミュシャレンを案内してほしい」

フレアが「もちろんよ」と笑った。己だけに向けられた曇りのない笑顔に心が浮き立つのが分かった。我ながら単純である。

これがリディウスの涙ぐましい遠距離友達活動が始まった瞬間でもあった。

そしてこれ以降リディウスはせっせと手紙を書き続け、時には彼女の創作活動に役立ちそうな書籍の内容を抜粋したレポートを作ったり、創作の相談ごとに真摯に答えたり、新聞の切り抜き帳面を作ったり、仕事の合間を縫って隣国へ一泊二日の弾丸週末旅行に行ったりと、フレアの『いいお友達』枠を維持し続けたのであった。

†

フレアはその後も順調に実績を重ねていった。

昨年、十九歳の年には、脚本を担当した舞台を観た出版社の人間からぜひにと誘われ、脚本を小説に書き起こし出版する機会に恵まれた。

新聞にも取り上げられ、そこそこヒットを飛ばした。そうしたら次は書き下ろしで小説を書いてみませんか、と二作目の打診をもらい、今年発売になった。

もちろん劇作家としても作品を発表し続けている。今ではミュシャレンにある複数の劇場で脚本を手がけるようになっていた。

そしてフレアとリディウスがうっかり一夜を過ごすことになったひと月前。

その日はデビュー作を上演した劇場の事務所にて担当者と打ち合わせを行っていた。

「ん〜、何ていうかさあ。悪くはないんだけどね。悪くはないんだよ。そう悪くは……さあ」

「はあ……」

思わず生返事をしてしまう。先日提出した新作の企画案の感想である。悪くはないと三回も言われた。だが、何かしらの不満があるようだ。そんな曖昧《あいまい》な言い方でなくずばりと言ってほしい。

（まだ会って話すのは三回目なのよね。反応が読めないからわたしの方もあんまりズバズバ言えないわ）

フレアはある程度親しくなってからでないと素を出せない性質なのである。

新担当は四十代後半ほどの見た目で、くたびれたフロックコートの下に着ているジレのサイズが合っていないのか、それとも最近太ったのか、ボタンがちぎれそうなほど張り詰めている。

「ラビエ先生の手がけた演目、まあ、悪くはないんですよねえ。内容も王道だし、新聞の講評もまあ……無難？」

「……ありがとうございます？」

フレアはひとまずお礼を言った。語尾が上がってしまったけれど。

「でもなあ……何かこう……。色気がさ」

「色気？」

「そう色気。ラビエ先生が書く女って、色気が足りないんだよ。あるでしょ、もっとこう、ほら」

新担当は口ひげを触りながら企画書とフレアを交互に見やる。

フレアは彼が言わんとする内容を推しはかり、慎重に口を開く。

「それは男性客を意識した……過激演出を取り入れろということでしょうか？」

「いや。そういうわけでもないんだよ。うちは歴史もある劇団だし、ゴルマケ通りの東側のような連中とは一線を画しているわけだし。とはいえさあ、ラビエ先生の作品には色気が足りないと思うわけ」

ミュシャレンの主だった劇場は王立劇場の周辺に散らばっている。上演演目は芸術性を追求したものから最近の流行を取り入れた軽いものまで多岐にわたる。

その中には、男性客を当て込み女性演者に下着のような薄布を纏わせ、徐々に脱がせていくような演目もある。卑猥《ひわい》な演出を売りにする劇場が多く集まるのが、新担当が口にしたゴルマケ通りの東側である。

作品の今後の方向性に関わることなら、人見知りを発揮している場合ではない。きちんと意見を述べなければ。

フレアは唇を湿らせて慎重に言葉を紡いだ。

「わたしは王道の恋愛作品を書いています。……そこに色気は必要でしょうか？」

「ラビエ先生の話はさ、私からしたら優等生すぎるんだよ。男女共に堅いというか、遊び心がないというかさ。もっと話の中に色気を組み込んでほしいわけ。言いたいこと、分かってくれます？」

新担当がずいと身を乗り出したから、フレアは反射的に後ろに身を引いてしまう。

「……要するに、わたしの書く話は型にはまりすぎているってことでしょうか？」

「先生さあ。恋してる？」

質問に質問で返された。しかも変化球であった。

「……恋？」

「まあ……その服装を見たら……察するものがありますよ。遊び心の欠片《かけら》もない地味な外出着にきっちり結んだおさげ。それから分厚い眼鏡ときたものだ。空想だけで物語を書くのも悪くはないいんだが……やっぱりさあ、あるでしょ。実体験から得られる心の潤いってやつが」

新担当は変装姿のフレアを上から下まで眺めたのち、しみじみとした口調で頷いた。

ものすごく憐れまれたように思えるのは気のせいではないだろう。

「まあ、とにかくさ。先生も恋した方がいいよ。あ、でもうちの俳優はだめだよ。最近の新聞屋は目ざといからねえ」

という文言を最後に、本日の打ち合わせは終了となった。

メンブラート伯爵邸へと帰る道すがら、フレアは頭の中でぶつぶつと唱えていた。

（わたしに足りないものは……恋？　恋……？　恋ってあの、物語の中で繰り広げられるアレよね？　思えばこの間わたしが脚本を書いて上演された作品……新聞社の評論欄でも高い評価ではなかったのよね。またこのパターンかって……。うぅ……王道だからいいじゃないって思っていたけれど、これって要するに色気が足りなかったってこと？）

悶々としながら屋敷へ戻ったフレアを出迎えてくれたのは叔母である。

「おかえりなさい。フレア宛にお手紙が届いているわよ。イデルダ様から」

「叔母様、ありがとう」

杖を突きながらメンブラート夫人が玄関ホールまで出てきた。

「おかえりフレア。打ち合わせはどうだった？　新担当もきみの才能を前にひれ伏す勢いだっただろう？」

続けて上階から現れた叔父は素早く階段を下り、叔母の側へ寄り手を取った。彼女は生まれながらに弱視なのだ。

「ん、打ち合わせは……まあ、普通だったわ。あと、何回も言っているけれど、わたしにそこまでの才能はないわよ。ひたすら書き続けて今の居場所にしがみついているんだから」

新担当とのやり取りを聞かせるとこの叔父が激昂することは想像に難《かた》くないため、黙っておく。

手紙を持って自室に入り開封すると、中から一通の封筒が出てきた。『フレアへ』と書かれてあるその文字は二年ほどの交流の中ですっかり見慣れた筆致。

「やっぱりリディウスからだったわ」

メンブラート伯爵邸に居候しているため、男友達ができたと言えば大騒ぎになるのは目に見えている。せっかく気の合う友人ができたのに叔父に邪魔されたのではたまったものではない。

というわけで当初フレアは、仕事先の劇団にファンレターを装いジョセニア・ラビエ宛で送ってほしいと提案した。

フレアは素性を隠し、侍女のローミー・ラエールの親戚という仮の身分で劇作家活動を行っている。デビュー以降はミュシャレン市内に部屋を借りていて、書類などは劇団を通してそこへ届くように手配しているのだ。

ただしこの方法だと受け取るまでにかなりの時間を要する。

「だったらリディウスはクリーウトとわたし宛に手紙を書いて、そこにフレア宛の手紙を同封すればいいじゃない」

そう提案してきたのは、フレアを介してリディウスとの親交を深めたイデルダである。

それ以降リディウスはクリーウト宛の手紙にフレアへの手紙を同封するようになった。ちなみにフレアは直接彼宛に手紙を送っている。それで構わないと言われているからだ。お目付け役の親族と同居していない環境がちょっぴり羨ましい。

リディウスはまめである。それはもう、ものすごく。外交関係で政治に携わり、領地関係の仕事もあるのに、彼はとにかく頻繁にフレアに手紙をくれる。

時にはルーヴェで発行されている新聞の歌劇団特集の切り抜きが入っていたりもする。フレアもフラデニアの劇団情報には気を配っているものの、隣国の情報を入手するとなると時間差が生じる。リディウスはそんなフレアのために最新の記事などを切り抜いて送ってくれるのだ。親切すぎる友人に、足を向けて眠れない。

封を開け、便箋に目を走らせる。そこには意外なことが書かれてあり、フレアは返事を書くために机の引き出しを開けたのだった。

†

「それにしてもびっくりしたわ。あなたがまさかアルンレイヒに赴任してくるだなんて」

ある日の昼下がり。小さなティールームの一角にて、リディウスの前でフレアがしみじみとした声を出した。

リディウスは対外的な理由を口にする。

「父上も若い頃に外国に駐在したことがあって、私も一度は外国で暮らしてみたいと考えていたんだ。ちょうどアルンレイヒの副大使の席が空いたんで、今回赴任を希望したんだ」

「リディウスは優秀だもの。王太子殿下は寂しがったのではないかしら？」

「いいや。むしろ頑張れって送り出してくれたよ。しっかり決めてこいって」

「決める？　何を」

「こちらの話」

うっかり漏らしそうになった裏話を誤魔化すために微笑むと、空気を読んだのかフレアは何も聞かずにいてくれた。

「でもあなたがミュシャレンに赴任になって嬉しいわ。忙しいのは分かっているけれど、たまにはわたしとも遊んでね」

「もちろんだよ。きみの方こそ締め切りで大変だろうけれど、私のことも忘れないでほしい」

「あなたからの手紙をひと月以上放置したあの時は、締め切りが二本重なって本当に修羅場だったのよ」

（ああ今日もフレアが可愛い。しかも本物だ。夢にまで見た本物）

リディウスはじぃぃんと感慨にふけった。約四か月ぶりに実物に会えた。今日も彼女は最高に可愛い。

手を伸ばせば触れられる場所に愛おしい女性が存在することの幸福を噛《か》みしめる。物理的に距離を縮めた成果である。

恋心を自覚して約二年。この心を封印して〝いい友達〟に徹してきた。気付けばリディウスも二十八歳。これまで躱し続けてきた周りからの結婚圧力が年を追うごとに強くなっていき、母からも「ねえリディ、誰か結婚したいなって思うお嬢さんはいないの？」と尋ねられた。

母方の実家である伯爵家の跡取りに指名された弟が「僕の結婚よりもまずは兄上からでしょう」と言って縁談を躱しているのも理由の一つだと思われる。

リディウスだとて理解している。円滑な爵位継承のためにも結婚は義務だということを。結婚をするのであればリディウスの選択肢はただ一つ。フレアだ。彼女と何が何でも結婚したい。

幸いにも両親はあまり格式にこだわらないお人だ。

何しろ由緒ある貴族が落ちぶれ、借金を苦に一家離散するようなご時世である。

離散までしなくとも、負債をどうにかするために、成金と呼ばれる新興富裕層の娘を莫大な持参金と共に跡取り息子の妻として迎え入れる貴族の家だって枚挙に暇《いとま》がない。

家を存続させるにも金が必要という世知辛《せちがら》い世相を反映した結果、背に腹は代えられないという事情が結婚にも多分に反映されるようになった。

つまりは新興富裕層と貴族の結婚がそこまで珍しくもない世の中になったということだ。

ましてや心に決めたフレアは、男爵家の令嬢という社交界に出入りできる身分も有している。

何より常日頃から妻を溺愛しその後ろを追いかけ回すような父親であれば、愛する人と結ばれたいという息子の気持ちを理解してくれるはず。そう信じて父に直談判した。まずはフレアに結婚を承諾してもらうために物理的に距離を縮めたい。しばらくの間時間をくれと。案の定、父は承諾してくれた。

根回しを重ねてアルンレイヒ副大使の座を手に入れたリディウスの目下の目標は、丸テーブルの斜め横に座るフレアに男として意識してもらうことである。

「フレアは最近どう？　忙しい？」

「社交期も始まるし、今は来季に向けた企画案を練ったりしているところかしら。今年はあなたもアルンレイヒの社交界に顔を出すの？」

「そのつもりだよ。イグレシア公爵家の舞踏会には、きみも出席するんだろう？」

「ええ」

「エスコート役は立てずにメンブラート伯爵夫妻と一緒に入場するの？」

「そのつもりよ。他の叔父様が帰国してくるのなら、そちらの方に頼むつもりだけれど」

フレアの母は姉弟が多く叔父だけで三人もいるのだ。一番年若い叔父は三十前後だとか。その内二人は外国住まいのため、リディウスもその存在を知らずに、一年前に彼女が見ず知らずの若い男と一緒に楽しそうに踊っているのを見て、頭に岩石が直撃したような衝撃を受けた。

たとえ叔父だろうが、己より数歳年上なだけという若い男性と踊るフレアの姿など積極的に見たくはない。

来《きた》る社交期に彼女をどこかの会場で華麗にエスコートして男として見てもらい、あわよくば夫候補としてメンブラート伯爵に認めてもらいたい。そして親族公認の仲になり堂々と文通を行いたい。

いや、せっかく物理的な距離を縮めたのだから文通ではなく、頻繁にフレアに会いたいのだが。

彼女と遠距離友人関係を保つためにリディウスはとにかくまめに手紙を送った。

文通というものは得てして忙しさを理由に手紙を送る頻度が減っていき、やがては年に一、二度の挨拶状の交換だけに落ち着いてしまうものだ。

特にフレアは締め切り前になると途端に筆不精になる。来ない手紙を待ち続けて焦燥し、我慢できなくなり、返事が欲しいとミュシャレンまで用事を作って赴いたのはいつのことだったか。

フレアの言葉通り、あの時は締め切り二本が重なって大変だったらしい。

リディウスの必死さに、フレアを介して友人関係に発展したイグレシア夫妻が協力してくれるようになったおかげで、幾分連絡を取る手段が楽になった。

そうやって仲介のかたわら交流を重ねた結果、クリーウトとは今では親しい友人である。この夫妻には己の気持ちがだだ漏れなのだが、今のところフレアには黙ってくれている。

イデルダの場合絶対に楽しんでいるのだろうが、人伝《ひとづて》に気持ちを知られるよりも己の口で彼女に愛を伝えたい。律儀に口を閉ざしてくれているイデルダにも感謝している。

「あ、違ったわ。今年は脱・親族をしなくちゃいけないんだった」

フレアが今思い出したとばかりに訂正する。

エスコート役を叔父に頼まない。それはつまりどういうことだろう。背中がヒヤリとした。

「誰か、私以外にきみと仲良くしている男性でも……？」

「まさか。いるわけないでしょう？　わたしが男嫌いなの、あなたも知っているでしょう？」

即座に否定の言葉が返ってきて嬉しい反面、彼女の中では己が男ではないことを改めて突きつけられ、胸がしくしくと痛んだ。

「あ。違う。男嫌いで片付けたらだめなのよ」

「え、それどういう……？」

「お待たせしました。メレンゲルーラードとレモンメレンゲパイでございます」

リディウスの質問と同じタイミングで、人の好さそうな初老の女性がお茶とケーキを運んできた。

フレアの前に置かれているのは初めて目にするメレンゲのロールケーキだ。

「このねっとりもっちりした食感がたまらないの」

と言いながら頬張るフレアが可愛くてじっくり眺めてしまう。

店内にはリディウスたちの他に二組の客がそれぞれ午後の時間を楽しんでいる。

昔ながらの石造りの建物は、趣のある外観の予想に反して内装は現代風に調《ととの》えられ、クリーム色の小花柄の壁紙の上には柔らかなタッチで描かれた水彩画がかけられている。

テーブル席同士はあまり密着しておらず、特にリディウスたちが案内された出窓の席は他の席からも少し離れており、リディウスはフォークで一口大に切ったレモンメレンゲパイを彼女の口の前に持っていった。

「私のケーキも食べる？」

「もう。そうやってすぐに子供扱いするんだから」

「でもフレアは五回に一回はうっかり口を開けるよね」

「違うわ。十回に一回くらいよ」

からかうとフレアが唇を尖《とが》らせた。

「今回は食べないの？」

「……食べる」

そう言ったフレアはフォークを持つリディウスの手を握った。細くて柔らかい。四か月ぶりの触れ合いである。頭の中に歓喜の鐘が鳴り響く。

フレアはそのまま口の前へリディウスの腕ごと持っていって、ぱくりとレモンメレンゲパイを食べた。

自身の手をリディウスのそれに重ねれば〝食べさせてもらう〟から除外されるという理屈らしい。

（どうして私たちは恋人同士ではないんだろう……？）

ふと遠い目をしたくなる。

こんなにもこちらに気を許してくれているというのに、フレアの中でこれは友人同士の戯れの一種なのだ。心を開いてくれているのは大変嬉しいのだが、躊躇いもなく手を重ねてくる彼女を前にリディウスは多大なる我慢を強いられるのだ。

「ん、美味しい。リディウスもわたしの一口食べる？」

「ありがとう。いただくよ」

ここで食べさせてくれる？　と聞いてみたい衝動をやり過ごすのもこの頃の定番である。

リディウスはメレンゲルーラードを一口分いただいた。互いのケーキを一口ずつ交換するなんて、もはや恋人同士の行為ではないか。どうして自分たちは恋人同士では……以下略。

相変わらずリディウスとフレアは二人で会う時、上流階級の人間があまり訪れないような場所を選んでいる。

今日訪れたこのティールームも王都から列車に乗ること数十分の場所にある町で、最近中流階級の人々の間で人気があるのだとフレアが案内してくれた。

どの国もそうだが、王都の住居は上に高い建物が多く、一軒家や広い庭付きの住居が欲しいとなれば郊外へ出るしかない。

列車が開通し早数十年。最初は王都と主要都市を結ぶ路線への資本投入が主だった鉄道事業も、近年では王都から近距離の街へ行く路線への投資に舵《かじ》を切るようになっている。

郊外であれば中流階級の人間でも広い住居を確保することができる。そして列車に乗れば職場のある王都にも数十分で到着できる。

そうして近年ではどの国でも、王都郊外の街に人々が移り住む光景が見られるようになった。

「それでフレアはエスコート役を誰に頼むつもりなの？」

結果どういうことなのだ。ずっと気になっていたリディウスはずばり尋ねてみた。

複数いる彼女の叔父たちに頼まない上、メンブラート伯爵夫妻と一緒に入場するわけでもない。

するとフレアが急に視線を忙しなく動かし始める。

「……実はね」

リディウスはごくりと唾を呑んだ。やはり本当は誰か心当たりがあるのではないか。または彼女にも縁談が持ち上がってしまったのか。

フレアが身を乗り出し、リディウスの耳の近くに顔を寄せる。

彼女の気配が、香りがすぐ間近にあった。いい香りが鼻をくすぐる。

このまま顔の位置を変えればフレアの唇に噛みつける。さくらんぼのように赤く艶やかな唇を本能のままに貪ってしまいたくなる衝動に駆られる。

(落ち着け。心を無にするんだ……3.14159265358979323846……)

いつの頃からかリディウスは煩悩を頭から追い出すために円周率を脳内で唱えるようになった。

「わたし……ね」と吐息交じりの声が耳にかかり、全身がぶるりと震えた。

(26433832795028８……)

とにかく今は円周率に集中しろ！　そう言い聞かせていたせいで、フレアの次の言葉を聞き取るのが一瞬遅れた。

「恋をしようと思うの」

「……へ？」

とんでもなく間抜けな声が出た自覚ならあった。

恋。恋……。恋だと？

「フレア、一体何がどうして恋をするって発想になったんだ⁉」

「リディウスったら声が大きいわ」

フレアがシーッと人差し指を唇の前に持ってくる。どうやら恥ずかしいらしい。

「あのね、わたしの書くお話には色気が足りないのですって」

「……は？」

話が唐突に飛んだ。もう一度間抜けな声を出したリディウスに対して、フレアが先日行ったという新担当者との打ち合わせの内容をかいつまんで教えてくれた。それを聞いて、

(その失礼な男、今すぐ革袋に詰めて川に放り込んでやろうか)

などという物騒な感想を抱いたリディウスである。

「でもフレア、きみは男性があまり得意ではないだろう？　別にそこまでする必要はないんじゃないか？　今までだって仕事をしてきたのだし」

「でも、ライバルは大勢いるもの。今は良くてもいずれ仕事をもらえなくなる日が来るかもしれないわ。できる努力はしておかないと。それにね、わたしはリディウスと友達になったおかげで男性にも普通の人がいるってことに気付くことができたわ。だからきっと恋だってできるはず」

「……」

「一応プランを考えてみたの。まずは男性との会話に慣れるところから始めた方がいいと思って。わたしの場合、持参金目当ての男性たちから追いかけ回されて男嫌いに拍車がかかったから、まずはわたしの正体を知られない状況で普通に男女の会話を練習してみようって考えたの」

「ソウナンダ……」

もはや片言しか出てこない。

「イデルダ様に相談した結果、まずは仮面舞踏会に出席してみようってことになって」

「だめだ！」

気付けばリディウスは反対の声を上げていた。

フレアがきょとんとする。

「だめに決まっているだろう。仮面舞踏会だよ、フレア。あんな場所にきみが行くだなんて危ないだろう」

「失礼ね。わたしはもう二十歳よ」

リディウスの過保護発言にフレアが片眉を持ち上げた。過保護な父と叔父に囲まれる彼女は子供扱いに敏感なところがある。

フレアの仕事を応援する気持ちは本物だ。彼女は自分の才能と努力で今の地位を築いたのである。けれども、今回だけは譲れない。恋がしたいのならリディウスが相手でいいではないか。

そうだ。今から立候補すればいい。そう結論付けて口を開きかけた彼を前に、フレアがさらなる追い打ちをかける。

「リディウスはいつもわたしのことを応援してくれていたじゃない。わたしとあなたは友達だもの。今回だって応援してほしい」

「……」

やっぱり友達なのか。友達以上に見る余地もないのか。

「友達だから忠告をしているんだ。きみは仮面舞踏会がどういう場所かきちんと理解していないだろう？」

「そういうリディウスはわたしには行くなって反対した仮面舞踏会に出席したことがあるのね？」

フレアの声がいくらか冷ややかになった。

「社交の一環としてだ。進んで、というわけではない」

「ふううん」

眼差しまで少々冷ややかになったが、立場上こちらにも色々とあるのである。公爵家の人間といえども二十を幾らか過ぎた若者など、仕事の世界では若輩者に過ぎないのだから。

このあといくらか不毛なやり取りが続いたが、話は平行線を辿った。

フレアの身を案じたリディウスはこの件を同行者であるイデルダの夫、クリーウトにチクった。

結果として夫ストップがかかり、「わたしだって仮面舞踏会を経験してみたい！」と主張するイデルダに少々折れる形でクリーウトが手を打った。

つまりはイグレシア公爵家主催で仮面舞踏会を開くことにしたのである。どうせイデルダの入れ知恵だろうと踏んでいたが案の定であった。

そうして安心安全な仮面舞踏会になるはずだったのだが、まさかフラデニアでリディウスを追いかけ回していた某侯爵家の娘がアルンレイヒまで追いかけてくるとは思わなかった。

彼女は伝手《つて》を使い招待状を手に入れ、いつものやり方でリディウスに媚薬を仕掛けた。

そして止める間もなくフレアが飲んでしまったのである。

三章

仮面舞踏会に出席してうっかり媚薬を飲んでお友達と男女の関係になってしまったら結婚する運びになりました。

事態が急展開すぎてまだついていけていない。

「私の可愛いフレアが人妻……人妻……人妻……」

自分のやらかし——理性のねじを吹き飛ばしてリディウスを煽《あお》った——のせいでフレアが文字通り人妻になったため、メンブラート伯爵はこの数日ずっとお葬式状態である。

今回の電撃結婚については即座に双方の両親に電報で伝えられることとなった。

その一報に飛んできた両親は予想通りというか大騒ぎであった。主に父であるファレンスト男爵が。

「リュオン！　きみがついていながらこれはどういうことだ！」

と父は叔父に文字通りげんこつをお見舞いしていた。

「お付き合いをしていた人がいたなら、わたしにだけは教えてほしかったわ」

と言ってきたのは母、ファレンスト男爵夫人であった。

四十を過ぎてもきめ細やかな肌に艶々とした黒髪を持つ母は、その美しい顔に少々拗《す》ねた表情を浮かべていた。

「だめよ。お母様にリディウスのことを教えたら絶対にお父様にバレるもの。お父様はお母様の隠し事を見破るのが得意なのよ。絶対に無理」

「可愛い娘のためなら頑張る……わよ」

語尾を揺らすあたり信用できない。父は昔から母の心の機微に大変敏感なのである。

それでも「おのれ、今からでも相手の男を亡き者に」や「絞殺と銃殺と刺殺がだめなら、毒殺にするか……」などと物騒な思考に耽る父と叔父に「娘と姪の結婚を祝福できない人たちとは一生口を利かないし別居します」と言って諫《いさ》めた母である。

そして有言実行とばかりにフレアを連れて別のホテルに向かった母の姿に、父が「くそ……これが父親に課せられた呪いか……?」などと意味不明なことを言いながら泣く泣く折れた。

母との結婚の際、祖父から散々反対された父は『将来娘が生まれたら私の気持ちが分かる』的なことを言われたらしい。呆《あき》れたような眼差しを父に向けながら母が教えてくれた。

それからは色々なことが立て続けに決まった。

まず、ファレンスト男爵到着の報せにリディウスが挨拶に訪れ、その席で再び順番が逆になったことを謝罪した。

二日後にはフラデニアからリディウスの両親が到着し、六人で顔合わせを行い、結婚式を早急に行うことが決まった。ミュシャレンでの新居も探さなければならない。持参金の額やその取り扱いを含めた婚姻継承財産設定契約書の作成も必要だ。

うっかり人妻になってしまったあたりで思考が止まっていたフレアである。

双方の両親を交えての現実的な話を前にして、この結婚が正真正銘本当のことだというのが胸に迫ってきた。

にもかかわらず現実についていけない娘に母はさらなる現実を突きつけた。

「リーヒベルク公爵は結婚後もフレアのお仕事を応援するっておっしゃっていたけれど、その優しさに甘えるのではなく、フレアもきちんと彼を支えてあげないとだめよ。執筆のために引きこもってばかりいないで、公爵夫人としてきちんと社交も行って公爵のことを助けてあげなければね」

公爵夫人！　そういえばそうだった。気安くリディウスなどと呼んでいたせいですっかり頭から抜け落ちていたが、彼は公爵位を持つ御方であった。

しかも現在彼はフラデニアの副大使としてアルンレイヒに駐在している。これってつまりは国を代表する立場なのでは、と思い至り、顔から血の気が引いた。

新興成金男爵家と言われていてもフレアだって一応は貴族の娘である。しかも母は歴史ある伯爵家に生まれた正真正銘のご令嬢であった。そのため貴族の生活がどのようなものかくらい理解している。

だからこそ、こうも思った。

（わたしみたいな社交下手な人間に公爵夫人とか無理なのでは？）

これは早急にリディウスと話し合う必要がある。

善は急げとばかりにフレアはリディウスに連絡を取った。結婚した以上これまでのように内緒で手紙のやり取りをする必要がなくなったのは喜ばしいことである。

向かった先は彼の住まい。メンブラート伯爵邸よりも幾分小さな建物なのは、彼が単身でこの国に赴任してきたからだ。

一人暮らしとしては十分な広さなのだが、あくまで社交の催しを開かないことが前提だ。公爵夫妻の住まいで社交期に晩餐会や舞踏会を開くとなれば、もっと大きな屋敷に住む必要がある。

「新居なんだけどね、二つの候補に絞ったんだ。これが図面。フレアはどちらがいいかな」

結婚後初めて二人きりで相対したリディウスは非常に前向きであった。

広げられた住宅図面をまじまじと覗き込んでしまうフレアである。

「そうねえ……。あ、この部屋、執筆に良さそうだわ」

「私もそう思っていたんだ。でもこっちの屋敷も間取りは悪くないんだよ」

「確かに……。って違う！　今日は新居の相談をしに来たわけじゃないのよ」

「ああ、ごめん。まずは結婚式の具体案を決めないといけなかったね。私の弟と妹も出席するって連絡が来たよ。フレアの方はどう？　色々な国に親族が散らばっているって聞いているから、全員揃うのが無理なのは承知しているよ。大事なのは早急に結婚式を挙げることだしね」

リディウスが誕生日会の計画を練る子供のような明るい顔で弾む声を出すから、フレアはくらりとした。

これまでの付き合いでリディウスが誠実であることはよく知っている。

彼は公爵という高い地位にいるのにもかかわらず驕《おご》ったところがない。貴族の中には身分を笠に着て誰彼構わず高圧的な態度を取ったり、相手の身分で態度を変えたりする人間もいるのだが、彼にはそういうところがない。

社交や仕事などでは時と場合によって地位を利用することもあるのだろうが、理性的に使い分けることができる人間だと思っている。

「リディウス、あなたが仮面舞踏会の夜に同じ寝台を共にしたわたしに対して、男としての責任を取ろうとしてくれるのは理解しているわ」

フレアが真面目な声で言うと、リディウスの動きがぴたりと止まり、表情が抜け落ちた。

理由は何であれ、男女が一夜を共に過ごしたのだ。

フレアの感覚では今回の件は双方共に隙があった。

だが、世間ではこのような事態が起これば男性の方に責任を取ってもらうという風潮が根強い。それを狙ってリディウスは媚薬を盛られかけていた。

「今回の件は私が理性を保てなかったのが原因だ。責任を取る形にはなってしまったけれど、それだけではないんだ。私はフレア、きみのことを大切に思っている。メンブラート伯爵の前で告げた内容は全部私の本心なんだ」

リディウスが鬼気迫る顔で言い募る。とても真剣な顔と声。彼はこんなにも責任を感じているのだ。

「分かっているわ。あなたの誠実な人柄は友人であるわたしが理解しているから」

「……」

彼の心を軽くしたくてきりりとした表情で頷くと、リディウスが黙り込んでしまった。

「あのね、あなたが一人で責任を背負い込む必要はないの」

「それはどういう……？」

「過ぎてしまったことはともかく、これからのことを話し合いましょう。わたしたちはすでに結婚してしまったわ。男女の仲になったわけだし、もしかしたら子供ができているかもしれない。そうなれば……子供のためにも夫婦でいた方がいいと思う」

フレアはあれから自分なりにまとめた考えをゆっくり唇に乗せる。

「でも、もしも妊娠していないのであれば、わたしたち離婚した方がいいと思うの」

†

フレアの口から「離婚した方がいいと思う」と発せられた直後。

「どうして!?」

リディウスは即座に身を乗り出していた。

フレアは激昂するメンブラート伯爵からリディウスを庇《かば》うために交際宣言を行った。かれこれ二年ほどお付き合いをしていると。

彼女だって理解しているはずだ。真剣交際を匂わせるそれが行き着く先が結婚であることを。現にメンブラート伯爵はすぐに矛先をリディウスに変え、その真意、つまり将来を誓った真剣交際であるのかと問いただしてきた。

リディウスにとって正念場であった。彼女を想う心は本物だ。ずっと恋焦がれてきた。彼女と結婚したくてアルンレイヒに赴任してきたくらいなのだから。

それでもアルンレイヒでのフレアの保護者役を自認しているメンブラート伯爵を納得させることができなければ、彼女と前に進むことはできない。

だからリディウスは伯爵から目を逸らすことなく、本心を伝えた。彼女を想うその心を。

まさか今すぐに結婚契約書に署名をしてみせろと言われるとは考えてもいなかったが、ここで引いたらリディウスのフレアを想う心はこれ以降信じてもらえなくなる。

フレアは成り行きに驚いていたようだったが、リディウスを庇うために交際宣言を行ったくらいだ。結婚してもいいと少しは考えてくれているのではないか。

そのように考えていたのだが。

「ええと、理由は色々とあるけれど……」

顔から血の気を引かせるリディウスの前で、フレアがつうっと視線を逸らした。

「全部聞かせてくれる？」

「まずは……わたし自身、独身でも全く困らないから。貴族の家の娘が結婚相手を探すのに一生懸命になるのは、女性に相続権がほぼないからでしょう？　他にも世間の風潮とかあるけれど。大き貴族の血を次代へ継承させること。代々受け継いだ領地や財産を円滑に次世代へ繋ぐこと。これが貴族の家に課せられた使命である。

そのため生まれた娘たちは、女の幸せは結婚をすることだと言われて育つ。家と家との繋がりが一族を繁栄へと導き、家を存続させることになるからだ。

それ以外にもう一つ。先ほど述べた通り経済的な理由もあった。家を継ぐのは基本的に長男で、娘が行かず後家で実家に居続ければ肩身の狭い思いをする。

男であれば長男でなくとも医者や軍人、官僚など仕事を持つことができる分、将来的な心配は少ない。だが、女は外で働くべきではない、恥であるという風潮が貴族の間では特に強いため、身の振り方が限られてしまう。

もちろん女性であっても親から財産をもらえないというわけではない。結婚時に持参金を持たせてもらえるし、女性親族が娘や孫、姪に自身が持つ債権や現金、宝飾品を譲ることもある。こればかりは各家さまざまだ。

「わたしが生まれたファレンスト家は貴族といっても十数年前に男爵位に叙せられた新興貴族だし、代々守ってきた土地もないわ。あるのは会社の株券と預金や債権、美術品くらいなものかしら。ファレンスト家では、子供が小さな頃から会社の株券などの資産を財産分与として譲渡するのよ」

ファレンスト男爵の三人の子供たちは、毎年同じ金額を分け与えられているのだそうだ。フレアの場合は銀行の投資部門の担当者に運用を任せているとのことだが、数か月に一度は投資内容が記された報告書を読んでいるとのこと。

「わたしの両親は女が働くことに無理解というわけでもなくて、おかげで劇作家を続けることができているわ。今はそちらでの収入もあるから、特に結婚しなくても一人で生きていけるのよね」

フレアが言い切った。

彼女の価値観で言えば、女性が結婚するのは経済的自立が難しいから。だからそこがクリアになっている彼女は結婚に意味を見出すことができないのだという。

（今まで互いの結婚観など話題にしたこともなかったからな……）

そもそも世間では、男女共に適齢期になれば結婚するというのが当たり前という価値観がまかり通っている。

そして結婚適齢期であるリディウスとフレアの間でこの話題を出せば、必ずいいお相手はいないの、などという方向へ会話が進んでいただろう。

そこで万が一にも「あなたの縁談に差し障るといけないから、文通もお出かけもやめましょう」と言われたら泣ける自信しかないため、自ら進んで結婚という単語を出すことはなかった。

（そういえばフレアは恋がしたいと言ってはいたが、結婚がしたいとは言っていなかったな）

認識不足であった。

「それに……わたしってほら、内向的だし社交デビューしてはいるものの、あまり表舞台に立つこともしてこなかったし……。公爵夫人としての振る舞いができるとは思えないの」

フレアがごにょごにょとつけ足した。

彼女曰く、初対面の人を前にすると上手く言葉が出てこない。女性であればまだ何とかなるのだが、男性は余計に苦手で笑顔が引きつってしまう。人前に多く出る機会のあるリディウスの妻がこのようなポンコツでは早晩彼の活動に支障をきたしてしまうことは必至。

「だからね、あなたにはリーヒベルク家の家格に見合った、語学堪能で物怖じしない、あなたの仕事を助けてくれるような貴族令嬢の方がいいと思うの」

フレアがそんな風に締めくくった。これがあなたのためだと信じて疑わないという視線が胸をグサグサと刺してくる。痛い。

察するにファレンスト家が新興男爵家であることを懸念している模様だ。

そんな外部要因に恋心を阻まれてたまるか。フレアに思いとどまってもらうべく口を開く。

「語学ならフレアだってできるだろう？　きみは元アルンレイヒ第三王女殿下の話し相手として宮殿に上がることを許されていた。つまりは礼儀作法も宮殿のお墨付きだ」

「確かに子供たちの教育に手を抜かなかった両親のおかげで三か国語は話せるし、お作法の授業も子供心に厳しかったなあと思わなくもなかったけれど」

そういうことではないのだ、とフレアがさらに続ける。

「将来大貴族の跡取りと結婚するという前提で暮らしてきたご令嬢とは違って、わたしはのんびり好きなように生きてきてしまったから……あなたの妻は……ちょっとこう、荷が重くて」

つぅっと視線を外しながらフレアが放った言葉は太い矢となり、リディウスの胸を直撃した。

荷が重い。そうか、彼女にとって公爵の妻というのはマイナス要素にしかならないのか。

息も絶え絶え、瀕死の一歩手前である。

「それで現実的なことに話を戻すのだけれど、アルンレイヒでは基本的に離婚は認められていないじゃない？」

「……そうだね」

話の運び方に嫌な予感しかしない。

「離婚を希望する夫婦は教会に訴え出たのち審議に入るけれど、進捗はひどく緩やかって聞くわ。のっぴきならない事情がある場合は修道院に駆け込む方が有効とされているくらいだとも」

アルンレイヒやフラデニアなど、西大陸で広く信仰されている神は、結婚した男女の離縁を認めていない。これは神の前での誓約は生涯守られるべきものだという教えに由来している。

昔は戸籍の管理は教会が行っていた。赤ん坊が生まれたら教会に届けて洗礼を受け、結婚は神の前で誓い、天に召されれば教会で葬儀を行う。人の生き死にに、教会は密接に関わってきたのである。

時代が下り、王と教会が勢力争いを繰り広げる中、アルンレイヒをはじめ多くの国では教会に届けなくても国の定めた機関、つまりは役所に届ければ戸籍は与えられるし、結婚も認められるようになった。もちろん死亡時には役所への届け出が必要になる。

とはいえ千年以上もの間、教会と共に歩んできた慣習を一気に変えることは難しい。離婚に関しては現在も教会は慎重の姿勢を崩していない。

「でも、わたしたちはフラデニア人よ。アルンレイヒでの離婚は数年がかりの大仕事だけれど、フラデニアでは結婚後六か月が経《た》てば離婚が認められている。リディウスもこのことは知っているわよね？」

「……もちろん。過去の国王が王妃と離婚するために法律を変えて、教会と大喧嘩したからね。歴史書にも記載されている事項だ」

リディウスは未だしくしくと痛む心を抱えたまま答えた。

「結婚後六か月での無条件離婚が認められるのは、夫婦どちらかがフラデニア人であることが条件。わたしたちは夫婦共にフラデニア人よ。結婚契約書を届け出たのはアルンレイヒだけれど、書類の日付から六か月経てば離婚ができるわ」

過去に教会と大喧嘩をして制度化した離婚要件をフラデニアの王たちは維持し続けた。

夫婦どちらかがフラデニア人であること、との条件はのちに付け加えられた。離婚したい夫婦たちが国境を越えてフラデニアに押し寄せ、離婚申し立てを行ったことで、近隣諸国から苦情が来たからだ。

「だからね、リディウス。何事もなければ六か月後に離婚しましょう。そうしたらあなたはわたしよりもよっぽどリーヒベルク公爵家に相応しい夫人を新しく迎えることができるわ」

フレアがにこりと微笑んだ。まるでこの提案がリディウスにとっても最善であると確信しているかのように。

一方、リディウスは全身から血の気が引くのを感じていた。どうにかして結婚を維持できるよう説得しなければ六か月後に捨てられてしまう。

「けれどフレア。離婚をすれば少なからず世間の好奇な目に晒されることになる。私はきみをそのような目に遭わせたくはない」

「人の噂も七十五日っていうじゃない。わたしはあまり社交界に顔を出さないから平気よ。別に独身でも困らないもの」

フレアがあっけらかんと言った。まごうことなき本心であると、その瞳が物語っている。

（最後の最後で理性を吹き飛ばしてしまい、色々な要件をすっ飛ばしてフレアと結婚した私への因果応報というわけか……）

あの日、ドレスを脱いで艶《なま》めかしい姿を惜しげもなく晒し、さらには「助けて」と瞳に涙を溜めながら縋りついてきたフレアを前に、リディウスは頭の中で円周率を三桁刻むも無残に散った。

リディウス自身酒が入っており、手を伸ばせば触れられる距離に愛おしい女性がいるという状況に流されてしまったのだ。

彼女に吸い寄せられ、その柔らかな唇に触れた。温かな口腔内をたっぷりと愛でて寝台の上に押し倒し、きめ細やかな肌をまさぐった。

愛おしいフレアに一度触れてしまえば止まることなどできなかった。

ずっと触れたかった。

彼女はどんな風に啼《な》くのだろう。その肌はどこもかしこも甘いに違いない。

そのように夢想していた相手を前に、男の劣情を制御することができず、最後までしてしまった。

翌朝、目覚めた当初こそ少々寝ぼけていたが、しっかり覚醒したあとは己の所業を悔い、取り返しのつかないことをしてしまったと猛省した。

フレアのような階級の娘にとって婚前交渉は忌避すべき行為だ。貞節が求められる女性が嫁入り前に純潔を散らすなどもってのほか。だからこそ男性は常に紳士であれと言われるというのに。

まずは彼女に真摯に謝罪をする。そのあと自分の正直な気持ちを伝え、改めて求婚しよう。責任を取るなどという意味ではない。私はフレアを愛している。きみだから結婚したい。そう伝える。

だがこれから彼女に想いを伝えるまさにその時、メンブラート伯爵に一夜を共にしたことが露見し、結果として先に籍を入れてしまった。

順番は逆になったがフレアを法律上の妻とした今、彼女を手放す選択肢はリディウスの中にない。できればこのまま夫婦関係を維持したい。

とはいえ、フレアが独身主義者なのだとしたらリディウスの考えと気持ちを押しつけることはできない。それをすれば彼女の心は己から離れていくし嫌われてしまう。

「フレアは独身でも全く困らないって言ったけれど、それは結婚は絶対にしたくないっていう意味？　ええと、世間の女性活動家の中には独身主義者もいるって聞いたことがあって」

「うーん……。そこまでの強い意思はないと思う。お母様とお父様のような仲のいい夫婦は素敵だなって思うし……。生涯独身を貫きたいってことはないと……思う」

リディウスは心の中でガッツポーズをした。

結婚に対してある程度明るいイメージは持っている模様だ。仲のいい夫婦に憧れもあるらしい。

（ということはフレアの中では公爵の妻という部分が引っかかっているわけだ）

未知の領域だから二の足を踏む。爵位の高さに腰が引けている。そのような具合なのだろう。であれば攻勢の仕方も変わってくる。もう己はフレアなしでは生きていけないのだ。ここで逃げられるわけにはいかない。

離婚が認められるまでの六か月が勝負である。

「フレアの結婚に対する考えは分かった。ただ私たちにはまだ六か月も時間があるんだ。将来の離婚について話し合うのではなく、この時間をもっと有意義に使ってみるのはどうかな？」

「有意義って？」

フレアが小さく首を傾げる。

「フレアは今後の創作活動のために恋がしたいって言っていたけれど、恋は一旦脇に置いておいて、まずは結婚生活の疑似体験をしてみるのはどう？」

「疑似体験？」

フレアの首を傾げる角度が大きくなった。

「そう。結婚したらどのような生活を送ることになるのか、当事者として体験してみるんだ。私と同居して、朝と夜同じテーブルで食事をとって、眠る前におやすみの挨拶をする。もちろん疑似体験だから、寝室はきちんと分ける、きみ専用の仕事部屋も設ける」

一般的な上流階級の邸宅は一般庶民の住居と比べれば格段に広い。それぞれの部屋には専用の水回り設備が備えつけられるのが当たり前だ。

寝室さえ別にすれば、感覚は単なる同居も同じ。つまりはメンブラート伯爵邸での生活とほぼ変わりがないということで。

「なるほど……。どのみち半年間は結婚生活を行うわけだから、その期間を取材だと思えばいい。そう言いたいのね？」

「体験してみたら既婚女性の考え方や台詞のバリエーションが増えると思うんだ」

しっかり食いついてきたフレアに、リディウスはしたり顔で頷いた。

「それは一理あるわね。分かったわ。わたし、あなたと同居する」

「話もまとまったことだし、新居について改めて話し合いをしようか」

「そうね。これから六か月一緒に住むことになるのだから、ちゃんと決めないといけないわね」

フレアが大きく頷いたのち、新居候補の図面を見比べ始めた。

（よし！　何とかフレアを丸め込むことに成功した！）

一歩前進だ。まずは同居して己との生活に慣れてもらう。格式だ伝統だのと堅苦しい事柄を押しつけなければ、公爵夫人としてやっていけるかも、とフレアも考え直すかもしれない。

リディウスの両親はどちらも細かなことを言うお人ではないし、母は舞台観賞も好きだから話も合うと思う。

フレアは社交に怖気づいていたけれど、彼女に何か言おうものならそれは夫であるリディウスへの宣戦布告も同じ。どんな手を使ってでも相手を蹴散らす所存だ。

フレアと友人になって以降、ずっと恋心を明かさずにきた。

もしも伝えて彼女から「そんな風には見られない」と言われてしまったら、友人という枠にすらいられなくなってしまうとの恐怖に駆られたからだ。

けれどもこのまま何もせずにいたら六か月後には離婚の危機である。それは嫌だ。

今はまだ友達としてしか見られないのなら、これからゆっくり男として意識してもらえばいいだけのこと。

これからの人生もフレアと共にあるために、この六か月の間に恋愛対象に昇格する。

リディウスはそう目標を定めた。

†

書類の上でリディウスの妻となってから約一か月が経過した。

親族だけのこぢんまりとした式を挙げることになり、フレアは母の実家メンブラート伯爵領に滞在していた。

「イデルダ様、わざわざ来てくださってありがとうございます」

「いいのよ。あなたの結婚式だもの。たとえ王女の身分の時でも出席していたわ」

滞在するメンブラート伯爵家の城館のサロンにて、フレアはイデルダと二人きりでお茶のテーブルを囲んでいた。ミュシャレンからクリーウトと共に駆けつけてくれたのだ。

「今回、あなたたちの結婚に際して色々あったのはわたしも知っているけれど、わたしはリディウスならフレアのことを託すに値するって考えているわ。彼はいい男だと思うわよ。クリーウトの次に」

さらりと惚気《のろけ》を交えつつイデルダは穏やかに微笑んだ。

「リディウスが誠実でいい人だってことは知っているけれど……」

応えるフレアの方は言葉に覇気がない。

この一か月、母はことあるごとに「あのフレアがお嫁に行くのね」と感慨に耽りながら娘の結婚準備に勤《いそ》しみ、遠方の親戚からはお祝いの電報と共に祝いの品がたくさん届いた。

しかしながらリディウスとは六か月後に離婚をする仲なのだ。

離婚を前提としている新婚生活にそこまでお金をかけるのは正直もったいない。だから結婚式で使用する花嫁衣装だって新調しないで済むように「お母様が昔着たドレスを貸して」と言ったのだ。そうしたら「わたしのドレスを娘が着てくれるだなんて」と感動されてしまい、居たたまれなさから胃がきりきりと痛んだ。

結婚式を前に皆の祝福ムードが最高潮に達しているため、正直とっても心苦しい。

イデルダは、式本番を前に新婦の気持ちが不安定になることを承知しているのだろう。

「急な結婚だから気持ちがついていかないのは仕方がないと思うわ。何か不安なことがあるのなら今、口にしてすっきりさせてしまった方がいいわよ。何といってもわたしは結婚の先輩ですからね」

「イデルダ様……」

ふふっと胸を張る頼もしい姿に硬くなった心がふわりと解けるのが分かった。

「実はね……リディウスと約束をしたの――」

フレアは彼と交わした六か月後に離婚をするという約束をイデルダに打ち明けた。

全てを聞き終えたイデルダはぽかんと口を開けてしまった。

「……あのリディウスがあなたの離婚の提案に同意したの？　本当に？」

「フレアの考えは分かったって。そう言ったわ」

こくりと頷くとイデルダは黙り込んだ。

「わたしが叔父様を誤魔化すためにリディウスと付き合っていたって言ったことから結婚の話になってしまったわけだし……。離婚した方が双方にとっていいと思うの」

それからフレアは公爵夫人となった自分を想像することができない、とつけ足した。

イデルダが頭痛を治めるかのように額に手を置いた。そして「貸し一つよ、リディウス」と零したのちごほんと咳払《せきばら》いをした。

「ねえ、フレア。わたし、すっかり忘れていたのだけれど、あなた、前に恋をしてみたいって言っていたじゃない？」

「え、ええ」

そもそも今回の結婚騒動の始まりはフレアの「恋をしてみようと思う」の一言から始まった気がする。

イデルダがじぃっとフレアを見つめる。

「せっかくリディウスと結婚したのだもの。彼に恋をしてみるのはどうかしら」

「ええええっ!?」

「ちょっと、そんなにも驚くこと？　彼、一応男性よ？」

「も、もちろん分かっているわよ。彼だって男性よね。一応」

女性二人はリディウスに対して微妙に失礼な評価を一致させる。

「あなたがまともに話せる男性って親族と幼馴染みのクリーウトを外したらリディウスくらいしかいないじゃない。この際、彼を恋の相手にして、男性とはどういうものかきちんと考えてみたらどうかしら」

「リディウスは……とっても紳士で男性を感じさせないというか……わたしにとっては男性というよりリディウスっていう存在？　別枠？　のようなもので」

それを聞いたイデルダが「彼の涙ぐましいお友達努力が別の方向で実ったわね」と呟《つぶや》いたのだが、フレアには届かなかった。

「とにかく、よ。あなたは彼と同居を始めるのだもの。これまでとは違って見えてくることもあると思うの。親戚ではない若い男性と一緒に暮らすことで、あなたの情緒が育つことを祈るわ」

「う……うん？」

恋の相手としてリディウスを考えてみる。

正直に言うと、その選択肢はなかった。だって、彼はいつもフレアに優しくて悩み事を聞いてくれて、仕事の面でもたくさん手助けをしてくれた。フレアのためにと資料を作成してくれたり、面白い本があったと参考になりそうな本を送ってくれたりもした。

フレア自身、いつも親身になってくれるリディウスを心の拠《よ》り所にしている面もあった。

そんな彼ならば、フレアが恋をしたいと言えば、応援してくれると思っていた。恋についてもアドバイスをもらえるものだと信じ切っていた。

(その彼とわたしが恋⁉)

イデルダが「前途多難ね、リディウス」と呟いたのだが、驚くフレアの耳にはやはり届くことはなかった。

教会特有の静謐《せいひつ》な空気の中、フレアはしずしずと身廊を歩いていた。

身に纏うのは、三十年近く前に母が身に着けた婚礼衣装。銀色の光沢のあるタフタは光の加減によって薄い紫にも見える最上級の絹地で、その美しさは年月を経ていても遜色《そんしょく》なく輝いている。ずっと大切に保管されてきた証だ。

胸回りには大粒の真珠が贅沢に縫い付けられ、身ごろにはドレスと同じ色調の糸で美しい刺繍《ししゅう》が施されている。流行りが一周回ったせいか古臭さを感じさせない。

母もこのドレスを着てファレンスト家へ嫁いだのだと思うと、結婚式の厳かな空気も相まって胸の中に迫るものがあった。

(何か不思議な心地だわ……。どんな花嫁でも、結婚式は緊張するものなのね……)

どうやらこの雰囲気に相当呑まれているらしい。

長いトレーンを踏まないよう細心の注意を払い、祭壇の前で待つリディウスのもとへ向かうフレアの耳にすすり泣くような声が届く。メンブラート伯爵に間違いない。

身廊の両脇にはファレンスト家とリーヒベルク家の親族たちが列席している。

メンブラート伯爵領は隣国フラデニアとの国境沿いにあり、王都ルーヴェからの直行列車が走っているため便がいいのだ。母の実家を盛り上げたいと、父が誘致に助力した結果である。

リディウスの隣に立ったフレアは、彼と共に司祭の説教を聞く。

それが終われば誓いの言葉だ。

「私、リディウス・レヴィ・リーヒベルクは生涯にわたり、妻フレアディーテを愛することを誓います」

「私、フレアディーテ・ファレンストも誓います」

フレアが同じく誓約の言葉を言い終えると、後方からむせび泣く声が聞こえた。それからペシッと衣服を叩く音も。確実にフレア側の親族席からである。

形式的に結婚契約書に順番に署名して、次はいよいよ新郎新婦による誓いの口付け。

フレアのヴェールをリディウスが捲《めく》り上げる。

向かい合ったフレアはふと思った。

(誓いの口付け……って、唇にするの?)

見上げた先にいるのは慣れ親しんだリディウスの姿だ。

けれども光沢のある薄い銀色の衣装を纏った彼は普段よりも五割増し、いや十割増しくらいに麗しく見える。結婚衣装というのは普通の男性をも光輝かせる力を持つのに、元が美形の彼の場合、その威力たるや。

などと冷静に考えているが、単に誓いの口付けを前にどうしていいのか分からないだけである。そのリディウスも結婚式が醸《かも》し出す空気に緊張しているのか、その顔にはあまり感情が乗っていないように思える。

彼がフレアの身長に合わせて身をかがめる。

（口付け……？　リディウスと？）

あの夜、もしかしたら口付けの一つや二つしていたのかもしれないが、いかんせん媚薬の効果で意識がふわふわしていた。

素面《しらふ》の状態で彼と口付けるのは当然初めてのことで。

そういえば恋愛物語を書いているのに、唇同士の口付けは未だに経験したことがない。

これも取材の一環？　などという考えが頭をよぎるほどにはフレアは動揺していた。何に対する動揺かは分からないのだが。

でも、結婚式なのだから誓いの口付けは必須だろう。目の前にいるのが誰とも知れぬ男なら泣いて逃げ出すが、相手がリディウスなら、軽く触れるくらいの口付けなら……と覚悟を決めて瞳をギュッと瞑《つむ》った。

彼の気配を近くに感じる。自分の身に力が入るのが分かった。

すると、フレアにだけ届く声で「大丈夫、振りをするだけだから」と彼が言った。

（振りなの？）

思わず拍子抜けした。今しがたの覚悟を返してほしい。それでもホッとしたのも本心で。

まさに二人の顔が重なって見えるというその時。

「あ……あああ！」

というファレンスト男爵もしくはメンブラート伯爵のどちらかの、この世の終わりかとも感じられる悲鳴が聞こえた。

その拍子にぶちゅっと一瞬何かが唇に張りついた。

思わずぱちりと目を開けると、驚きつつもうっすら頬を赤く染めたリディウスと目が合った。どうやら彼にとっても想定外のことだったらしい。

（わたし、もしかしなくてもリディウスと口付けしちゃった⁉）

情緒も色気も何もなかったが、これがフレアにとって生まれて初めての口付けであった。

†

アルンレイヒ王都のとある屋敷にて。

その少女は新聞の社交欄に目を走らせ、ぐしゃりと紙面を握りつぶした。

「メンブラート伯爵の姪、フレアディーテ・ファレンストがフラデニアの公爵リディウス・レヴィ・リーヒベルクと結婚ですって‼」

信じられない！　結婚？　結婚と書いてある。式は親族ならびに親しい友人を招き、叔父メンブラート伯爵が管理する領地の教会にて執り行われた。出席者には元アルンレイヒ第三王女のイグレ

シア夫人も名を連ね――などという文言が頭の中で繰り返される。

「リディウス様と結婚するのはこのわたくしだったはずなのに！　フレアディーテ・ファレンスト……。あの成金男爵家の娘が仮面舞踏会でわたくしとリディウス様の邪魔をした女だったのね」

仮面舞踏会ということもあり、少女はリディウスが飲むはずだった媚薬入りカクテルを飲んだ女の正体を今の今まで突き止められずにいた。生まれたフラデニアからアルンレイヒへやってきたばかりだったから、こちらの上流階級事情にはまだ明るくなかったのだ。

あの時リディウスは親切心を発揮して、くらりと体を傾がせた女を介抱するために会場を立ち去ったのだ。その時に付け入ったに違いない。

悔しい。あの女はわたくしからリディウス様を横取りしたのだ！

きつく巻いた薄茶の髪がぴりりとうねるほどの激憤に襲われる。

「許せない！　こんな結婚認められるはずがないわっ！　絶対、絶っ対に離婚させてやる！」

少女はそう叫んだあと、ぐしゃりと握りつぶした新聞を床にペンッと投げ捨て、思い切り足で踏みつけたのだった。

†

「結婚生活の疑似体験をするにあたって、まずは上流階級の人々の間で流行っている新婚旅行に出かけてみるのはどうだろう」

と提案したのはリディウスである。

いくらリディウス自身が格式や伝統にこだわらないと断言しても、ミュシャレンに住む貴族より数々の催しの招待状を受け取るだろうことは想像に難《かた》くない。

そうなればリディウスとの結婚生活を体験する前に、社交界のお付き合いでフレアが疲弊してしまう可能性があった。

ただでさえ結婚式準備に忙殺されていたのだ。疲れ切ったフレアが現実に対応できずに「やっぱり実家に帰ります」と言い出すのを危惧したリディウスは手を打つことにした。

つまりは休息期間としての新婚旅行である。リディウスとしても誰にも邪魔されることなくフレアと二人きりで過ごしたい。

かつて結婚式に参加できなかった親戚や友人を家族と訪ね歩くことが目的だった新婚旅行は、近年では夫婦二人で旅行に行くことを指すようになっていた。

リディウスにとって久しぶりの休暇である。赴任から日は経っていないが、休暇は権利として認められているため取得自体は難しいことではない。ちなみにリディウスの上役である大使は七月に一か月の休暇を取る予定だ。

そのようなわけで二人で旅立った（貴族の移動には使用人も随行するため厳密には二人きりではない）のだが、恋しい女性と二人きりという状況で、日々理性を試されることとなった。

朝、寝ぼけまなこのフレアが「おはよう、リディウス」と言いながらあくびをかみ殺すのも、列車での移動中、うとうとしながらこちらの肩に身を寄せてくるのも、何もかもが新鮮で可愛い。

新婚旅行の最終目的地であるドゥヴネトヴァの街は、リディウスたちが住むアルンレイヒから南へ二つの国を経た先の国、そこにある半島の都市から、さらに船に乗る必要がある。

このように遠く離れた異国へ軽々と赴くことができるようになったのも、蒸気機関の発明と発達により、船や列車での移動速度が格段に上がったおかげだ。

それから上流階級の旅行ブームが中流階級へと広がりを見せたことにより、旅行手続きを代行する旅行代理店が現れたことも大きい。

(毎日フレアが側にいるとか、何なんだこのご褒美。フレアの供給過多で心臓が止まってしまいそうだ)

まだ新婚旅行は始まったばかりだというのに、最終目的地ドゥヴネトヴァへ向かうまでの三日間で息も絶え絶えであった。

ホテルの部屋こそ寝室は別々だが、移動中の列車は一等個室。つまりは密室で。

これまでとは違い妻になった恋しい女性と四六時中二人きり。しかもハプニングとはいえ結婚式で口付けまでしてしまった仲だ。

長距離移動のため、彼女は警戒心などまるで持たずに無防備に寝顔まで晒すのだ。

隣から聞こえる規則正しい呼吸音とたまに発せられる吐息。はっきり言って生殺しである。

そのためリディウスはフレアに触りたいという本能と常に戦うこととなった。髪に触れるくらいなら許されるだろうか。手を握るのはだめだろうか。

そのような衝動に駆られるたびに頭の中で円周率や素数を数えたり、フラデニアの歴代国王の名前を唱えたりして心を無にする羽目になっている。

そんなリディウスの葛藤になどちっとも気付かないフレアは、ドゥヴネトヴァへと向かう船旅を満喫中である。

「ねえ、リディウス。ドゥヴネトヴァの街が見えてきたわ。青い空に赤茶色の屋根が映えるわね。それに海の碧さがとってもきれい！　フラデニアの海の色ともまた違うわよね。異国に来たーって感じがするわ！」

半島の対岸へと向かう船に乗ること約十二時間。一夜を船で明かし、早朝辿り着いたのは白亜の城壁と明るい赤茶色の煉瓦《れんが》屋根の街並みが印象的なドゥヴネトヴァの街だ。

待ちきれないとばかりに個室のバルコニーから目的地を眺めるフレアは今日もとても元気だ。そして可愛い。いつもは寝ぼけまなこなのだが、最終目的地への到着とあって今朝は早くに目が覚めたのだそうだ。

「十日間楽しみだわ。ホテルでのんびりするのもいいけれど、旧市街の街で買い物をしたり城壁に登って歩いてみたり、魚介類をたくさん食べたり。やってみたいことが多すぎるわ」

フレアが観光案内本を胸に瞳を輝かせる。昨日乗船前に対岸の街で買ったそれは、アルンレイヒで手に入るものよりも情報量が豊富で最新情報の掲載も早い。

「リディウスはどこか行きたい場所はある？」

「フレアの好みに任せるよ」

楽しそうにはしゃぐ彼女を特等席で舐めるように眺め倒すのが至上の喜びである。

「もう。そうやってわたしばかり優先させるんだから。今回の行き先だってわたしのリクエストが優先だったじゃない。わたしはリディウスと一緒に楽しみたいのよ」

フレアがぐいっと距離を詰めてくる。胸が触れそうなくらい近い。しかも薄い室内着。

（あれ、今一瞬胸が当たった……？　いやいや……考えるな。無心になれ。３．１４１５９２６５３５８９７９３２３８４６２６４３３８３２７９５０２８８――）

「リディウス、聞いているの？」

無心で円周率を唱えていたリディウスは我に返った。

「も、もちろん。私はフレアが喜んでくれるのならどこだってついていくよ」

「いつもそうやってわたしを甘やかすのだから」

「きみを甘やかすのは私だけの特権だろう？」

「リディウスったら最近お父様と叔父様に似てきたんじゃない？」

フレアが唇を僅かに尖らせた。

まずい。友人枠から家族枠にジョブチェンジしてしまう。

「そうだな……。じゃあ、一緒に写真を撮るのはどう？　ドゥヴネトヴァの旧市街を見下ろせる丘の上には、いくつか写真店が出張しているって案内本に書いてあったんだ」

「それ、わたしも読んだわ。いい案ね。絶対に撮りましょうね」

リディウスが案を出したことに満足したのか、フレアがぱっと顔を明るくさせた。

話し込んでいるうちに陸地が近付いてくる。下船の前に朝食を済ませなければならない。

リディウスはフレアを促し室内へ戻った。

やがて船は定刻通りに港に着き、リディウスたちは迎えの馬車に乗りホテルに向かった。

「ようこそお越しくださいました。お部屋の準備は整っております。ごゆるりとおくつろぎくださいませ」

到着したホテルでは支配人自らがリディウスたちを出迎えてくれた。

ドゥヴネトヴァの旧市街から馬車で二十分ほどの海岸沿いに立つホテルの一つである。

目の前は海という立地で、全部屋から碧く美しい海を眺めることができるのが売りなのだそうだ。

部屋に荷物を運び入れている間にホテルの共用施設を案内してもらう。

長期滞在する客人のために複数のサロンやレストラン、それに加えて図書室、喫煙室に撞球室《ビリヤード》、ダンスホールなど様々な施設が揃っている。

夕食時は楽団による生演奏を行っており、その流れで繁忙期には毎夜ダンスホールで小規模な夜会が開かれているのだそうだ。そんな風に小さな社交場ができあがっており、宿泊者同士の交流も行われているのだとか。こういう場所でも新しい人脈が築かれるのである。

客室は寝室が三つの家族滞在用で、各部屋に専用の浴室がついている豪華仕様。もちろん居間や応接間、書斎、衣装部屋も備わっており、廊下を隔てた反対側には同行使用人のための客室も用意されている。

ホテルに複数あるダイニングの一つで昼食を食べたリディウスたちは、さっそく出かけることにした。

「あなたの希望の写真を撮りに行きましょう！」

とフレアが張り切ったため、さっそくリディウスの願いが叶うことになった。

ホテルは宿泊者のために複数台の馬車を有しており、お抱えの御者も多いため不自由なく出歩くことができる。

「旦那様もいらっしゃるため大丈夫だとは思いますが、最近は強引に写真撮影を迫り、高い値段を請求する礼儀知らずの業者がいますのでお気をつけください」

旅行客の落とす金を目当てに様々な者が集まるのは人気観光地の宿命のようなものだろう。

案内本でも注意喚起がされていた。写真撮影は儲かるからと、金を借りてまで機材を買い、その返済のために強引な客引きを行う事例があるらしい。

忠告に頷きつつ到着した高台は公園として整備されており、赤茶色の屋根が美しいドゥヴネトヴァの旧市街と碧い海を一緒に視界に収めることができる。

公園内は多くの人々で賑わいを見せている。近年の旅行ブームの追い風を受けてホテルが多く建てられているからだろう。

リディウスたちが住む西大陸の南側に位置するだけあり日差しは強いが、時折吹く風は爽やかだ。

ドゥヴネトヴァの歴史は非常に古い。千年以上も前から地図に記載があった。その時代に築かれた街の基礎は現代まで引き継がれ、長い歴史の中で幾度も戦火に見舞われながらも住民たちの手により修復がされてきた。

過去には海洋貿易・軍事拠点として名をとどろかせたこの街も、船の高速化に伴う時代の波には抗《あらが》えず衰退の一途を辿った。

一時期忘れられた古い街は、しかし歴史的価値を見出した観光客によって息を吹き返しつつある。

「高台から眺めるドゥヴネトヴァ旧市街の街並みはまるで碧い海の中に現れた楽園のようで、必ず見ておきたい美しい景色って本に書いてあったけれど、まさにその通りね！」

はしゃぐフレアが可愛くてリディウスは景色よりも彼女に目が奪われる。

ひとしきり景色を堪能したあとはいよいよ写真撮影だ。公園内の一角には写真機材を持ち込んで呼び込みをする人の姿が見受けられる。

「ちょっとそこの奥さーん！　旅の記念、写真どう？」

歩いていると、一人の少年がフレアの前に躍り出た。

普段リディウスたちが使用する言語は西大陸でも広い地域で使用されているものだが、この国の公用語ではない。片言で微妙にリズムを刻みながら話しかけてくる少年に、リディウスは冷たく返した。

「間に合っているよ」

「きれいな奥様。美しい景色。二つを写真機でパシャリ！　とーってもスバラシイ！」

客引きは相手にしないという意思を示したのにもかかわらず小麦色の髪の少年はめげない。物慣れした口調で話すところからも、彼が長い間客引きを行っていることが窺《うかが》い知れた。

「ごめんね。わたしたち、写真を撮る店を決めているの」

フレアが名前を告げると、「それ俺のボスの店」と両手を広げた。

「と言って別の店に連れていこうとしているんじゃないだろうね？」

旅先では用心するに越したことはない。その土地に縁もゆかりもない人間相手ならば多少手荒なことをしても大丈夫だと考える輩《やから》もいるのだ。

「違う。俺たちの店、お値段お手頃。安心、安全、フーフエンマン！」

妙なアクセントをつけた片言で返されたリディウスたちは、少年についていくことにした。公園で商売を行うには市庁舎に届け出を行い、管理番号をもらう必要があるのだ。読んだ案内本には良心的な店の名前と管理番号が記載されていた。これから行く店の番号が、その番号と一致すればいいだけの話だ。

果たして少年が案内した出張写真店で提示された許可証の番号は、リディウスの記憶するものと一致した。

提示された値段も案内本と大差ない。観光地価格だからか、一般的な写真館よりも値段は高めだが、ぼったくりというほどではないだろう。

写真師から指定された場所に二人で並び立つと、少年から待ったがかかった。

「新婚旅行！　もっと仲良く！」

少年は手と手を向かい合わせてパンッと合わせる。くっつけという意味らしい。しかも「バーチャ」と何度も繰り返す。

「これ！　お客様に失礼だろうが」

写真師の注意も何のその。少年は「昨日のフーフ、バーチャ、たくさん！」としきりに主張する。

「バーチャ……？」

「あー、申し訳ございません。新婚旅行のお客さんの中には、旅先の記念だからと、撮影時に口付けする方もいらっしゃいまして」

写真師の男性はリディウスたちが使用する言語を少年よりも流暢《りゅうちょう》に操り、説明を行った。

「バーチャって口付けって意味なの⁉」

意味を理解したフレアが叫んだ。

パンッと両手のひらを合わせるということは、口と口をくっつけろってことなのだろう。

（新婚旅行だからって羽目を外しすぎだろう！）

外したくなる気持ちも分からなくはないのだが。口付けは夫婦二人きりの時にしたい。いや、誰もいなければ路地裏でやるのもやぶさかではないのだが。

うっかりドゥヴネトヴァ旧市街の細路地にフレアを連れ込み、唇を奪いスカートの中に手を入れるあたりまで想像してしまったではないか。

（いやいや、だめだろう！）

少年には悪いが、さすがに公の場で羽目を外すわけにはいかないのである。

リディウスが口を開きかけたその時。

「リディウス、あなたさえ良ければわたしと口付け写真を撮ってくれないかしら？」

「へっ⁉」

真剣な顔のフレアがこちらを見上げているではないか。

「まさか私の願望が口からだだ漏れに……？」

由々しき事態である。紳士な態度であろうと己を律してはいるが、頭の中は思春期の少年ばりに破廉恥なことでいっぱいなのである。二十八歳といえども、男など所詮はこんなものなのだ。

「何のこと？　この無茶振り、次回作の中で生かせるところはないかと思って。旅行先でちょこっとだけ羽目を外す恋人、もしくは新婚夫婦……ありよりのありよ。少年には感謝だわ。わたしには色気が足りないそうだから、ここは実地で試した方がいいと思うの」

「あー……フレアは今日も仕事熱心だね」

「もちろん。今回の旅行は取材も兼ねているのだもの。先ほどからはしゃいでいるように見えるけれど、一応真面目な部分だってあるのよ」

フレアが劇作家モードに突入してしまった。今の彼女は使命感でいっぱいなのだ。迷走しているのが彼女らしくて可愛いのだが、リディウス以外の男には絶対に言わないでもらいたい台詞である。

（口付けの練習くらいいくらでも付き合うが……。それだけで終われる気がしない）

ここで求められている口付けは唇同士を合わせるだけの可愛らしいものだが、うっかり舌までねじ込んでしまいそうだ。

フレア供給過多で日々心臓を騒がしくしている男の余裕のなさを甘く見ないでほしい。

「きみの勤勉さは理解しているよ。私も口付け自体はやぶさかではないのだけれど、それだけで止まれる自信がなくて。いや、そうではなくて、口付け写真が万が一義父上《ちちうえ》とメンブラート伯爵に見つかったら大変な騒ぎになると思う。ここは普通の写真にしよう？」

男の醜い劣情を隠して無難な言い訳を使った。

「……確かに。あの二人に見つかったら面倒なことになりそうね」

フレアが事の重大さに今気付いたかのように真顔になった。

とはいえ、せっかくのいちゃいちゃチャンスである。口付けは諦めたが、できればフレアと密着したい。

「代替案というわけでもないのだけれど……きみの背中に腕を回しても構わない？」

「もちろんよ」

フレアが即答した。

リディウスはさっそく行動に移した。そっと背中に触れるとその華奢《きゃしゃ》さを実感する。男の己よりも細くて、大切に扱わないと壊れてしまいそうだ。この細い体の中に彼女はたくさんの活力や好奇心を漲《みなぎ》らせているのだと思えば、想いが爆発してぎゅうぎゅうと抱きしめたくなる。

（我慢だ……我慢するんだ）

煩悩を抑えることに必死で、フレアの頬がほんの少し朱に染まったことに気付けないでいた。

「これから撮ります。動かないでください」

夫婦らしく身を寄せ合い、複数枚の写真を撮る。

写真撮影は二十年ほど前に登場した新技術だ。機材に改良が重ねられ一般販売がされるようになってからは、写真店なる商いが登場し、上流階級の間で肖像画の代わりに家族や親族などで写真を撮ることが新たな慣習になりつつある。

ずっと彼女の写真が欲しかった。できれば彼女と二人きりで写真を撮りたかった。

男女の友人同士の時は一緒に写真館に行こうなどとは言い出せず、フレアと二人で撮ったという写真を片手に友達歴長い自慢をしてくるイデルダを前に悔しい思いをしたこともあった。

(結婚式の時に集合写真は撮ったけれど、二人きりの写真は撮れずじまいだったからな)

家族写真や集合写真で手間取ったために時間が押してしまったのだ。あれは絶対に義父と義叔父の策略だと思う。

今回、写真を撮ることができて感無量であった。絶対に彼らに自慢してやろう、などと大人げないことを考えた。


その翌日。やはりリディウスはフレアの無自覚な振る舞いに理性を試されまくっていた。

「海よ、海！　とってもきれいな色をしているわね！」

(海を前にはしゃぐフレアは控えめに言っても天使かもしれない)

宿泊するホテルの目の前に広がる砂浜は宿泊客専用区域として管理されている。

砂浜に面したテラスには寝椅子と日よけ傘が設えられており、滞在客たちはそれぞれのんびり過ごすことができる。

もちろん客室のバルコニーにも大きなソファが置かれてあって、朝食は各部屋で食べられる。メニューは各国から訪れる客人を想定しているため種類に富んでおり、前日までにオーダーする必要がある。昨日フレアは何を食べようか真剣に悩んでいた。その悩む顔も可愛かった。

「あそこの大きな石の上に立ってみたら泳ぐ魚を見ることができるかしら」

思い立ったら即実行だと言わんばかりにフレアが駆け出した。それに合わせてスカートの裾が軽やかに舞い上がる。絹の靴下を履いた細い足首がバッチリ見えてしまった。不可抗力だ。

（あの足を舐め……って朝から何を考えているんだ。素数、素数を数えろ！）
2、3、5、7、11、と脳内で数え始めていると、フレアが「リディウスー、早くー」とこちらに向けて呼びかける。
手を振りフレアのもとへ急ぐ。

海っぺりに突き出た平らな大石の上に登ったフレアがその場に両膝をついた。

「！」

彼女はそのまま前のめりになり、両手を石の上にぺたりとつけた。俗にいう四つん這いの格好になったのである。

（フレア、そんな煽情的な格好をしたらだめだ……）

背後に佇むリディウスに向け臀部《でんぶ》を突き出すような姿勢に、体中に張り巡らされた血管が瞬時に沸騰した。

（このままスカートを捲り……いやいやだめだろう！　何を考えているんだ！　落ち着け、こういう時は……3．14159265358979323846264338327950288419716939937５）

円周率を刻みまくる己の前でフレアが足をもぞもぞと動かした。

するとスカートの裾が乱れ、ペチコートの間から足首どころかふくらはぎまで見えてしまう。

リディウスは思わずごくりと生唾を呑み込んだ。

女性の足はとても神聖な領域である。女性たちは足は隠しておくものだと教育されるため、スカート丈は長くはなっても、短くはならない。

（神の領域を見てしまった……。いや、余計なことは考えるな。今、何桁まで数えたんだったか……）

偶然とはいえ、彼女は未だに四つん這いのまま。時折足を曲げるからそのたびにペチコートから足が見え隠れする。

だめだ。このままではふらふらと彼女に吸い寄せられ、背後から襲いかかってしまいそうだ。

煩悩を打ち払うために今度は素数を数えていると、不思議そうな声が聞こえた。

（2、3、5、7、11、13、17、19、23、29）

「どうしたの？」

いつの間にか体を起こしたフレアがきょとんとした表情でこちらを見上げていた。

動揺するリディウスは慌てて言い募る。

「いや、何でもないんだ！　決して不埒《ふらち》なことを考えていたわけではなく！」

「ここからなら泳いでいるお魚が見えるかと思ったのだけれど、浅瀬には来ないのかしら」

フレアが残念そうに呟いた。

透明度が高い海は底まで見えるのだが、確かに泳ぐ影は何も見えない。

諦めたのか立ち上がろうとした彼女の重心が傾いだ。

咄嗟《とっさ》に腕を伸ばす。フレアの柔らかな体が己の胸の中へと収まる。いい匂いまで漂ってきた。これはラヴェンダーだろうか。

フレアが僅かに身じろぎをする。

「リディウスも、あ、あの石鹸《せっけん》を使ったの？　同じ匂いがするわ」

胸の中で囁《ささや》くフレアの声が少しだけ上擦る。

何かもう胸の奥から熱い飛沫《しぶき》がどどーんと迫ってくるような心地がして、リディウスはぐっと唇を噛みしめた。同じ石鹸を共有（はしていないけれども！）とか、何なんだこの状況。

これではまるで新婚夫婦そのものではないか。

うっかり、情事を済ませたのち同じ湯船に入り彼女の体を泡で洗うあたりまで想像してしまった。

（う……まずい……）

さすがにここでムラムラするわけにはいかない。まだ午前中なのだ。そう、正午も迎えていないのである。

己の内から際限なく湧き起こる下心をどうにか抑え込む。思わず漏れ出てしまった息が耳に届いたのだろう。

フレアが気づかわしそうにこちらを覗き込む。

「……もしかして、つまらない？　ごめんなさい。わたしの興味にあなたを付き合わせた挙句にバランスまで崩してしまって。はしゃぎすぎよね……」

「違うんだ。迷惑なわけがないだろう？　私はフレアと一緒にいられるだけでパン五十個くらい食べられるほどに幸せなんだ。今のはあれだ……ええと、ほら、今日も日差しが強いから、足を水に浸《つ》けてみたら涼しくなりそうだなって思ったんだ」

「それは気持ちが良さそうね」

　フレアが相槌を打った。

　それから彼女はきょろきょろと周囲に視線を巡らせる。

「人もいないみたいだし、一緒に足を浸けてみない？」

「へっ？」

「あなたのやりたいこともたくさんやらないと。普段は公爵として気を張ることばかりでしょう？　たまには気分転換したくもなるわよね。わたしとあなたの仲じゃない。もっと素を晒してね」

　最後の「ね」のあたりの笑顔に胸がはち切れそうになった。

（気分転換よりも今のフレアの台詞の方が数万倍癒し効果がある！）

　彼女は有言実行とばかりに「靴下を脱ぐから少し向こうを向いていてね」とお願いをしてきた。

「フフフレア？」

「後ろを向いてくれないと靴下脱げないじゃない」

　声を上擦らせるリディウスにフレアが頬を膨らませる。

　一応リディウスのことを男性だと認識はしているようだ。良かった。

（良かった、じゃない！　え、脱ぐの？　いいのか？　脱いでも）

ドギマギしつつ期待の芽が出てしまうのも正直なところで。

「もういいわよ」

お許しが出て彼女の方に向き直れば。

(フレアの、生足!)

スカートの裾からバッチリ生足が覗いていた。夫婦でなければ女性の生足などまず見ることはできない。

「リディウスは脱がないの?」

「脱いでいいの?」

「もちろん」

これを寝室で聞きたかった。

うっかり上半身裸になろうかと腕を動かし始めたリディウスは、寸前のところでハッと気付き、靴を脱いだ。

(私たちは夫婦だ。そう、これでも夫婦なんだ。書類の上では……)

だから脱いでもいいのだ。生足を見ても許されるのだ。

靴下を脱いだリディウスはトラウザーズの裾を捲った。

ちらりと彼女を見る。特に何も感想はなさそうだ。女性は男性の生足には何も感じないらしい。

「ん……冷た」

ちゃぽんという水音を立ててフレアが足を海水に浸ける。スカートの裾を濡らさないようにと捲り上げたため、膝のあたりまでばっちり見えてしまった。白く細い足に視線が吸い寄せられる。

リディウスは火照った体を冷やすために勢い良く両足を海に浸《ひた》した。

「！」

確かに冷たい。おかげで若干冷静になることができた。

「勢い良く浸けたら体がびっくりしてしまうわよ？」

「あはは……。少々必要に駆られて」

「最初は冷たくてぞくぞくってしたけれど、慣れてくれば気持ちのいい冷たさね」

「そうだね」

完全なる思いつきで始めた水遊びだったが、フレアは存外に気に入ったようで、足を水面から出してパシャパシャと音を立てている。

飛沫が陽の光に反射をする。

水面に躍り出たフレアの足はリディウスのものよりも小ぶりで柔らかそうだ。

(フレアの足の指、小さくて可愛いな。舐めたらどんな声を出すんだろう)

結局、水に浸かったくらいでは己の煩悩は取り払われないのである。

二人で大きな石の上に並んで座り足を海水に浸ける行為。フレアの中ではこれが友人との距離なのだ。もしリディウス以外に男友達ができれば、同じように無防備にその心をさらけ出すのだろうか。

そう考えると胸が引き絞られるように痛くなった。

いつまでも友人の立ち位置は嫌だ。

けれども、友人だからこそフレアはリディウスに心を許してくれた。紳士に徹したからこそ、信頼し素直に身を委ねてくれる。

彼女が寄せてくれた信頼を損ないたくない。失望されたくない。傷付けたくない。

それなのに、心の別の部分が叫ぶのだ。

このまま友人として過ごすのは嫌なのだ、と。その身も心も全て欲しい。リディウスが心に抱くのと同じ分だけ恋情を抱いてほしい。彼女の愛情を己にだけ与えてほしい。彼女の唯一無二になりたい。

今のフレアは一応はリディウスを異性として見てくれているのだと、先ほどの言動からも察することができた。

どこまでなら、大きすぎるこの気持ちの片鱗を見せてもいいのだろう。

リディウスは意を決してフレアの手の上に自身のそれを置いた。

「どうしたの？」

「嫌？」

「んー、構わないけれど」

許されたことにホッとし、そのまま彼女の手を取る。

リディウスよりも小さくて細い指に触れる。

「ん……くすぐったいわ」

平素よりも甘やかな声がフレアの口から漏れる。嫌がってはいないようで、そのまま彼女の指に自身のそれを絡める。

愛らしい指に触れていることに意識を持っていかれているリディウスの横で、フレアが一瞬ぴくりと動きを止めた。

その数秒ののち。

「おかえし」

フレアが自分の足をリディウスのそれへ触れさせる。

（私の足に！　フレアの足が当たった！）

「～～～～っ!!」

頭から足の先まで雷が走り抜けたような錯覚に陥った。

フレアはほんの戯れのつもりなのだろう。しかし、だ。フレアの生足とリディウスの生足が接触しているのだ。

リディウスは悶絶するあまり前のめりになった。

「そんなにもくすぐったかった？」

悪戯心を発揮したのか、フレアは足の指先でリディウスの足の甲をちょんちょんと何度もつつく。

（３．１４１５９２６５３５８９７９３２３８４６２６４３３８３２７９５０２８８４１９７１６９３９９３７５１０５８２０９７４９４４５９２３０７８１６４０６２８６２０８９９８６２８０３４８２５３４２１１７）

延々と数字を唱えるのに、体は敏感にフレアの足の感触を捉えてしまう。

彼女がここまで許してくれているのなら、このまま触れてしまっても――。

「フレア」

リディウスが彼女の腰に手を回したその時。

大きな波が二人を襲った。

「きゃぁぁ！」

「うわっ！」

びしょ濡れになった二人は慌ててホテルへ引き返すことになったのだった。

†

週のちょうど真ん中の日、ドゥヴネトヴァの旧市街の広場には市が立つ。

近隣で採れた野菜や果物に香草、卵にさばいたばかりの肉類。オレンジの皮の砂糖漬けや干したイチジク。骨つきの生ハムが軒先にずらりと吊り下げられる横ではオリーブオイルが樽から量り売りされている。

屋根付きの露店に地元の食材が並ぶ様は圧巻だ。それらの前で籠を手に持った地元の女将《おかみ》たちが品物を吟味する。

彼ら地元民に交じってフレアたちは異国の市を見物していた。

市は一か所ではなく、旧市街のさまざまな広場で立つ。

大通りを真っ直《す》ぐ歩いて辿り着く大聖堂前の広場の中央には噴水があり、それを囲むように露店が並び、様々な土産物が売られている。

「リツィール、リツィールはいかが？　伝統のお守り。大切な人、贈る。土産、土産」

「ドゥヴネトヴァ近海で採れた海綿だよ～。肌、ツールツル。スバラシイね！」

「薔薇水《ばらみず》、薔薇水はいかが。肌ツルツール、いーい匂いね！」

「ラヴェンダーの石鹸あるよ～。お肌しっとり。最っ高ね！」

観光地ということもあって、聞こえてくるのは西大陸の様々な言語だ。売り文句のみ覚えているのだろう、売り子たちは独特のアクセントをつけた片言を何度も繰り返している。

今日はホテルに雇われている御者を通訳として連れている。買い物の心強い味方だ。

「奥様、薔薇水の購入をご希望でしたらブラーノ薬局をお勧めしますよ。おお、ご存じで？　四百年も前にはすでにこの街で開業していた由緒ある店ですよ。この地を訪れるご婦人たちは必ずあの店の薔薇水を購入しますよ」

「あの露店は石鹸工房の直営でしてね。切り落とし石鹸をいくつか麻袋に詰めて販売しているんですよ。地元の奥様方に大人気！　なんたって土産物店で売られている石鹸と同じものが半額で買えるんですからね」

などと、有益な情報を教えてくれる。

市を歩くのは楽しい。様々な品物が並び、何を買うか考えるのも市ならではの醍醐味《だいごみ》である。

（あ、あの伝統刺繍のハンカチ可愛い。お姉様と叔母様へのお土産にしようかしら。花台用の大きなのもいいな。あとでいくつかの店を見比べたいわ。あっちのラヴェンダーのサシェも可愛い。石鹸とセットにしてメンブラート伯爵家の使用人たちへ贈ろうかしら）

急な結婚式への対応で叔父の領地で働く使用人たちには世話になった。新婚旅行先で彼らへの土産を選ぶのも忘れてはいけない。石鹸は複数の香りから選べるようにした方がいいかもしれない。

（男性使用人たちにはぶどう酒の方が喜ばれる？　それとも生ハムの塊を買って送った方がいいかしら？）

ドゥヴネトヴァを含むこの地方はぶどう酒の名産地としても知られているらしい。あいにくとアルンレイヒまでは入ってこないのだが、ホテルでの晩餐で飲んでみたら美味しかったため、両親と叔父たち用に購入しようと考えている。

（そうだわ。リーヒベルク公爵家のお、お義父様《とうさま》？　と呼んでしまっていいのかしら？　とお義母様《かあさま》へのお土産も考えないと……）

今現在、自分はリーヒベルク公爵家の嫁なのだ。義理の両親への土産選びは重要である。やはりブラーノ薬局の薔薇水は外せないだろう。あとでレース飾りの店も訪れないと。

「フレア、危ないよ」

リディウスに引き寄せられる。

土産を選ぶのに一生懸命になっていて注意力が散漫になっていた。

「ありがとう、リディウス」

「手を繋いでいた方がいいかもしれないね」

そう言ってリディウスがさらりとフレアの手を握った。

(!)

彼には何の気もないに決まっているのに、妙に胸が騒いだ。どうしてだろう。これまで彼の手を握ることは多々あったというのに。急に特別なことに思えた。

ちらりとリディウスを見る。彼は何も感じていないようでいつものように涼しい顔をしている。つまりは本日もとびきりの貴公子というわけだ。

(新婚旅行に来てから、何か調子が狂うのよね。今までリディウスのことを男性として意識したことなかったのに……)

これまで数か月に一度会って一緒に出かける仲だった友人と寝食を共にすることになった。たったそれだけのことで、何かが変わってくるのだろうか。

フレアは十四歳の頃に家を出た。イデルダの話し相手としてアルンレイヒの宮殿に住んでいた頃は、寄宿学校生活の延長のようなものだった。お役目を辞したあとはそのままアルンレイヒに残り叔父夫妻の街屋敷に間借りをしていた。

十代半ばから複数回住環境の変化を経験してきたため、リディウスとの同居もこれまでと大差ないと考えていた。

そう考えていた……のだが。

朝から晩までリディウスと過ごすということは、要するに彼の私的な部分を間近で見る機会に恵まれるということでもあって。

朝食の席にシャツとジレ姿で現れたその胸元の釦《ぼたん》が二つほど開いていたり。

夜眠る前にたまたま居間でかち合った彼の金色の髪がしっとりと濡れていたり。

ホテルの部屋のバルコニーでうたた寝をしていたり。

何気ない光景に視線が吸い寄せられてしまうことが多々あって。そういう場合、妙に鼓動が速くなる気がするのだ。

そういえばリディウスも男だった。ふと結婚式前のイデルダとの会話を思い出し、一人でクッションを抱えて寝台の上でごろんごろんと転がってしまった。

友人を異性として見てしまうだなんてどうかしている。彼だってそんなこと望んでいないに決まっているのに。

一緒にいると軽口ばかりで、ついはしゃいでしまい、淑女らしくいられないのがフレアの良くないところだと思っている。

一昨日砂浜を散策した時だって、家族の前で寛ぐように思うがままに行動をしてしまった。

彼が許してくれることに甘えて、盛大に迷走したのだ。

何しろ男性の前で素足まで晒し、さらにはその足で彼の足に触れてしまった。自らの意思で。

少女時代にお世話になった教師が知ったら二時間のお説教コースは確定である。成人していて良かった。そして、考え足らずな生徒でごめんなさい、と心の中で当時の教師に謝った。

最初は悪戯心だった。その直前にリディウスの方から手を重ねてきて、特に気にも留めずに受け入れたのだが、指と指を絡める繋ぎ方に変化したあたりで、胸の内側を羽でくすぐられるような感覚に見舞われたのと同時に、自分とはまるで違う指の硬さや太さを意識してしまった。

手の繋ぎ方が少し変わっただけで、どうしてこんなにも胸がざわざわするのだろう。それに気付かれたくなくて、えいっとリディウスの足に触れたのだ。

ふざけ合えば妙な胸の高鳴りも霧散するだろうと思ったのに、予測に反してリディウスが真面目な顔でこちらを見つめてきたから、実は困惑した。

ただ、どうやって止めていいか分からなくなってそのまま続行するしかなかった。

二人きりだったため、突っ込み役も制止役もいなかったのだ。イデルダがいれば「いい加減おふざけはやめておきなさい」と割って入ってくれただろうに。

代わりに波の飛沫をバシャーンとまともにかぶったおかげで止めることができたのだけれど。

（あのあと、リディウスの足の感触とか思い出しちゃって……うう……考えたらまた意識してしまったわ）

友人のリディウスと男性のリディウス。普段は友人として接しているのに最近男性としてのリディウスが頭をちらつくようになった。

（彼に恋をしてみたらいいじゃないっていイデルダ様はおっしゃったけれど……。わたしたちはずっと友達だったのよ。急にそんな風に彼を見たら、迷惑に決まっているじゃない）

フレアはこっそりと息を吐いた。

彼をそんな風に見てしまいそうになっていることを認めたくない。だって、リディウスは大切な友達だから。

「奥様、リツィール、リツィールはいかが？」

「え？」

呼びかけられた声の主と目が合った。

たくさんのハート形の飾りが並んでいる店から、恰幅のいい女性が身を乗り出している。

同じ形状の飾りが多くの店で売られている。

「これ、固焼きのクッキーよね。アルンレイヒでも冬の時季に見かけるわ。国が違えば飾り模様も違うのね」

フレアは足を止めた。

すると通行人からフレアを守るとでもいうようにリディウスが背後に回った。まるで彼に後ろから抱きしめられているようにも感じてしまい、そのように思い至った自分にドキリとした。

こういうことはこれまでだってさらりと行ってくれていたのに。

何でもないことなのだと自分に言い聞かせつつ、飾りに視線を落とす。

丸みを帯びた薄茶色の固焼きのクッキーは大半がハート形で、他にも翼を広げた鳥や花などのモチーフのものが売られている。表面がつやつや光っているのは何かを塗っているからだろう。

アルンレイヒでもこれに似た伝統菓子があった。小麦粉に蜂蜜や生姜《しょうが》、クローブなどを混ぜ込んで固く焼くのだ。冬の間の保存食として重宝されていて、表面に同じく練った小麦粉を細く伸ばし、文字を書いたり絵を描いたりして焼き上げる。

冬の市場ではさまざまなメッセージが書かれた大きな飾りクッキーが売られ、それらを友人や家族間で贈り合う。

アルンレイヒのものは人の顔ほどの大きさが主流だが、ドゥヴネトヴァでは手のひらに収まるほどの大きさが一般的なようだ。

「これはリツィール。男から女に贈る。幸せの形」

店番の女が愛想良く答える。彼女はフレアの後ろに立つリディウスに向けて目配せをする。

「奥様がおっしゃられた通り、固焼きのクッキーですよ。元々この辺りでは、男性から女性にクッキーを贈る習慣がありまして、まあ要するに愛の告白です。それがいつしか飾りとして売られるようになり、この辺を訪れる観光客がよく買っていくものだから、たくさん並ぶようになったのですよ」

同行する御者が通訳としての本領発揮とばかりに説明を行う。

作り方は伝統を守っているが、より保存が利くように改良が加えられ、蜜蠟《みつろう》が塗られるようになった。食べるよりも飾ることが前提のようだ。

ここの露店では、色付けした砂糖で表面に模様を描いたものも取り扱っているらしい。

「気に入ったのなら、私から贈るよ。フレア、どれがいい？」

「え……いいの？」

「もちろん」

男性から女性への愛の告白だとの謂《いわ》れを聞いたはずなのに、リディウスが気負いなく提案するものだから、少しだけ反応が遅れた。

以前だったら「あなたってやっぱりヒーロー属性ね」と言えたはずなのに。こういう物語のお約束展開を難なくこなしてしまうのがリディウスという男のはずなのに。

どうして今フレアの心臓はトクトクと早鐘を打っているのだろう。

ハート型の飾りに目が行ってしまうのを必死に止めて、フレアは小鳥の形をしたリツィールを選んだ。上に小さな穴を開け、そこに紐をつけて蜜蠟で固めているようだ。

フレアが示したものを女が手に取る。

リディウスがそれとは別にハート形の飾りを指さした。

「これも一緒に包んでほしい」

「まいどあり」

代金を払うと女が笑顔でリツィールを新聞に包んで手渡した。

どうしてハートのリツィールまで買ったのだろう。そう戸惑うフレアの前でリディウスが微笑みを浮かべる。

「次は魚市場に行く予定だったね。今は恰好がつかないからホテルに帰ったら改めて贈るよ」

「え、ええ」

フレアは頷くだけで精いっぱいだった。

さて、訪れた魚市場は独特の生臭さが鼻をついたものの、ドゥヴネトヴァの近海で採れた貝や魚がずらりと並んだ様子に興味を引きつけられた。

「ここでお魚を買ってレストランに持ち込むと調理してもらえるのよね?」

「その通りですよ、奥様」

旧市街の中や城壁の外に点在するレストランは基本的に自分たちで仕入れた魚で料理を提供するが、食べたい魚を持ち込めば調理してもらうことも可能だというのだ。

値段はお品書きよりも安いのだそうで、地元の人たちが釣った魚を持ち込むことも多いという。海が近い街ならではのシステムである。

それを案内本で読んだ時、面白いと思いリディウスに提案したら快諾してくれた。

通常、市場での買い物は料理人の役割で、フレアのような階級の人間は訪れない。けれどもせっかくの旅行なのだし、劇作家としてはさまざまな場所や人を観察したい。このような経験が次の作品作りに生かされると信じている。

「ねえ見て、海老がたくさん積まれているわ。あ、まだ動いている。あ、大きなお魚はその場で切って売っているのね。あれはマグロかしら。あ、リディウス、イカよ、イカが売っているわ」

作品作りのことはさておき、フレアは珍しい光景に好奇心を抑えきれずにいた。

フレアたちが在住しているアルンレイヒは内陸国で、魚といえば川魚を指す。母国フラデニアは西側が海に面しているものの、王都ルーヴェでは魚より肉料理の方が一般的だ。

ここにいる間に海老もイカも魚も食べたがどれも美味しかった。どうしよう、選べない。

と、視線を別の方向へ向けたフレアは珍しい食材を見つけ、その店へ近寄った。

「ホボーニカ。ホボーニカ」

店主が愛想良く話しかけてきた。現地の言葉だが、指さす先に並んでいるのはタコである。

フレアは図鑑でしか見たことがない海洋生物に目を輝かせた。

「本物だわ。まだ生きている。ねえ、リディウス、わたし本物のタコを見るのは初めてよ。本当に吸盤がたくさんくっついているのねえ」

好奇心丸出しでタコを観察するフレアの隣では。

「……うわぁ……タコ」

明らかに及び腰であることが分かる声をリディウスが出していた。

おや、と思った。

「リディウスにも苦手なものがあるのねえ」

「……そういうわけではないよ。タコだね。うん、タコだ」

笑みを浮かべるリディウスの視線はしかし、タコではなく別の魚に向いている。いつも余裕のある態度ばかりな彼にしては珍しい光景だ。

「リディウスはタコが苦手なのね。海の悪魔なんて異名を取っていたのは昔の話よ?」

フラデニア近海では獲れないタコは、その見た目から昔は悪魔の化身などと言われており毛嫌いされていた。そして食する習慣もなかった。

「こんな見た目の生物が食べ物とか……いや、何でもないよ。この地方ではタコのサラダは一般的な前菜だと本にも書いてあったね。一度食べてみたいと思っていたんだ」

「じゃあタコも買って構わないのね？」

「望むところだよ。一杯もらおう」

購入が決まったと雰囲気で察したのだろう、店主がタコを掴む。八本の足がうねうね動き、それを見たリディウスが再度「うわぁ」と頬を引きつらせる。見た目と動きがダメな模様だ。

「ふふっ……」とつい笑みを漏らしてしまったフレアの立つ場所もまた悪かった。己の運命を察したタコの最後の抵抗か、突然墨を吐いたのだ。

「きゃぁぁ！」

「フ、フレア！　大丈夫か」

「もう！　信じられないわ」

ドレスと髪が黒く染まるという珍事に見舞われ騒ぐ一幕もあり。

ホテルに戻り墨を落として着替え、市場で買った海鮮をレストランへ持ち込み料理してもらった。

酢とオリーブオイル、それから細かく刻んだ玉ねぎを合わせたタコの前菜を一口食べたフレアは
「美味しい！」と笑みを浮かべる。

「酸味があってさっぱりしていて、いくらでもいけそう」

と感想を言うフレアの前で意気地のない姿を見せられないと思ったのか。

「私もいただくよ」

リディウスはまるで両手両足を縛られた状態で崖の上から落とされようとしてるかの如く青い顔をして、タコのサラダを口の中へと運んだ。

「……まずくはない。悔しいが……あんな見た目なのに……おい……しい？」

「もう、リディウスったら。素直にタコを褒めてあげて」

少々ひねくれた感想にフレアは噴き出してしまう。

社交界から離れた場所で気負いのない友達とする会話。年上の男性に対し可愛いという表現は失礼かもしれないが、リディウスが時々見せる少年のようなところもフレアは好きだと思うのだ。

他にもエビをオリーブオイルと香草で焼いたものや、魚介類がたっぷり入ったリゾットなどを食べ、お腹《なか》いっぱいになったフレアたちはホテルへ帰った。

「フレア、改めて贈りものだ」

渡されたのは昼間に彼が買ってくれたリツィール。

小鳥とハートの形、二つが手のひらに収められた時、再び胸の奥がトクンと音を立てた。

「ありがとう。大切にするわ」

お礼を言うとリディウスが柔らかく目を細めた。

見慣れた微笑みに特別な意味を持たせたくなった。そう考える自分にびっくりする。

彼の笑顔は見慣れているはずなのに。

手の中にあるハート形のリツィールの存在感をやけに意識する。

「おやすみ、フレア。良い夢を」

「おやすみなさい、リディウス」

パタンと扉を閉めて一人きりになった寝室でフレアは途方にくれた。

友達のリディウスと男性のリディウス。同じ人間なのにどこか違う。どちらの彼も一人の人間だというのに、どうしてこんな風に別々に考えてしまうのだろう。

ドゥヴネトヴァ滞在も残り僅かになったその日、フレアはリディウスと一緒に旧市街の城壁に上って散策を行っていた。

数百年もの間、街を守ってきた城壁は、現在は一般開放されている。近郊で採れた白い石を積み重ねて作られた街は、同じ文化圏とはいえ故郷とはどこか違って見える。

ドゥヴネトヴァ付近には小さな島も点在していて、いくつか小舟で回ったが、この辺りの集落の特徴として挙げられるのは階段道と細い路地であろう。

迷路のように入り組んだ集落の裏庭にはオレンジやオリーブ、イチジクの木が植えられていて、その間をラヴェンダーの花が揺蕩《たゆた》う。それはドゥヴネトヴァ旧市街も変わらず、城壁から見下ろす街並みを、フレアはゆっくりと眺めて回る。

「あ、猫」

この街には猫が多い。彼らは街の住民から餌《えさ》をもらいのんびり暮らしている。

日向ぼっこをする彼らに癒される。

「わたしも猫になってドゥヴネトヴァでのんびり暮らしたいわ」

「すっかりこの街が気に入ったようだね」

「ええ。食べ物も美味しいし海もきれいだもの」

「きみの好きな歌劇団はないよ。我慢できる？」

「う……。悩ましい問題だわ」

かつて海洋都市国家として栄えていたこの街の規模は今住んでいるミュシャレンには遠く及ばない。地方都市の一つ、というほどの大きさである。劇場もあるにはあるが、定期公演は行われていないようなのだ。

「気に入ったのなら毎年旅行で来よう」

「そうね。来年もまたこの季節に来たいわ」

リディウスが何てことないように言ったから、普通に返事をしてしまった。

（って、わたしたち半年後には離婚するんじゃない。来年って……友達として一緒に来るってこと？）

果たして彼との長期間の旅行は許されるのだろうか。だってリディウスは男性だし。と考えて、彼のことを異性として見ている自分にびっくりした。リディウスはリディウスという存在だったはずなのに。

「約束だよ」

「……え、ええ」

優しい笑顔で念を押されて、思わず頷いていた。

彼だって当然フレアと六か月後に離婚することは覚えているはず。

では友人として誘ってくれているのだろうか。フレアがこの街を気に入ったから。

なんていい人なのだろう。彼はこの先もフレアと友達関係を続けてくれるつもりなのだ。

(でも……友人……か)

ツンと胸の奥が切なくなった。

それと同時にポケットの中に入れたリッィールが存在を主張する。自分で選んだ小鳥型のものではなく、ハート型の方。

それをポケットに入れて持ち歩いている。もらったリッィールを見ていると胸の奥からぽかぽかと温かい感情が湧き起こってくるから。

「フレア、気をつけて」

道幅が狭くなる箇所でリディウスがフレアの背中に手を回した。

その何気ない仕草は、今までだったら気にも留めなかったのに、今は無防備な心の奥に触れられたかのような心地に陥ってしまう。

彼は大事な友達なのに。こんな自分、変だ。おかしい。

「海側の景色もすごいわね。断崖に建てられているから景色が最高よ」

フレアはわざとはしゃいだ声を出した。

街は海の縁に広がっている。城壁のところどころには海へと繋がる階段が設けられており、地元の子供たちが次々と下りては海に浮かんでいる。泳ぎが得意なのだろう。歓声が聞こえる。

「下りたいって言っても、ここではだめだよ」

「まだ何も言っていないじゃない」

「風もあるし、さすがに危ない」

自然の形状を利用して作られた階段の先にあるのは、平らにもなっていない剝《む》き出しの石だ。当然手すりもない。

「わたしだって一応分はわきまえているつもりよ」

いつも好奇心の赴くままに突っ走っているつもりはない……はず……だ。

「そういうことにしておこう」

リディウスがくすくすと笑った。

（あ、ちゃんと話せてる）

良かった。今は彼を友達として見ることができている。

ホッとした時、小さな子供の高い声が聞こえた。地元の子供なのだろう。腕には引っ掻かれた傷ができている。少年の視線の先にはぴゅっと逃げ去る猫の姿があった。

少年が血のにじんだ腕を衣服に擦りつけているのを見たフレアは、ポケットの中を探りハンカチを摑んだ。あれでは服が汚れてしまう。こういう時のためにハンカチが存在するのだ。

取り出そうとした時、一緒にリツィールも飛び出してしまった。

「あっ！」

一瞬の出来事だった。

リツィールは階段をコロンコロンと軽快に転がり落ち、さらに下へと落ちていった。

「あなた、これを使って」

フレアはひとまず少年にハンカチを差し出した。

少年は目の前のハンカチとフレアをぽかんとした顔で交互に見つめる。

飾りの少ない普段着姿とはいえ、仕立てもしっかりとしているし色褪《いろあ》せてもいない服地からは、少年の目からも裕福な身の上だと察せられるのだろう。

あいにくとドゥヴネトヴァで地元民が使う言葉は挨拶程度しか分からない。フレアはにこりと笑って少年のひっかき傷にハンカチを押し当てた。

何となく意味を察した少年がまだ遠慮がちな視線を寄越したため、フレアはもう一度笑ってハンカチを巻きつけ、大きく頷いた。

「ありがとう」

これは聞き取れた。バイバイと手を振り、フレアは少年を見送った。

城壁の下へ視線をやり、嘆息する。

「リディウスに買ってもらったリツィールを落としてしまったわ」

少年にハンカチを差し出したことへの後悔はないが、リディウスからもらったハート型のリツィールは惜しかった。小鳥の形のものは部屋にあるのにおかしな話なのだが、彼がフレアのために買ってくれたハート型の方に愛着を持ってしまったのだ。

（あの謂れを聞いた新婚夫婦なら、ハート型のリツィールを贈るでしょうし。リディウスにとっては単なるパフォーマンスに過ぎないのでしょうけれど）

フレアの行動を見守っていたリディウスが、上着を脱いで「少し預かっていてくれる？」と言ってフレアに手渡した。

「私が拾ってくるよ」

「え、ちょっと……」

止める間もなくリディウスが階段を下りていく。

フレアが見守る先、足幅の狭い階段を下り切ったリディウスは、そのまま海へ通じる岩場へと向かった。

リディウスは辺りに顔を巡らせて岩と岩の間を器用に移動する。数分したのち、リツィールを拾い上げた彼はフレアを見上げ軽く手を振った。無事に見つけたらしい。

嬉しくて手を振り返した半面、少々気恥ずかしくもあった。

ハート型のリツィールを持ち歩いていたとバレてしまったから。

彼はどう思ったのだろう。反応が気になった。

城壁上の通路まで戻ってくるリディウスを見守っていると、ごうっと強風が吹きつけた。

ちょうど彼が足場の悪い階段を登っているさなかのことだった。

「リディウス！」

吹きつける風をまともに受ける彼のことをフレアは見ていることしかできない。体のバランスを崩したら彼は下へ転がり落ちてしまう。もしも打ちどころが悪かったら。最悪の想像をしてしまい、心臓が壊れたかのように早鐘を打つ。

ぐらりと僅かに平衡を崩したリディウスに、フレアは小さな悲鳴を上げた。

リディウスは何とか城壁に摑まって強風をやり過ごし、無事にフレアのもとへ帰還した。

「フレア、無事に見つけたよ。少し欠けているから、やっぱり新しいのを買い直そうか？」

「ううん。これがいいの！」

無事な姿を目にしたフレアは思わず彼に抱きついていた。

良かった。落ちてしまうかと思った。ちゃんとここに、彼がいる。

「フフフレア⁉」

驚くリディウスの声が落ちてきたけれど、今は彼の存在をしっかり感じていたくて。

彼の温もりに、騒いでいた心臓が次第に落ち着き始めた。

「リディウス、ありがとう」

「……心配かけたね」

「わたしのせいであなたが大怪我《けが》をしたらって考えたら……。あまり無茶しないで」

フレアは彼の胸にむぎゅっと頬を押しつけた。子供が大人に甘えるような仕草だ。

（どうしてかしら……。リディウスの側は安心する）

その理由も分からないのにすぐ近くで感じる温もりに心を預けたくなって。

フレアはしばしの間、リディウスの胸の中で瞳を閉じたのだった。

四章

新婚旅行から帰還し、ミュシャレンでの新生活が本格的に始まった頃のこと。

ある日の夕食の席でフレアはリディウスから改まった声で頼みごとをされた。

「舞踏会へ一緒に出席してほしい？　ええ、もちろん大丈夫よ」

「ありがとう、フレア」

リディウスがホッと胸を撫で下ろした。結婚前に彼に泣き言を漏らしたため、人前に出たがらないのではとの懸念があったようだ。

季節はすでに社交期真っただ中。

フレアとリディウスの結婚は新聞の社交欄にも掲載されており、新居にはすでにいくつもの招待状が舞い込んでいる。

フレアだとて、本人のやる気はともかく、社交の重要性は理解している。これまでだって社交界に忘れられないギリギリ程度の出席率を保っていた。八割はネタ集めのためだったけれど。

「わたしとあなたは夫婦なのだから、社交から逃げ回るつもりはないわ」

「届いた招待状の中で必要なものを選んでおいた。あまり負担をかけるつもりはないけれど、二週間後に開かれる侯爵家の舞踏会には出席しておきたいんだ」

　聞けばアルンレイヒの外務大臣を務めている侯爵が主催する夜会なのだそうだ。各国の外交関係者も多く招かれているのだろう。

「分かったわ。今年の社交期用に注文していたドレスがそろそろ届いている頃じゃないかしら。もしかしたら叔父様のお屋敷に納品されているかも。あとでローミーに確認してもらっておくわね。あと必要なものは……」

「ドレスのことなんだけれど、私がきみのために注文したドレスを着てほしいんだ。だめかな？」

「別にいいけれど……注文っていつの間に？」

　フレアは目をぱちくりとさせた。

「結婚式の日程が決まった時に」

　リディウスがにこりと笑った。寸法などはフレアの侍女から入手したのだろう。

　仕立屋は得意客のために前もって予定を空けているものだ。社交期前になると大抵お伺いの手紙が届くのである。おそらくリーヒベルク公爵家で持っていたその枠を、リディウスがフレアのために充《あ》てたのだろう。

「宝飾品も私の方で用意する。その日は私のために着飾ってほしい」

「え、ええ……。気合い入っているわね？」

「フレアに私の選んだドレスを着てもらうのが夢だったんだ」

　その台詞に胸の奥が妙にざわざわした。今までだったらさらりと流していたリディウスの気障なそれが、フレアの心の底に溜まっていく。

またもや彼のさり気ない言葉に意味を持たせたくなっている自分がいた。

「あなたってば、相変わらず物語のヒーローっぽいわね」

そういう自分の心に気付かない振りをしてフレアはからりと受け流した。

「誰にでも言うわけではないよ。フレアだから言うんだ」

「あなたのおかげでお仕事方面で助かっているわ。だからというわけではないけれど、わたしもあなたの役に立ちたいの。当日は頑張ってリーヒベルク公爵夫人を演じてみせるわ」

リディウスの瞳に真っ直ぐ射抜かれたフレアは、わざと大袈裟に頷いた。

今はあまり彼の顔を見ることができない。

デザートのいちじくのタルトを食べることに意識を向けた。


その日から舞踏会出席までの日々をフレアは忙しく過ごすこととなった。

執筆と舞踏会の準備だけではなく、まずは妻として屋敷の家政を取り仕切らなければならない。

新家庭を築くにあたり必要な執事と家政頭は義父母が紹介してくれた。二人共リーヒベルク公爵領出身で、生粋のフラデニア人だ。

フラデニアとアルンレイヒは同じ言語を使用するため、外国勤めへのハードルは他国に比べて低い。もちろん年に一度の帰郷手当も雇用契約の内である。

料理人は父の伝手で、こちらもフラデニアから雇い入れた。父としては、親身になってくれる義理の両親への対抗意識もあるらしい。

超特急で家政を整えつつ、ジョセニア・ラビエとして執筆の仕事をこなし、舞踏会出席の準備も整えていった。

今季初めての舞踏会のため、教師を呼び流行りのステップを確認し、届けられたドレスに合わせて当日身に着ける小物を選んだり買い足したり。

新婚旅行で食べすぎたせいで腰回りに肉がついているとローミーから冷ややかな声で指摘されたため、付け焼刃で食の節制に励んだ。

そうして迎えた舞踏会当日。

「結婚後初めての舞踏会ですので、気合いを入れまくりました～」

一仕事終えて満足だ、という声を出すのはローミーである。

彼女が胸を張るのも納得なほどフレアは化けた。

コルセットが苦しいけれども。「もう無理！」と泣き言を叫べば「これも美のためです！」と逆にぎゅうっと紐を絞められたけれども。

「見てくれだけは百戦錬磨な貴婦人だわ」

「フレア様はお美しいですわ～。お母様譲りの美貌と若さ溢れる張りのあるお肌。まるで精巧なお人形のようです」

「はいはい」

悪気がないのは分かっているのだが、母と同じ顔を褒められても心には刺さらないのである。

「フレア、準備できた？」

入室してきたリディウスに向けて振り向く。

彼がフレアのために注文してくれたドレスを身に纏っているため、何かこそばゆい。

フレアの瞳より薄い同系色のドレスは手触りの良い絹地で、光の加減によりとろりとした光沢を放っている。肩やスカートの裾には繊細なレースがたっぷりと縫いつけられ、スカートの後ろにはたっぷりと布地を取って優雅な襞《ひだ》を設けていた。

耳と首には明るい青色の宝飾品がきらりと光っている。これも今日のために用意してくれたものだ。

着飾ったフレアをじっと見つめていたリディウスは無言であった。

そしてやおら天を仰ぎ、両手で顔を覆った。どうしたというのだろう。

「……あの、リディウス？」

「天は私にご褒美をくれたのだと……い、いや。何でもないんだ」

「え？」

「私が選んだドレスと宝飾品を着てくれるフレアが尊くて……ゴホン。これが夫の特権かと、いや、そうではなくて、フレアはいつも可愛いけれど今日は特に可愛い。もちろん普段も可愛い。何が言いたいかというと、きみはいつも可愛いということで。あれ？　これじゃあ普段と変わりがないと言っているようなものか？　そうではなく……」

「あなたがわたしのことを褒めようとしてくれているのは分かったわ。励ましてくれてありがとう」

何か迷走しているのが丸分かりのリディウスである。

今日の彼は正装の夜会服を身に纏っており、普段にも増してキラキラオーラが炸裂している。ただし挙動はどこかおかしかったが。

「ずっとフレアを正式にエスコートするのが夢だったんだ」

そう言って彼が腕を差し出した。

新婚旅行で訪れたホテルのメインダイニングではドレスコードがあり、晩餐用のドレスを着て彼にエスコートされていたのだが、あれは数には入っていなかったらしい。

(旅行先と生活拠点のアルンレイヒとではエスコートへの気合いの入り方が違うのも無理はないかもしれないわね)

夫婦で箱馬車に乗り込み、舞踏会が開催される侯爵家のお屋敷に向かえば、徐々に緊張感が増していく。

(今日のわたしは公爵夫人、公爵夫人、公爵夫人……)

まるで魔法の呪文のように心の中で何度も唱えた。

社交は苦手だけれど、彼の足を引っ張りたくはない。今日のために外国の王族とゆかりのある大物出席者の名前などを頭に叩き込んだ。

リディウスと一緒に挨拶をすること。会話を弾ませること。場を繋ぐにはお天気ネタが鉄板だとものの本に書いてあった。頑張ろう。

屋敷の前で馬車が停まり、従僕が用意した足踏み台を使って降り立ったフレアは、侍女のローミーを伴って控室へと向かった。

大きな舞踏会の場合、女性客は侍女を伴うことが多い。途中でドレスを替えたり、化粧直しをしたりするからだ。場合によっては万が一ドレスを汚した時のためにお針子を同伴させることもある。

案内された控室は同じ階級の女性と共同で使用する。すでに社交は始まっているのである。軽く自己紹介を済ませると、同室の女性たちから温かな笑顔を返されホッとした。

ドレスの上に纏っていたケープを脱ぐ。髪と化粧をローミーが軽く直してくれ、もう一度姿見の前で全身を確認してから部屋を出た。

（緊張してきたけれど……大丈夫……大丈夫……わたしは公爵夫人、公爵夫人……）

先ほどと同じように心の中で念じながら歩いていると、年若い女性数人に行く手を遮られた。

中心にいた薄茶色の髪をくるくると縦にきつく巻いた女性が一歩前に進み出る。

彼女は口の前で扇を開き、フレアを上から下までじろりとねめつけた。

「こんばんは」

居丈高な声を出されたフレアは僅かに緊張をにじませた声で「こんばんは」と応対した。

一応アルンレイヒ第三王女イデルダの話し相手を務めていた経歴を持つ。そのためこの国の同世代の貴族の娘の顔は大体覚えているつもりだ。宮殿で定期的に開かれていた女性だけの集まりにはフレアも出席していたから。ただしいつも隅の方で存在感を消していたけれど。

しかしながら目の前の髪を縦巻きにした彼女の顔はとんと知らない。アルンレイヒに隣接するどこかの国の出身であろうと見当をつける。

その女性が扇を閉じた。

そしてそれをフレアのちょうど前に落ちるように投げた。

「ねえあなた。拾ってちょうだい」

女性が唇の端を持ち上げた。お願いではなくはっきりと命令する口調であった。

これが例えば、身分を隠したお忍びの街歩きであれば。誰かが無意識のうちに何かを落としたのを目撃したなら、フレアはさっと拾い上げただろう。

（けれど、ここは舞踏会会場で、この人はわざとわたしの目の前に扇を落としたわ。わたしよりも優位な立場なのだと知らしめるために）

早い話が見ず知らずの女性から喧嘩を吹っかけられたのである。

フレアは女性の後ろに控える取り巻きと思しき女性たちに素早く視線を巡らせた。数少ない社交の場で目にしたことがある女性の姿があった。多分アルンレイヒの貴族階級の娘。

（全ての人間に好かれるなんて無理な話だし、わたしのことが気に入らない娘《こ》だっているわよね）

アルンレイヒでのフレアの立ち位置は少々複雑だ。母方の実家は六百年の歴史を持つ由緒ある伯爵家。その現当主が姪を猫可愛がりしていることは有名な話だ。

また現アルンレイヒ王妃の母親の生家でもあるファレンスト家をこき下ろすことは、この国ではセンシティブな事案である。王は王妃を寵愛しているし、市井《しせい》での人気も高い。

とはいえ、ファレンスト家はついこの間まで爵位を持たなかった元市民階級。表には出さずとも旧来の貴族たちの胸中には色々渦巻くものがあることくらい容易に察せられる。

少し前までの男爵家の娘という立場であれば、要らぬ軋轢《あつれき》を生む方が面倒だと思い素直に扇を拾っていた。言っておくがフレアは平和主義なのである。無駄に敵は作りたくはない。

しかし、だ。

今のフレアはリディウスの妻。たとえ近い将来に円満離婚が控えていようとも、リーヒベルク公爵夫人なのだ。

今日の舞踏会には外国の王族の血を引く者も招待されているが、目の前の彼女のような年頃の女性はいなかった。

であれば、あまり遜《へりくだ》ってはいけない。格下だと自ら認めてしまえばリディウスの評判にも繋がる。

さあ、どう出るのかしら、とでもいうように意地悪な笑みを浮かべる主導役の女性を前に、フレアは腹の奥に力を込めた。

わたしは女優よ、と念じながら微笑みを浮かべる。

「手が滑ってしまいましたのね。わたくしはこれから夫と合流しますから、侯爵家の使用人を見かけた際は、お困りのご婦人がいらっしゃると伝えておきますわ」

「！」

フレアは扇を拾うことなく徒党を組む女性たちの脇をすり抜ける。

「お待ちなさい」

主導役の女性が高い声を出した。フレアが拒絶するなどと考えてもいなかったようだ。

「悠長に待ってはいられないわ。あなたの侍女を貸して」

「彼女の仕事は夫のもとへ向かうわたくしの側に仕えることですもの。お友達がいるのだから彼女たちの侍女を借りてはどうかしら？」

最後まで言い切ったフレアは平素と変わらぬ歩調で歩き始めたが、ドキドキしすぎて転んでしまわないかと気が気ではなかった。

幸いにも彼女たちは追いかけてまでフレアに因縁をつけようとは考えなかったようだ。

無事に広間でリディウスと落ち合うことができてホッとした。

「どうしたの、何かあった？」

安堵《あんど》から漏れた息が聞こえたようだ。

「何も。しいて言うなら緊張しているの」

「そういう時は私だけを見て」

リディウスの口調はいつもと変わらない。柔らかで優しい。だからだろうか、強張《こわば》っていた心が弛緩していくのが分かった。

リディウスと共に大広間へ入場した際、たくさんの視線を向けられたが、背筋を伸ばして歩くことができた。彼がいてくれるから大丈夫。理屈ではなく心がそうなのだと理解しているから。

やがて楽団の演奏が始まった。

リディウスがお辞儀をする。

フレアは差し出された手に自分のそれを重ねた。視線が絡み合い、どちらからともなく微笑み合った。

リディウスと踊るのはもちろんこれが初めてだった。

友人時代は、たとえどこかの夜会ですれ違っても人の目を気にしてフレアから話しかけることはなかった。会うのは街の中。社交の場では一定の距離を保っていた。

だから今日こうして彼と踊っているのが不思議だった。

曲に合わせてくるりと回る。彼のリードは巧みで、初めて踊るのにもうずっと彼が自分のパートナーだったのでは、と思うくらい息が合う。

「クリーウトとは何回踊ったことがあるの？」

「え……っと、多分十回くらいは」

兄のような幼馴染み枠である彼はフレアが困らないようにと親切心でダンスに誘ってくれていた。

イデルダとの婚約時代であっても、イデルダとばかり踊り続けるのはマナー違反だから、場を繋ぐためという意味もあった。

「これからフレアが家族と親戚以外で一番多く踊るのは私だ」

「あなたってば変な対抗心を燃やすのね。クリーウトはお兄様も同じよ」

「分かっているけれど、どうやら私は存外独占欲が強かったらしい。きみと出会って知った」

「友達に対してもʔ」

「そう。フレアは特別で大切な友達だから。きみの一番の座は譲りたくないんだ。たとえイデルダ夫人であっても」

じっと見つめられたフレアは一瞬胸が熱くなって呼吸ができなくなった。

青い瞳の中に宿った熱は今までフレアが見たこともないような類《たぐい》のもので、胸の奥がチリチリと焼かれるようでもあった。

同時にリディウスに触れられた箇所に意識がいった。

どうしてだろう。見知った彼が知らない人のようにも思える。

それなのに、彼が宿した熱に手を伸ばしてみたいような気がするのだ。

心の中に不可思議な想いを抱えたまま、フレアはリディウスと続けて三曲を踊った。

彼が離してくれなかった。

でも、さすがにこれ以上はマナー違反になる。

「次の曲で一度抜けようか。今日はきみ以外と踊る気はない」

リディウスが言い切った。

「そんなの……無理でしょう。あなたは……人気者なのだから」

「私の父は結婚して最初の舞踏会で母としか踊らなかったんだ。尊敬する父を見習いますって言うから大丈夫」

「そんな屁理屈《へ》言って」

軽口を言い合いながらも、リディウスがフレア以外と踊るつもりがないと宣言したことが、じわじわと喜びとなって胸の中に広がっていった。

おかしい。リディウスの言動はこれまでとあまり変わりがないのに、どうして一つ一つを気にしてしまうのだろう。

それは多分、フレアの心が以前と変わってしまったから。

でもまだ、その意味を深く追及することが怖くもあって。

フレアはリディウスに連れられてダンスの輪から外れた。


ダンス曲がひとしきり演奏されたあとは小休憩が入る。

大広間から近い部屋には軽食が用意されており、各自談笑しながら飲み物を手に取ったり、火照った体をアイスクリームで冷やしたりする。

クリスタルカットのガラスボールに入れられたパンチ酒をもらったフレアは、こくこくと飲み干した。女性が気軽に手にできるよう酒精は控えめだ。とはいえ、甘い味につい手が伸びてしまうため飲みすぎには注意である。

「あなたたち、お互いしか見えていませんって顔で踊っていたわね。妬《や》けちゃうわ」

「フレアったら結婚にはまったく興味がありませんって態度だったのに、あんな素敵な貴公子をいったいどうやって落としたのよ？」

「まさかの電撃結婚でしょう？　お付き合いしているのなら、もっと前に教えてほしかったわ」

合流したイデルダが口を開けば、あとに続けとばかりに宮殿勤め時代の同窓たちが一斉に話し始めた。

（だって色々あったのよ。その中身を言えるわけないでしょ！）

と心の中で叫びつつ、結婚しても好奇心だけは娘時代のままな友人たちの追及から逃れるためにフレアはそそくさとその場をあとにした。

一度手洗いにでも行こうかと会場から離れ、屋敷内の人気《ひとけ》のない場所へと足を踏み入れた時、突然背後から腕を摑まれた。

「痛っ！」

「あなたね、元は男爵家の娘のくせに何様のつもりよ！」

鋭い刃物のような声と共に壁にドンッと押しつけられた。

相手の顔を確認してハッとした。髪の毛を縦にきつく巻いたドレス姿の女性が憤怒の形相でこちらを睨みつけている。フレアに喧嘩を吹っかけてきたあの女性だ。

「よくもこのわたくしに恥をかかせてくれたわね！　成金男爵家の分際で」

女性が閉じた扇をフレアの頰に這わせる。怒りが込められた視線が眼前に迫った。

喉の奥がひりひりと焼けつくようだった。

怖い。逃げ出したい。こういう自己主張の激しい子に逆らっていいことなど何もないはずなのに。

それでも、やられっぱなしになるわけにはいかないのだ。

「わた……くしは、男爵家の娘では……ないわ」

「はあ？」

「リーヒベルク公爵家の……リディウスの妻、だもの」

今のフレアは、彼の妻だから。彼のためにもめそめそと泣くだけの存在であってはいけない。

「何を……ふざけたことを」

だが、フレアが放った一言は、目の前の女性にとって禁句であったようだ。

女性が顔を怒りで歪めた。

「あなたみたいな三代も遡れないような下賤の娘がリディウス様の妻ですって？　ふざけないで！　彼はね、わたくしと結婚するはずだったのよ！　この泥棒猫が！」

間近で怒鳴られる。

びくりと固まったフレアの表情から恐怖の色を感じ取ったのか、女性は満足そうに唇に弧を描き、いつの間にか近くに寄っていた三人の取り巻きたちに目配せをする。

そのうちの一人が手に持っているのは色の濃い液体が入ったグラス。酒か何かだろう。この状況で優雅に歓談などあり得ない。あのグラスの用途くらい容易に想像がついた。

「やだ……リディウスが用意してくれたドレスなの」

「リディウス様の憐れみと施しを本物だと勘違いしてしまったのね。ちょっとおつむが弱いのかしら。可哀《かわい》そうだこと！」

女性の高らかな笑い声がその場に響いた。

だが、それに追随する声が聞こえることはなかった。代わりに聞こえてきたのは。

「私の妻と友人になりたいという構図ではないね。一体このグラスの酒で何をしようとしていたのか私にも分かるように説明をしてくれないか」

怒りを隠しきれない低い声でグラスを持った女性の手を摑んだのは、リディウスであった。

「な、何も……喉が渇いただけなのです」

「それを私が素直に信じるとでも？」

「っ……。ごめんなさい」

腕を掴まれた取り巻きの女性が震える声を出した。

リディウスが手を離すとグラスを持った女性がさっと身を翻した。逃げ出す彼女を追いかけるように他の二人も逃げ去ってしまった。

残されたのは縦巻きの髪の女性一人だけ。彼女は現れたリディウスに体を向け腕を伸ばす。

「リディウス様、わたくしは分かっていますわ。この娘とは仕方なく結婚したのですよね」

「私に触らないでくれないか。愛おしい妻に悪意を向けるような人間には虫唾《むしず》が走る」

「こんな泥棒猫がリディウス様の妻だなんて認められませんわ！」

リディウスの完膚《かんぷ》なきまでの拒絶に女性が高い声を上げた。

「きみがどう思おうと私には関係ない。私はフレアを妻とした。もう私には関わらないでくれ」

リディウスが一歩前に出てフレアの肩を抱いた。

その瞬間、崩れ落ちそうになった。体中から勇気と気合いをかき集めて彼女たちと対峙していたから、緊張の糸が切れてしまったのだろう。

唇を戦慄《わなな》かせる女性に目もくれずにリディウスはフレアを連れて歩き出した。

一応足は動いてくれた。良かった。彼ならフレアを抱き上げることだって厭《いと》わなかっただろうから。

リディウスに連れられてテラスに下り立った。

ガス灯の他にも篝火《かがりび》が焚かれており、庭の奥まで見通せる。噴水を取り囲むように設置されたベンチに腰を下ろし、ようやく人心地つくことができた。

「気付くのが遅れてごめん。怖い思いをさせてしまったね」

「ううん。夫婦といえども舞踏会でずっと一緒にいるわけにはいかないわ。それにほら、生理現象だって訪れるわけだし」

リディウスの消沈した声を聞いたフレアはわざと明るい声を出した。

「それでも、だよ」

リディウスがフレアの顔を覗き込む。

こちらを窺う彼の近さにドキリとする。そういえば先ほどリディウスはフレアのことを愛おしい妻と評していた。あれはあの女性への牽制のためだと理解しているのに、どうして今その言葉だけ切り取ったかのように頭の中に浮かんだのだろう。

「……彼女、あなたと結婚するはずだと言っていたけれど」

ぽつりとそのような言葉が出てきた。

もしも、フレアの知らないところでリディウスに縁談が持ち上がっていたのならば。媚薬を飲んだあれやこれやで結婚してしまったフレアは完全なお邪魔虫ではないか。

あの女性が憤怒の形相になるのも頷ける。

「それだけは絶対にない！」

「……え？」

リディウスが即座に否定したため、フレアの口から間の抜けた声が漏れた。

「彼女はフラデニアのバシュレー侯爵家の娘でイザベラという。前に話した、私に媚薬を盛ろうと画策し続けているご令嬢、本人だ」

「フラデニアの侯爵令嬢でリディウスに媚薬を……って、えええっ、彼女が⁉」

フレアは慌てて口を両手で塞いだ。

「媚薬を盛ろうとする人間と結婚したいだなんて思う？」

「思わない」

自分に置き換えてみたらゾッとした。フレア自身、持参金目当ての男たちから追いかけ回された過去を持つ。そのうちの誰かの策にはまって結婚とか、絶対に嫌だ。お断りである。

「なるほど。あの媚薬で自分が結婚するはずだったのに、わたしがいいところを持っていってしまった。彼女の中ではそういうことになっているのね。先ほど言われた言葉の数々が腑《ふ》に落ちたわ」

しかし、その怒りはお門違いである。

(でも……リディウスがあの人の毒牙にかからなくて良かった)

結果としてフレアと結婚することになってしまったのだから、それはそれでどうなのだろうと思ったが、彼が誰かと結婚していた未来を想像すれば、胸の奥がちくりと痛んだ。

「あの娘のことは社会的に抹殺してしまおう。そうすればフレアも怖い思いをせずに済むだろう」

「過激発言はやめて。今回のことは……わたしもちょっと、色々とあって」

と、フレアは先ほど控室近くで喧嘩を吹っかけられた際、どのような対応をしたのかを話した。

あれで火に油を注いでしまったのだろう。

「私のために頑張ってくれたんだ？」

「だって……今のわたしは公爵夫人だもの。ああいうのは慣れないけれど、逃げてしまったら、あなたの評判にも傷がつくかもって思って」

「フレアのことは私が守るよ」

リディウスが力強い声を出した。

こちらの瞳をじっと見つめて言うのだから反則だ。その声に、眼差しの熱っぽさに、胸の奥がきゅっと音を立てた。

「さっき、あなたが来てくれてとても安心したの。正直に言うとね、体から力が抜けて崩れ落ちそうになったのよ」

「それなら私が抱きかかえたのに」

「あなたのことだから絶対にそうすると思って、頑張って耐えたのよ」

目立つのは得意ではない。

でも、彼の温もりを近くに感じられるほどの距離は嫌ではなくて。こうして二人きりで話している今、全てを彼に委《ゆだ》ねたい気持ちになっている。

「ねえリディウス……しばらく二人でいたいって言ったら……あなたを困らせてしまう？」

「いいや。フレアが許してくれるのなら、しばらくどころかずっと一緒にいたい」

わたしも。……ずっとあなたの側にいたい。ごく自然と沸き起こった願望だった。

これは友達としての気持ち？
それとも——。

舞踏会から数日が経過したある日のこと、フレアは仕事部屋で紙にペンを走らせていた。頭の中ではヒロインがヒーローに恋する場面が浮かんでいる。

ここは重要な場面だ。ヒロインが自分の気持ちを歌に乗せるから、しっかり書き込んでおかなければ。

恋、恋かあ……と、思案していると、なぜだか頭の中にリディウスの顔が浮かんだ。

「違う！　違うわよ！」

頭をぶんぶんと左右に振った拍子に、手に持っていたペンからインクが垂れた。

ぽたりと落ちた黒いインクが文字の上に染みを作っていく。

「うわぁぁぁ！」

「フレア、どうしたの？　ネズミでも出た⁉」

叫び声が部屋の外にまで漏れていたらしい。仕事部屋の扉が開き、リディウスが入ってきたため、フレアは再び「きゃぁぁ」と声を上げた。

「ネズミでも何でもないから一人にしてぇぇぇ！」

フレアはリディウスを部屋から追い出した。

インクでだめになった紙をクシャリと丸めた。まだインクが乾いていなかったせいで手が黒く汚れてしまった。

「こういう時は気分転換よ。別の原稿を書きましょう」

気合いを入れるために声を出し、某出版社から依頼された短編小説に取りかかる。

最近は脚本以外の書きものの仕事も増えてきた。せっかくの縁だ。結果を残して次に繋げたい。

取りかかった原稿は、市民階級の女が街中で出会った男に心を惹かれるというものだ。

カリカリとペンを走らせる。走らせ……る手を止めたフレアは机の上に突っ伏した。

「どうして……。どうしてリディウスの顔がちらつくのよ……」

重症である。

一人では抱えきれないほどに、フレアの中でリディウスの存在が大きくなっている。

気付けば彼のことを目で追うようになっていた。

朝起きたら彼に会えるのだとそわそわして、夜は少しでも彼と一緒にいたいからと引き留めようとしてしまう。

リディウスに微笑みかけられると胸の奥がきゅうっと切なくなる。もっと声が聞きたくなるし、ずっと彼の視界に留まっていたい。

どうして今まで彼の前であれほどまでに無頓着でいられたのだろう。

ドキドキする鼓動の音まで伝わってしまうかもしれないと思うと、自分から彼に触れることもできない。

そのくせ、彼に触れてほしいと思っている。彼の温もりを恋しく思っている。

持て余すくらいに膨らんだ彼への想いを、当然のことながら周囲の人間、特に古い付き合いのイデルダが見逃すはずもなく。

届いたお誘いの手紙に、いそいそと出かけてみれば。

「最近のあなたときたらまるで恋するヒロインそのものって感じね」

と、イデルダがにこりと微笑みながらお茶会の席で言うのである。

二人きりのお茶会は、結婚後も何かにつけて続けられている。

「わわわたしは別に恋なんてしていないわ！」

「本当に？　今、誰かの顔を思い浮かべたんじゃない？」

焦るフレアに対してイデルダは全てを悟っていますと言いたげな余裕の表情を浮かべている。

「わたしは別にリディウスのことなんてこれっぽっちも考えていないもの！」

「へえ、リディウスをね」

イデルダが笑みを深めた。

フレアは「あああ」と愕然とした声を出した。自ら墓穴を掘ってしまった。

「それで？　いつ自覚したの？」

「イデルダ様。わたしがリディウスに恋をしている前提で話を進めないで」

「あら、往生際が悪い」

抗議をするとイデルダが面白そうに目を見開いてみせた。

「じゃあフレアはこのまま数か月後にリディウスと離婚して、彼が別の誰かと政略結婚をしたら、笑って祝福できるの？」

「っ――！」

フレアは顔を歪めた。もしもそうなったら。リディウスが自分以外の誰かにあの柔らかな眼差しを向けたのなら。嫌だと思った。想像しただけで胸が苦しくなる。

「そんな顔をするくらいなら、素直に自分の気持ちを認めてしまいなさい」

イデルダが優しく語りかけてきた。

でも、そう簡単なことではないのだ。

「だって……。この気持ちを認めてしまったら……。わたしは以前のわたしでいられなくなってしまう……。わたしは、リディウスの友達で、恋人でも何でもないの」

彼への気持ちを自覚したくない。認めてしまったら、今のままの関係ではいられないような気がしていた。

「どうして急に友情が恋になってしまうの？　だって、こんな気持ちになったのは本当につい最近のことだったのよ」

「本当に？」

イデルダが優しい声でフレアに問いかける。

その言葉にドキリとした。彼に友情を感じていたのは本当のこと。困っていた時に助けてくれて、その後も外出に付き合ってくれ、仕事上の助言もしてくれた。

フレアよりも人生経験が多くて頼りになる人。公爵なのに気取ったところがなくて、一緒に出かけると気さくで楽しい人。いつも頼ってばかりだけれど、困っていたら今度はわたしが力になりたい。そんな風に考えていた。

「男嫌いを拗《こじ》らせていたのに、リディウスのことだけは割と早く信頼し始めて、二年も友人関係が続いていたじゃない。彼の努力もあってのことだけれど、どうでもいい男性との文通なんてもっと早くに途絶えるものよ」

「それは……彼はいい人だから」

「あなたのその超絶鈍感なところ、わたしは好きよ。でも、いい加減諦めて恋心を認めなさい。こういうのは理屈じゃないの。ある日突然目覚めるものなのよ」

「それは、クリーウトとの実体験？」

「まあね」

イデルダがカップに口をつけた。彼女にとってもクリーウトは〝お兄様〟だったはずなのに、フレアの知らないところで二人は恋心を育んでいた。

「でも……わたしたちの結婚は通常の手順を踏んでいない。リディウスは責任を取ってわたしと結婚したに過ぎないわ。彼だってわたしが提案した離婚話を承諾してくれたし、今さらこのまま夫婦関係を維持したいって言ったら……。彼の地位目当てだって思われそう」

フレアは手に取ったカップを弄《もてあそ》ぶ。

リディウスは公爵という、貴族の中でも高位の爵位を継承していることから、帰郷のたびに彼に憧れる女性たちの声がフレアの耳にも届いていた。

公爵夫人の肩書が欲しくて彼に群がる女性たちと同じ類だとガッカリされたら。鉛玉を沈められたかのように胸が重くなる。

「それに……社交下手なわたしよりも、もっと明るくて賢くて人の前に立つことが苦じゃない女性の方がリディウスにはお似合いだと思う。そうなったらわたしは単なるお邪魔虫よ」

フレアはイザベラが用意した媚薬をうっかり飲んで、結果としてリディウスの妻の座に収まっただけだ。そのことにつけ込んで彼を縛りつけていいものだろうか。いつかきっと後悔する日が来るのではないだろうか。

自分にはもっと相応しい女性がいたのではないかとリディウスは我に返るかもしれない。

思考が後ろ向きになるフレアに向けて、イデルダがじれったそうに体を前に出す。

「現れてもいない女性に怯《おび》えないで、フレアが今できる努力をしないと。これからもリディウスの側にいたいって思う自分の心に素直になりなさい。わたしはいつだってあなたの味方よ」

力強い励ましに瞳がじわりと潤んだ。彼女の心遣いが身に染みた。

自分には無理だと決めつけて逃げ腰になってしまうのがフレアの悪いところだ。

思えば新聞社主催の企画もイデルダが強く勧めてくれたから応募できたのだ。自分一人では応募することすら考えもしなかった。

フレアが後ろ向き思考に陥った時、イデルダはいつも励ましてくれる。

それはリディウスも同じだった。彼は仕事を持っているのだと打ち明けたフレアを世間の常識という固定観念で判断するのではなく、何の含みもない声で「次の上演、楽しみにしているよ」と微笑んでくれたのだ。

そして仕事を続けるフレアを応援してくれて、取材に協力してくれて。淑女の枠からはみ出し、つい子供っぽい行動を取ってしまうフレアに呆れるでもなく受け入れてくれて。

彼は絶対的な味方だ。いつの間にかそう信じていた。

あなたがわたしを否定しないでいてくれるから、わたしはわたしのままでいられるの。わたしもあなたの味方でありたい。あなたが苦しい時や悲しい時に側にいたい。もっとあなたのことを側で見ていたい。あなたのことを知りたい。

リディウスのことを考えると止まらなくなった。彼の笑顔が大好きで、社交の場から離れて見せてくれる明るい表情を誰にも見せたくなくなって。

あの大きな手に触れてもらえると胸の奥が温かくなるのと同時に、きゅうっと胸が締めつけられるのだ。

この気持ちに、リディウスを想う心に、名前をつけたい。フレアは胸の奥でいつの間にか芽吹き、蕾《つぼみ》をつけ、今まさに花咲こうとするそれに向けて手を伸ばす。

「わたし……わたし……本当は、リディウスのことが……好き。いつの間にか好きになっていたの」

「ようやく認めたわね」

イデルダの瞳には慈愛の色が濃く宿っていた。

「じゃあ次は何をすべきか分かるわね？」

「……リディウスに、わたしのことを好きになってもらうように、努力をする」

「そう、その意気よ」

イデルダが片腕を空に突き上げる。

「う、上手くいくかな……」

「相手はリディウスだもの。絶対に大丈夫よ」

「イデルダ様のその自信、どこから来るの？」

フレアが胸を張って売り込めることなんて持参金の額くらいしかないというのに。

どうしてイデルダはこんなにも前向きなのだろう。

「と、とにかく。せっかくフレアがやる気になったのだから、まずはリディウスへあなたの気持ちを伝える方法よね。一緒に住んでいるからこそ、雰囲気作りは大切だと思うのよ」

「なるほど」

若干話を逸らされたような気がしなくもないが、イデルダの言葉はもっともなので神妙に頷いた。

確かに雰囲気作りは大切だ。舞台では、ヒーローがヒロインへ愛の告白をする時、それはもうドラマチックな演出が入る。

「わたしも百本の薔薇を用意した方がいいかしら？　それとも湖畔のお城に行って、星空を見ながらのシチュエーションの方がいい？」

「それはどちらかというと男性側が凝るシチュエーションよね。現実問題、薔薇百本は重たいわよ」

「イデルダ様はもらったことがあるの？」

「わ、わたしのことはともかく。友達関係が長かったのだから、ちゃんと男性としてリディウスのことが好きだって伝えることが大事よね」

イデルダがしきりに頷く。どうやらクリーウトは案外ロマンティストらしい。フレアの中では上手くイメージが合致しないが。

「そういえば今、恋愛のプロがミュシャレンに滞在中らしいわよ」

「恋愛のプロ？」

「そう。こういう時は実戦経験豊富な女性の助言をもらうっていうのも手ではないかしら」

と、イデルダは明るい声を出した。


別の日、フレアはさっそく恋愛のプロを自宅に招いた。

「フレア様ったら突然結婚してしまうのですもの。人伝に聞いた時は寂しかったです」

「べ、別にアリアンヌにだけ内緒にしていたわけではないのよ。急な結婚で方々に連絡する暇がなかったの。落ち着いたら手紙を書こうって考えていて」

くすんと泣き真似をする金髪の女性は、本日も大変に美しく、同性のフレアの目からしても庇護欲をそそる見目形だ。

何を隠そう彼女こそが恋愛のプロことアリアンヌ・ドレガー。フラデニアの大人気劇団所属で、看板女優の座の保持記録を毎年更新中。そしてフレアの友人でもあった。

「こうして新居に招いてもらえて嬉しいですわ」

同性のフレアがうっかり惚れてしまいそうなくらい魅力的な笑みである。

（きょ、今日もアリアンヌったら無自覚に魅力をばら撒くのだから）

明るい緑柱石色の瞳をきらりと輝かせながら美しい顔で微笑まれると、魂を持っていかれそうだ。

鉄道の発達による交通網の進歩と写真技術の発達により、アリアンヌの人気と知名度はフラデニアに隣接する国へも及ぶほど。懐に余裕のある上流階級の人々は旅行先で気に入った人気の女優や俳優、そして芸術家らを自身主催のサロンに招くことで、人脈の広さを自慢する。

今回の滞在もアルンレイヒのとあるお金持ちのサロンに招かれたためとのことだ。空き時間にこうして旧知の招きに応じているのだという。

ファレンスト家は長年アリアンヌが所属する劇団に出資をしている。劇場に年間ボックス席を有しており、歌劇好きの母は舞台観賞のみならず、劇団員たちの支援も行っている。フレアはその縁でアリアンヌと知り合った。

同じ演劇界で仕事を始めたこともあり、フレアは親しくしている数人の女優たちには劇作家としての活動について話していた。

「イデルダ様のことは以前別のお茶会で一度紹介したわよね？」

「はい。再びお目にかかれて光栄ですわ」

同席するイデルダとアリアンヌが互いに挨拶を交わし、お茶とケーキも交えて和気あいあいとしたお茶会が始まった。

場が温まり、ひとしきりお互いの話で盛り上がったところでフレアは本題を切り出すことにした。

「あのね、アリアンヌに相談したいことがあるのだけれど」

「まあ、わたしで良ければ何でも尋ねてくださいな」

アリアンヌが快く応じる。

よし、と覚悟を決めるも、自身の恋愛相談はどうにも恥ずかしい。そもそも、結婚したのに今さらその彼に好きだと告白したいという状況ってどんなものだろう。

うっかりすると媚薬のくだりから全部説明する羽目になりそうだ。

「ええと、わたしの知人の話なのだけれど……恋の悩みを抱えていて。ほら、わたしは劇作家をしているから、色々と悩みを打ち明けられることも多くて。でも、わたしは創作の恋愛論は語れても、実戦経験があまりないから、具体的な行動についての助言はあまりできなくて……。それで、アリアンヌの意見を聞いてみたいというか……。知人はとっても切羽詰まっているみたいだから」

結果としてフレアはアリアンヌに対して長すぎる前置きを語ることになった。

「その知人にはね、男友達がいて……最近その男友達のことが好きだって気付いたの。もちろん恋愛感情で好きって意味よ。でも、長い間友人だったから、この関係を壊すのが怖いというか、彼にどう思われているのかよく分からないというか。つまりは……ええと」

「つまりはその男友達と恋人関係にステップアップしたいと。そういう悩みですね」

「そう！　そうなのよ。知人はとっても悩んでいて」

「知人の方はどのくらいの期間、その男性と友人関係だったのですか？」

「に……いえ、ええと……五年？　くらいだって言っていたような？」

正直に二年と答えそうになったフレアは、知人の相談という建前を思い出し年数を盛った。

近くに座るイデルダの視線が妙に乾いたようにも思えたが、気付かない振りをする。

「なるほど。ちなみにその知人の方はフレア様と同じ階級の御方？」

「………………脚本家として知り合った方だから中流階級……ええと普通の市民的な？」

フレアだって幼少時は父が叙爵前だったから市民であった、ということにしておく（上流階級ではあったけれども）。

「分かりました。一度友人関係に落ち着いてしまうと、いい雰囲気になりづらかったり、今さらかなってお互いに自重してしまいますよね。不肖このアリアンヌ、今から実践で技を伝授しますわ」

アリアンヌが胸を張る。

「実践？」

「言葉で説明するよりも分かりやすいですから」

ふふふっとアリアンヌが軽やかに微笑む。

「ではまずフレア様の隣にわたしが参りますね」

席替えが行われ、フレアとアリアンヌが横並びで座る。彼女の細い肢体がフレアの体に密着する。細いのに胸はボンッと出ていて羨ましい。それにふわりと花の香りがする。同性なのにドキドキしてしまった。

「では、演技を始めますね」

との前置き後、アリアンヌがフレアに向けて流し目を寄越してきた。

「ねえフラウ様」

フラウというのは兄フラウディオを略した呼び方である。どうやら形から入るようで、フレアは男役、もとい兄役のようだ。そういえば兄とアリアンヌも友人同士だったことを思い出す。

「わたしたち、考えてみれば知り合って五年以上ね。なぜか馬が合って一緒に食事をしたり、お酒を飲んだりする仲になったけれど――」

アリアンヌがフレアの顔を覗き込む。明るい緑色の瞳が潤んでいる。伏せた睫毛から見え隠れする濡れた眼差しが艶っぽくて密かに息を呑む。

この時点で世の男性の大半は落ちるのではと思った。

「どうしてかしら。最近胸がとってもドキドキするの」

アリアンヌがフレアの手を取った。握られた手がアリアンヌの方へ引き寄せられ、胸の上に手のひらが当たるように置かれる。

「！」

「ね？　今、こんなにもドキドキしている。あなたにも伝わったかしら。フラウのせいよ」

「わわわ……わたしのせいなの？」

コルセット越しとはいえ、胸に、胸に触れている。どもるとアリアンヌが切なげに口角を上げて
「もちろん。こんなこと、誰にだってするわけじゃないのよ。あなただけ。あなただけが特別なの」

とフレアの手を持ち上げ、その甲に唇を寄せた。

（ひゃぇ……）

「ねえ、フラウ。もっとあなたのことが知りたい……」

アリアンヌがフレアに体を預けた。吐息交じりに甘く呼びかけられ、背中がぞくぞくした。

彼女の演技はなおも続く。

なんと、アリアンヌはフレアの太腿に手のひらを乗せた。そして優しく撫でるのだ。体を寄せつつ、こちらを切なく見上げる美女に太腿《ふともも》をまさぐられるというとんでもない状況に、これが恋愛助言の実践編だということも忘れて物理的に心臓が止まりそうになる。

さすがは恋愛のプロである。そして大人気女優の演技力と色香。恐れ入る。……などと冷静に分析する余裕などなく、フレアは顔を真っ赤にして硬直した。

「ねえ、わたしのこと隅から隅まで知りたくない？」

とどめとばかりにアリアンヌがフレアの耳に息を吹きかけた。

（〰〰〰〰〰っ‼）

そろそろ酸欠になりそうだった。

「はい。以上です～」

あわや天に召されるかと思った瞬間、アリアンヌがフレアからぱっと体を離して、明るい声を出した。

「はあ……はあ……。色気に当てられて昇天するかと思ったわ」

「ふふっ」

息も絶え絶えなフレアが零した感想にアリアンヌは笑みで答えた。

「シチュエーションとしては、どちらかの家で、もしくはレストランなどで食事をした際に食後酒を飲んで、いい感じに雰囲気を作って……。あとは二人で寝室に行くだけっていう状況ですね。瞳をうるうるさせると色気倍増なので、小さな香水瓶に水を入れておいて、ささっと目に注《さ》すといいですよ」

「こ、こんなの……無理よ、無理！」

思わず素で叫んでいた。

あんな風にリディウスに触れることができるのか。太腿をなでなでできるのか。不可能だ。

「大丈夫です。酒を飲んでおけば大抵のことはいけますから。友人関係を拗らせているのなら、このくらいしないと。相手に好意は伝わりませんよ？」

（そ、そうなの……？）

アリアンヌが断言したせいか、くらりと眩暈《めまい》に襲われた。

「これで相手が落ちなかったら、あれですね。アウトオブ眼中です。すっぱり諦めましょう。時間の無駄です。男は星の数ほどいますから、次行きましょう！　いい男を紹介しますよ、ってお伝えください」

さすがは恋愛のプロである。見切る時もスパッと容赦がない。アリアンヌはさっぱりした笑顔で締めくくった。

†

二人で舞踏会に参加してから二週間ほどが経過したある夜、リディウスの前にフレアがぶどう酒の瓶を持ち現れた。

晩餐が終わり、リディウスは書斎で手紙の返事を書いているところであった。

「お友達からね、食後酒におすすめよって教えてもらった銘柄なの。リディウス……い、い、一緒に、飲まない？」

食後酒を誘うだけにしてはフレアの声は緊張を孕《はら》んでいた。

「え……ああ、いいけれど」

「じゃ、じゃあ。さっそく準備をしてくるわね！　リディウスは先に居間で待っていてね」

彼女の様子に内心小さく首を傾げながら了承すると、フレアはぴゅっと勢い良く部屋から出ていった。

(食後酒か……。飲みすぎないように注意しなければ)

酒には弱くはない。むしろ強い方だ。父も母も酒豪とまではいかないが飲める方で、父は母のためにフラデニア南部の某男爵領のぶどう畑に出資をしている。

ちなみに母は酔っぱらうと父に甘える。それが嬉しくて父は母に飲ませたがるのだが、母は酔っぱらった際の記憶を保持しているため、飲ませようとする父とよく喧嘩をしている。息子の目から見ても単なる痴話喧嘩だ。犬も食わないというあれである。

これまで酒を飲んでも飲まれることはなかったというのに、媚薬を飲んだフレアを前に理性が瓦《が》解《かい》してしまったため、最近は少量で止めるようにしていた。

（そういえば……フレアは酔うとどんな風になるんだろう？　新婚旅行の時もグラスに一杯くらいで止めていたけれど）

昔から水よりもぶどう酒が愛飲されてきたような文化圏だ。食事はぶどう酒と共に楽しむものという考え方が根付いているため、どのような場でも必ず料理に合ったぶどう酒が提供される。

「お待たせ」

フレアの後ろから彼女の侍女が現れ、てきぱきと準備を整える。予《あらかじ》め冷やしておいたのであろうそれを、リディウスの隣に座ったフレアがグラスに注いで手渡してくれた。

「乾杯」

小さくグラスを当てる。

フレアが口をつけた。こくりと喉が動くさまが艶めかしくてつい凝視してしまう。

最近のフレアはどこかリディウスに対してよそよそしくて、地味に気にしていた。

先日は「一人にしてぇぇ！」と部屋から追い出されてしまった。

リディウスとの生活に何かしら思うことがあるのだろうか、と戦々恐々としていたのだが。

彼女の方から誘ってくれたということは、事態はまだ深刻ではないということだろうか。

二人で寛いでいるこの隙に結婚生活に対する不満を聞き出し、今後の対応と対策に充てようと密かに目標を定める。

「初めて飲む銘柄だね。美味しいよ」

「口に合って良かった」

食後酒といえば甘口のぶどう酒が好まれる。一気に飲むのではなく、ちびちびとゆっくり飲むものだ。

「私との生活はどう？　少しは慣れてくれたかな」

隣に座るフレアに語りかける。己がフレアとの夜のひと時を共有できることに幸せを感じているように、彼女も同じ気持ちを抱いてくれたら。

「え、ええ。もちろんよ」

「本当？　無理をしていない？」

「無理なんて……そんなことないわ」

フレアがにこりと笑った。

「毎日とっても楽しいもの」

「そう？　何か不満なことがあれば遠慮しないで伝えてほしい。夫婦円満の秘訣は毎日の痴話喧嘩だと父上が言っていたよ」

いや、あれは両親特有の愛情表現であった。

「フレア、私たちは痴話喧嘩ではなく――」

慌てて言い直そうとするリディウスの横でフレアが忙しなく動き始めた。

リディウスとは反対の方へ顔を向け、ごそごそと腕を動かしていたかと思うと、口の中でぶつぶつと何かを唱えている。

「フレア？」

「あのね！　リディウス」

訝しんでいると、フレアが勢い良くこちらへと体を向けた。

リディウスはぎょっとした。

「フレア、涙が。どうしたの？　やっぱり結婚生活に対する不満が爆発するほど蓄積していた？」

「え、違……これは、目がウルウルしているだけで」

透明な雫がフレアの両目から零れている。確実に泣いている。知らぬ間に何かやらかしたのだろうか。いや、まだ何もしていないはずだ。それとも結婚後の色々な言動に引かれてしまったのか。

記憶を掘り起こしていると、フレアがその手を掴んだ。そして勢い良く引く。

突然加えられた力に抗えずに、リディウスの手のひらがフレアの胸をドンッと強く押す形になってしまった。

「リディウス……わたし、今とってもドキドキしている」

「ドキドキどころじゃないだろう。大丈夫？　苦しくない？」

不可抗力とはいえ、彼女が傷付くのは本意ではない。胸に圧力が加わったせいか、彼女が小さく咳を漏らした。

「ケホッ……だ、大丈夫。それよりも、ドキドキしてるの伝わっている？」

「伝わった。伝わったから！」

彼女の心臓近くに手のひらが置かれているということはつまり……その柔らかな胸にむぎゅっと触れていることでもあるわけで。

遅れて気付いたその事実に、リディウスは全身の血液が沸騰するくらい熱くなるのを感じた。

しかも、だ。今日のフレアは厚い生地のコルセットを身に着けていないようで、生々しい感触を手のひらが拾ってしまう。

非常にまずい。このままでは大変なことになる。

（3．14159265358979323846264338327950288419716939937５……）

無心になるべく本日も頭の中で必死に円周率を数え始める。

「こ、こんなこと、あなた以外にはしないの……よ」

無心になるリディウスの手をフレアが口元へと持っていく。そして、甲の上に口付けを落とした。

その柔らかな唇の感触に、フレアの話す言葉が頭の中に入ってこない。

（2、3、5、7、11、13、17……）

無になれ、無に、と必死に念じる。

「あ、あのね。リディウス……」

フレアが今度はぴたりとリディウスの体に張りついた。鼻腔を甘い匂いがくすぐる。全身の神経が彼女を感じ取ろうと鋭敏になっている。

リディウスはごくりと喉を鳴らした。無防備なフレアは今この瞬間、すぐ側にいる男が頭の中でどのようなことを考えているのか想像もしていないに違いない。

そのさくらんぼのように赤く熟《う》れた唇を貪ってしまいたい。口腔内を余すことなく蹂躙《じゅうりん》し、白い肌の上に己のものだという印を刻みたい。足の指からゆっくり舐めていき、秘めた場所をたっぷり濡らして、最後は己のものを彼女の中に――。

（だめだ！　絶対にだめだ！　こういう時はあれだ……クロディオ王、ゲール王、クローヴィス一世王、キルデール一世王……）

円周率を唱えても素数を数えても効果がないため、今度はフラデニアの歴代の王の名を唱え始める。理性よ、どうか保ってくれ！　リディウスは切に願った。

「リディウス、あなただけなの……。わたしが、こんな風になるのは、あなたにだけ」

吐息が耳を掠《かす》める。あなたにだけなど、まるで恋人同士の台詞ではないか。

「……」

そこで口を閉ざしたフレアがじっとリディウスを見つめる。否、挑むような視線にも感じた。

だがその違和感は押しつけられた彼女の肢体から伝わる温もりによって霧散する。

彼女と温もりを分け与えたい。

すでにリディウスはフレアの肌を一度味わってしまった。体が覚えている。腕を伸ばして彼女を抱きかかえてしまいたい衝動を歯を食いしばって必死にやり過ごす。

沈黙するフレアがグラスに手を伸ばした。

「！」

そして一気に呷ったではないか。

こくこくと喉が上下し、胃の中にグラスの中身を入れ切ったフレアが唐突に手を動かす。

「フフフレア？」

声が上擦るのも無理はない。

フレアは何と、リディウスの太腿を優しく撫で始めたのだ。一体どこでそんな高等テクニックを覚えてきたというのだ。

「リディ……ウス、わ、わたしのこと……隅から、すす隅まで、しし知りたくない？」

顔を真っ赤にしたフレアが大胆な台詞を吐く。

「――っ⁉」

フラデニアの歴代の国王の名前が脳内から吹き飛んだ。

据え膳を前に心臓が大きな音を立てる。このまま彼女を寝台に連れていって思うまま貪る。そんな欲望が頭を掠める。

「フレア……」

リディウスは彼女の頬を優しく撫でた。親指でその唇をなぞる。

「ん……」

彼女の口から漏れる吐息に全神経が刺激される。昂《たかぶ》った体が今すぐに目の前の愛おしい女性にがっつきたいと主張している。

（だが……フレアは今酒を飲んでいるんだ……素面ではない）

かろうじて残っていた理性が訴える。

酒に酔った彼女に手を出して、翌朝我に返った彼女がリディウスの隣で硬直したら。今度こそ耐えられない。一度目があのような状況下だったからこそ、次に彼女と結ばれる時は酒の入っていない、素面の状態で挑みたい。

(今は絶対にだめだ！)

リディウスは手を伸ばし、ローテーブルの上に置かれてあったぶどう酒の瓶を手に取った。

そして開け口をひっくり返し、己の頭の上に冷たいぶどう酒をぶっかけた。

「リディウス⁉」

冷えた液体が金髪を濡らす。頭が冷えたおかげでだいぶ理性が戻ってきた。

「フレア、少し冗談が過ぎるよ。明らかに飲みすぎだ。もう夜も遅い、眠った方がいいよ」

諭すような口調を心がけたが、少し硬くなってしまった。

立ち上がったリディウスは逃げるように居間をあとにしたのだった。

†

窓の外で小鳥が鳴いている。

カーテンの隙間から見える外の明るさから目を逸らしたくて、フレアは掛布を頭までかぶせて、ぎゅうっと丸くなった。

「アウトオブ眼中だった……」

ほぼ一睡もできなかった。

なぜって、恋愛のプロから教わった技をリディウスに実践したのに、まるで効果がなかったから。

練習もなしに一発本番だったため、恥ずかしくてお酒の力を借りてしまったり、ちょっと不手際があったりしたものの、最後までやり遂げた。

アリアンヌが言っていた最後の台詞までちゃんと言い切った。なのにだめだったのだ。

リディウスはフレアの行為を本気ではなく冗談だと受け止めたようだ。怒りを抑えた硬い口調でこちらを諭したあと、さっさと部屋を出ていってしまった。

「……もう無理。リディウスに会えない」

フレアは芋虫よろしく寝台の上でさらにぎゅうっと丸い形になった。

泣きはらした顔はぱんぱんに腫《は》れていることだろう。目だって赤いに決まっている。こんなひどい顔をリディウスの前に晒したくない。

昨日の告白を受け流されたのであれば、フレアの方もあれをなかったことにしていつも通りにリディウスに接しなければいけない。

さすがに昨日の今日では無理だ。もう少し時間の猶予が欲しい。

結局、朝食会場に移動することなく、午前中を寝台の中で過ごすことにした。

考えることはたくさんあった。

リディウスに玉砕したのだ。彼の気持ちがフレアにない以上、六か月以降の婚姻関係継続は絶望的だ。当初の予定通り離婚ということになるだろう。

彼は公爵で、跡取りを儲《もう》ける必要がある。となれば再婚をするはずだ。彼の隣で微笑む女性を想像したフレアの瞳に涙が盛り上がった。

フラデニア人の彼はいつか故郷へ帰るだろう。隣には新しい妻がいるはず。そんなの見たくない。

だが、フレアもフラデニア人である。故郷に帰れば何かにつけてリーヒベルク公爵の動向を耳にする機会もあるだろう。そのたびに失恋の悲しさで胸がひしひしと痛むに違いない。

アリアンヌは次に行きましょうとさっぱりとした口調で言っていたけれど、それは男性に対して気軽に接することのできる人間の思考だ。

男嫌いを拗らせているフレアには難易度が高い。これから先、リディウス以上に心を許せる男性が現れるなどとは考えられない。

ではどうするか。

「家を買って引きこもろう」

という結論に至った。

社交界に未練はない。彼と距離を置くにはアルンレイヒに永住するのが一番いいのではないだろうか。親戚もいるし友達もいる。王都郊外のこぢんまりとした一軒家を買い、執筆活動をしながら庭の手入れをしたり、散歩をしたり。

適度に自然と触れ合いながら過ごしていたら失恋の痛みも徐々に忘れるに違いない。

「わたしは作家だもの。失恋を糧《かて》にして仕事に邁進《まいしん》するのよ！」

悪くない考えだ。そうと決まればさっそく物件を探そう。

よし、と思い立ったフレアは善は急げとばかりに、銀行の投資顧問を呼ぶことにした。

こういう時の行動は早い方だ。リディウスに失恋したことによる現実逃避とも言える。

翌日、フレアが持つ金融資産の報告書と共に屋敷を来訪した投資顧問に言う。

「実はね、わたし個人の名義でミュシャレン近郊に家を購入したいと考えているの」

「かしこまりました。ご予算はいかほどでしょうか。それによっては金融商品の現金化も必要でしょう。また、希望する物件の具体的な条件等はございますか？」

リーヒベルク公爵家は財政面も順調のようで、嫁の持参金を当てにしなければ領地運営もままならないという状況ではないようだ。

そのため両家の間で取り交わした婚姻財産契約書には、持参金は全額フレアの好きに使える旨が記載されている。さすがは父、このあたりのことは抜かりがない。

持参金は分割払いとなっていて、今現在フレアの口座に移管しているのは四割ほど。今後一年の間に振り込みが終了する予定となっている。

子供の頃からの財産分与分と自分で稼いだ分を合わせると、なるほど金目当ての男達に狙われるはずである。潤沢な資金を数字で確認したフレアはこっそりとそんなことを思った。

「まず第一条件は将来の資産価値の上昇が見込める場所。個人で所有するから屋敷というよりも、館という感じの大きさでいいわ。できれば前庭はついていていてほしいわね」

他にもいくつかの条件を提示した。

こういう時、銀行の投資顧問は顧客のために手を尽くしてくれる。下手に不動産業者を挟むよりもずっとスムーズなのである。

家購入を進めるさなか、イデルダへ結果報告も行った。

「嘘でしょ！　あの男、何を考えているの！」

と大きな声で怒っていたが、これぱかりは仕方がない。

フレアのことを友人以上には見られなかったのだろう。しかも変に迫ってしまったため気まずい。

彼は平素と変わらずに接してくれているのだが、無理をさせているようで心苦しかった。

「イデルダ様、親身になってくれてありがとう。悲しいけれど、これぱかりはリディウスの意思が優先だもの」

「あの男がヘタレなだけよ。嘆くのはまだ早いわ。わたしが一発ガツンと言ってあげるから」

「ううん、いいの。それよりも、今はこれからのことを考えるので忙しいから」

フレアは今後の計画の一端をイデルダに披露した。

「不動産があれば、下宿人を置くこともできるし、数年後に売ることもできるもの。最近は鉄道駅の開業が盛んだから、値上がりも期待できるのよ」

「フレアはファレンスト家の娘だけあって現実的だし、たくましいわね」

それらを聞き終えたイデルダは苦笑いをしていた。

それから数日後、物件の見取り図を持って再訪した投資顧問を歓待しつつ、フレアは十軒ほどの候補から内見候補を三軒に絞った。

どの物件も王都ミュシャレンより列車で約三十分から一時間ほどで、この数年のうちに鉄道駅が開業した土地だ。

「奥様のご希望の順番で内見できるように手配を整えましょう」

「ええ。よろしく頼むわね。ああそれから、これはわたし個人の買い物だから、リーヒベルク公爵家には内緒にしておいてね」

離婚予定の妻の動向にリディウスが関知することはないだろうが、世間には妻が不動産を持つことを嫌う夫もいる。

念のためにと伝えれば投資顧問は「もちろんです」と頷いた。


数日後、フレアはローミーを伴い投資顧問と一緒にミュシャレン郊外のある駅で列車を降りた。

ミュシャレンの主要ターミナル駅から約三十分。町の外れに設けられた真新しい煉瓦造りの駅舎の正面には円形の馬車寄せが整備されている。

ホテルや食堂、雑貨店に青果店などが入る建物群も建てられて日が浅いようだ。列車の利用客を当て込んで開発したのだろう。

駅は大抵の場合、町の外れに建設される。土地取得の容易さと関係があると思われる。

辻馬車を拾い、物件に向かう道すがらもフレアは町の観察に余念がない。

「元から活気のあった町でして、近年では川沿いを中心にミュシャレンの喧騒を嫌ったお金持ちたちが別宅を建てています。彼らに引っ張られる形でレストランや喫茶室などが開店し、治安もいいため、最近では中流階級向けの住宅建設も盛んでございますし、実際人気でございます」

「ミュシャレンからの列車の便も悪くなかったものね」

「ええ。中流階級向けの住宅開発はミュシャレンでも進められていますが、郊外に比べると狭い上に家賃は高い。そこそこの稼ぎがあるとなると、住環境にこだわりたくなりますからね」

投資顧問の言は、まさに自分がそうだとでも言いたげである。

新技術の発展に伴う新産業の登場により、これからも中流階級の人口は増えていくだろう。

車窓から見える街には新しい建物も多い。通りを歩く人々の服装はこざっぱりとしていて品が良く、通り沿いには瀟洒なレストランが点在しており、書店の看板も見つけた。

先行投資先としても悪くなさそうな土地だ。

「わあ……素敵な一軒家」

案内されたのは町の中心からやや外れた場所にある小さな館だ。昔、とある金持ちが愛する女性のために造らせたそうで、石造りの二階建てに、前庭もついている。柵に沿うように植えられた蔓《つる》薔薇が柔らかな赤色の花を咲かせ彩《いろどり》を加えている。

フレアはさっそく建物の中を見て回った。

築百年ほどだと聞いているが、歴代の持ち主によって手入れはきちんとされていたようだ。

「これなら初期投資にそこまでお金をかける必要もなさそうね。ああでも、台所と洗面所はきちんと手を入れたいわ」

最新式のオーブンレンジを入れた方が女中を募集した時に早く見つかりそうだ。台所から庭へと続く扉を開けると小さなハーブ園がある。そこから裏手へ向かい、庭の広さも確認しておく。

「ここにテーブルを置いて、今の季節は外で執筆するのも気持ちが良さそうね。部屋が余るから下宿人を置いてもいいわ。その場合、女中は通いではなくて住み込みの方がいいかしら。仕事部屋は一階の方で決まりね。何だかワクワクしてきたわ」

早くも離婚後の生活に向けて具体的なイメージが湧きつつあった。

せっかくだから壁紙も自分好みに張り替えようか。庭づくりにも挑戦したい。家具はどのようなテイストで揃えようか。アンティークにしても様式がいくつかある。

などと楽しく妄想していたおかげで、フレアの耳が投資顧問の「ちょっと、あの。あなたは一体？」という戸惑いの声を拾うことはなかった。

「フレア！」

突然の大きな声に現実へと帰ってきたフレアは目を見開いた。

「え、ええ？　リディウス、どうしてここに？」

ひどく慌てた様相の彼は、その質問には答えずにフレアの腕を取り玄関に向けてすたすたと歩き始める。

「ちょ、え、待って」

「待たない。そこのきみ、不動産の売買をするというのなら正式な見積書をミュシャレンのリーヒベルク家に持ってきてくれ。リディウス・レヴィ・リーヒベルクの名義で購入する」

「勝手に決めないでちょうだい！　ここはわたしが気に入って、わたしの名義で購入するのよ」

突然の宣言にフレアが叫んだ。

リディウスがちらりとフレアを見た。青い瞳はガラス玉のように何の感情も乗せておらず、二の句を継げなくなる。こんな彼は初めてだ。

結局フレアはリディウスに連行されるようにミュシャレンへ戻ることとなった。

その道中彼は一言も発しない。

（怒ってる……。ものすごーく怒っているわ。え、どうして？）

心当たりがまるでない。無駄に顔が良いため怒る顔にすら目が吸い寄せられる。彼を好きだと自覚してから、どんな姿にだってときめくようになってしまったのだ。

（……何か、悔しい）

内心呟くも、重たい空気は変わらず、結局フレアも声を発することはなかった。


「フレア、どうして私に何の相談もなく家の購入を決めたんだ？」

ミュシャレンの屋敷に到着し、居間に二人きりで対峙した途端にリディウスが口を開いた。

「……」

フレアはどう説明していいのか困って沈黙を選んだ。

するとリディウスが傷付いたかのように顔を歪めた。

「家を買って今すぐにでもここから出ていくつもりだった？　あんな小さな家に女性が一人で暮らすだなんて、そんな危ないことをしてでも私から離れたかった？」

「小さな家って失礼ね。確かに大きなお屋敷で育った人からしたら小さいかもしれないけれど、部屋数だって六つもある、一般庶民の人間からしたら立派に大きな邸宅よ」

「きみだって生まれた頃から大きなお屋敷で育っただろう？」

「そうだけれど、あのくらいの大きさが落ち着くのよ」

気持ちを静めるためにフレアは息を吐き出した。それからゆっくりと言葉を紡ぐ。

「わたしがどこで暮らそうとあなたには関係ないでしょう」

「関係あるよ。そもそもまだ六か月だって経過していないじゃないか」

「でも……あなたと暮らすのは苦しいの」

好きな人に友達以上に思われていないのだ。それなのにリディウスと同じ屋根の下で暮らすとますます彼に心を寄せてしまう。報われない恋なんて悲しいだけだ。

「私のことが……嫌い？」

フレアの言葉を聞いたリディウスの顔色が今にも倒れそうなくらい蒼白になった。

「そんなことは……ない」

「じゃあ、何かきみが嫌がることをしてしまった？　もしかして結婚に浮かれる私のことが本当は気持ち悪かった？　趣味全開のドレスを押しつけられて、変態とか思った？　重たい男にはならないよう頑張ったつもりだけれど、悪いところがあったのなら全力で直すから率直に教えてほしい！」

「え、え、ええ？　何を訳の分からないことを言っているのよ」

「フレアに捨てられないためには、なりふり構ってはいられないんだ」

「捨てるって……わたしがあなたのことを捨てるはずがないじゃない」

「ではどうして勝手に家の購入を決めて内見までしているんだ」

「それは……あなたにとってのわたしの存在が……アウトオブ眼中だったから」

「……アウトオブ眼中？」

リディウスは僅かに眉をひそめた。

公爵の彼には市井の人間が使うスラングが分からないようだ。

「わたしのことなんて、友達以上に見られないのでしょう？」

「そんなことあるわけないだろう！」

言い直すと即座に否定が返ってきた。

「この期に及んでそんな優しい嘘はつかないで。余計に傷付くから。あの夜の、わたしの決死のアプローチをなかったことにしたのはあなたじゃない」

「アプローチ……？」

フレア渾身《こんしん》の訴えをリディウスが怪訝そうに復唱する。

もうこうなったらやけっぱちだ。

「食後酒を一緒に飲んだ日の夜よ！　アリアンヌから伝授してもらった、長年友人関係を拗らせた男友達との仲を進展させる方法をあなたに向けて実践したのに、あなたはわたしを置いて部屋から出ていってしまったじゃない。あれがアウトオブ眼中じゃなくて何になるのよ」

「…………男友達との仲を進展させる方法？」

「復唱しないでぇ！」

改めて確認されると非常に恥ずかしい。両耳を塞ぎ、その場にしゃがみ込んだ。

どうして失恋のいきさつを本人に説明せねばならぬのだ。これは何の罰だろう。恥ずかしくて全身から汗が噴き出てきた。ついでに涙も浮かぶ。

「フレア……きみは、私のことを……その、異性として……」

「恥ずかしいから確認してこないで」

フレアの側にしゃがみ込んだリディウスによって顔を覗き込まれる。

「お願いだ。私にとって一番大事なことなんだ。きみは私のことを……男として見て……？」

「……好きよ。あなたのことが好き。言っておくけれど、友達としての好きとは違うわよ。あなたのことを男性として好きになってしまったの。でも……この気持ちがあなたにとって迷惑だってちゃんと理解しているわ。だから家を買おうと思ったのよ――」

説明の途中で体を引き寄せられる。

気がつけばフレアはリディウスの胸の中にすっぽりと収まっていた。

「好きだフレア。好きという言葉じゃ足りない。本当に本当に大好きなんだ。ずっときみのことを好きでいたんだ」

「……うそ」

「嘘じゃない。二年前にきみに恋に落ちた。でも、自覚した途端にきみに友達宣言をされて……きみに嫌われたくなくて……ずっと友達で我慢してきた。フレアの側にいたいから告白をして友達ですらいられなくなるのが怖かった。本当はずっと伝えたかったんだ。私の気持ちを。きみを一番に想う心を」

耳に届く甘く切ない響きに胸が戦慄いた。

「愛している、フレア」

愛を示す言葉。フレアを強く抱きしめるリディウスの両腕。彼が本気だということが伝わってくる。それくらい熱のこもった抱擁だった。

でも、だったらどうして――。

フレアの瞳に涙が盛り上がる。

「だって……あの日……あなたは」

「きみはあの晩もお酒を飲んでいただろう？　明らかに挙動不審だったし」

「うぅ……それは、アリアンヌから教えてもらった方法を再現するのに精一杯で」

「太腿を撫でられた時は一瞬理性が飛んだ」

「忘れてぇぇ！」

思わず叫んでいた。あの時は必死だったのだが、もう二度とできない。あの時だって酒を入れて何とかやり切ったのだ。素面では絶対に無理だった。

「私以外の男にあんなこと、絶対にしてはいけないよ」

「あなた以外の男性に触れられるわけがないじゃない。わたし、自分の恋心にまったくの無頓着で、創作物の恋しか知らなかった。あなたにしか気を許せなかったのは……ずっとあなたに無意識に心を寄せていたからだと、今になって思うの」

二人は互いの心の隙間を埋めるように確認し合う。

「フレアと次に結ばれる時は、お互いの気持ちを確かめ合って、素面の状態でって決めていた。きみを愛しているから大切にしたい。意図しない状況できみの初めてを奪ってしまった。だから二度目は素面のきみの同意を得た上で抱き合いたかった」

「好きよ、リディウス」

リディウスがフレアの頬を包み込む。優しい手。最初に触れられた時も、ちっとも嫌とは思わなかった。運命論なんて、創作物の中にしかないと思っていたのに。

今は彼との縁が運命だと信じてみたくなっている。

「もう離婚するだなんて言わない？　苦しくて胸が張り裂けてしまう」

「うん。こんな妻だけれど……あなたの隣に相応しくあれるよう頑張る。だから……これからもあなたの側にいさせて」

「フレア、愛している。私の正真正銘、本物の妻になってほしい」

「これからも、よろしくお願いします」

至近距離で改めて求婚され、フレアは心がくすぐったくなりつつも頷いた。

彼から伝えられる愛情に全身が歓喜する。

柔らかな眼差しに引き寄せられる。彼の手が頬を滑る。

顔が近付いてきて、フレアはそっと瞳を閉じた。

そうするのが当然だとでもいうように口付ける。触れるだけのそれを数度繰り返す。

それは記憶にある限り、二度目の口付けで。

二人は互いの心を確かめ合うように何度も唇を合わせた。

夜、寝間着に着替えたフレアをリディウスがわざわざ迎えに来た。

薄い絹地はどこか心許なくて胸がドキドキした。

でも、もっとドキドキするのは、フレアを抱き上げた彼の金色の髪がまだ少し湿っていることと、その身に纏う夜着を通り越して感じる体温の熱さだ。

フレアは自分の腕を鼻の前に持ってきた。大丈夫、変な匂いはしないはず。石鹸を泡立てて体中を丹念に磨いたし、そのあとに香油も塗った。

「どうしたの？」

「う、ううん。何でもないの」

そっと下ろされたのはリディウスが使う寝台の上。足から敷布のひんやりした感触が伝わってくる。

少し新鮮できょろきょろと首を動かした。

「今日からここがフレアの眠る場所だよ」

「うん」

目が合った瞬間にリディウスに唇を塞がれる。

そのままゆっくりと後ろに押し倒された。

リディウスの指先が頬を辿る。枕に散らばったフレアの髪を集め優しく梳《と》く。

何度も唇を食《は》まれて、フレアは昼間に実地で教えられた通りに唇を開いた。

生温かい舌が口内に侵入し、内部を丹念にまさぐる。上顎や頬の内側を丁寧に撫でられるたびに喉の奥からくぐもった吐息が漏れ出た。予期せぬ舌の動きに翻弄され、ふいに触れられた箇所から体の中心へと電流が走るかのような感覚をおぼえる。

「ん……ん」

舌の上を彼の舌によって執拗《しつよう》に舐められる。そのたびにびくびくと体が揺れた。ついていくのに必死で、リディウスがフレアの寝間着の釦を外していることになどまるで気がつかない。

舌同士が絡まり合う。粘膜同士が擦れ合い、それが腹の奥へ伝わる。

足を思わず動かしたくなるような奇妙な焦燥感が腹の内側を駆け回る。

口腔内をたっぷり愛《め》でて満足したのか、リディウスが顔を離した。蕩け切った表情を見つめられているのだと思うと恥ずかしい。

新鮮な空気を取り込もうと口を小さく開くと、その仕草が愛らしいと言わんばかりに瞳を細め親指で唇をなぞられる。

それにすら体がびくりと反応してしまい、小さな吐息と共に舌が動いてしまった。

彼の親指を舐めたと同時にその表情が僅かに動いた。恍惚《こうこつ》としたそれが目に焼きついて、今度はわざと彼の指に舌を当てる。

「――っ」

少し余裕のないリディウスに、悪戯が成功したかのような気持ちになった。

「男を煽るものじゃないよ」

「～～～～っ！」

そんな忠告と共に再び唇を塞がれて、舌の根まで丹念にまさぐられた。容赦のない愛撫に勝手に体が揺れる。呼吸すら呑み込むような激しい舌の動きだった。

同時に彼の手がフレアの胸の上に置かれる。

はだけた寝衣は隠すことなくリディウスにまろやかな双丘を晒している。

男の硬い手で触れられればたちまち中心の蕾が硬く尖った。

「んっ……」

塞がれた唇からくぐもった声が漏れる。

好きな人が触れているのだと思うと、些細な動き一つにすら翻弄されて、胸へ全神経が集中するのが分かった。

リディウスの手のひらが柔らかな胸を包み込む。彼の手の中で形を変え、蕾を指が掠めるだけでちりりとした刺激が全身を駆け抜けた。

「ああっ……あんっ……」

唇が離れた瞬間に甘ったるい声が発せられ、高い天井に吸い込まれていった。

声音を気にする余裕もなかった。先ほどまでフレアの口腔内を好きに蹂躙《じゅうりん》していた彼の舌が、今度は胸をしゃぶっているのだから。

じゅわりと乳嘴《にゅうし》を吸われ、軽く歯を当てられて。

そのたびに体の奥へと伝わる刺激にフレアは首をのけ反らせ喘いだ。

周りは皆既婚者になっていくし、仕事では恋愛ものを書いていたのだから、男女が寝台の中でどのような行為を行っているのかは、何となく知っていた。

でもこんなに、体の内側が焼けるような強い愉悦を得られるだなんて想像もつかなかった。

（わたし……この感覚……覚えて……）

この体は一度彼に抱かれている。ぼんやりとしか覚えていないフレアとは違い、体が先にリディウスとの一度目を思い出す。触れられた箇所がじわりと熱を孕む。

リディウスは飢えた狼のようにフレアの双丘に左右交互に貪りつく。

その傍ら、大きな手がフレアの足をまさぐる。衣服など邪魔だと言わんばかりにやや乱雑に取り払われて、ひんやりとした空気に思わず手を前に持ってきた。

「フレアの全てを見せて」

「……っ」

欲を孕んだ艶やかな声に懇願され、どんな声を発していいのかも分からずにじっと見上げる。

リディウスがフレアを安心させるように目を細めた。いつもの優しい眼差しに心がほころぶ。

「好きだよ、フレア。ようやくきみを私だけのものにできる」

「ん……。一番最初のは、あまり覚えていないの。できれば……優しく、して？」

「善処する」

え、そこは「もちろん」と頷いてくれるところじゃないの？　という突っ込みは頭の中で霧散してしまった。

再びリディウスに覆いかぶされ、舌で乳嘴を転がされるのと同時に、秘所へ伸びた硬い指がゆっくりとそこを上下に摩《さす》り始めたからだ。

口付けと胸の愛撫に、秘所はしっとりと蜜をにじませて指の動きを助ける。

胸から腹へリディウスが唇を移動させる。時々強く吸われて、舌で舐められる。ざらりとした感触を拾い、フレアは体を揺らした。

秘所を摩る指が奥へと進む。

腹の奥に溜まり続ける熱がますますそこを濡らし、男の指を奥へと誘う。

「あっ……ああっ……んっ」

きつく肌を吸われるのと同時に、秘所のあわいに潜ませた彼の指が奥に隠れる花芽へ到達する。

「ああ、うぅ……やっ……あっ……」

前回も同じ場所を解されたのだろうか。

体は簡単に快楽を拾い、意図せず嬌声が上がった。体が熱い。表も中も焦げるほどに高まっていく。夢うつつで抱かれたあの日のことは、どこか現実味がなかったのに。

施される愛撫によって記憶の欠片がフレアの頭の中に浮かび上がる。

今度は全部覚えておきたい。

リディウスが花芽を撫でるごとに蜜が溢れ、息が上がっていった。

呼吸すらままならない中、彼はフレアから理性を引きはがそうとでもするように何度も同じ箇所を刺激する。

フレアは追い立てられるように細い腰を震わせた。この感覚を知っている。覚えている。

「だ、だめ……あ、ああっ……あああ」

体の内側から壊されるような強い愉悦。それに頭の中を覆われる。

高みに上り詰めるフレアにとどめを刺すかのようにリディウスが花芽をきゅうっと摘まんだ。

「――――っ！」

フレアは声もなく喉を反らした。一拍遅れて「ああ――――、あああ」と喘ぎ声が漏れた。

同時に蜜がこぽこぽ零れ、リディウスの指を伝う。

上り詰めた体から緊張が抜け、敷布の上に身が沈んだ。

呼吸を整える間もなくリディウスの指が秘所の奥へ沈み込む。

隘路に割り入った指が内側の襞を擦りつける。

カリカリと引っ掻かれれば、フレアはたまらずに高い声を出した。

「ああああっ、ああっ……奥、そこぉ……」

「気持ちいい？」

熱を纏った声が耳元で聞こえた。掠める吐息にぞわりと肌が粟立《あわだ》つ。

「リディ……おか、しくなり……そう」

「喘ぐフレアは最高に可愛いよ」

もっとよく見せて。耳元で懇願される。

蜜襞をさらに引っ掻かれて、いつの間にか中に埋まった指の数が二本に増えていた。

両方をばらばらに動かされ、さらには別の指の腹で花芽を押しつぶされて。

「リディ……あああっ、両方……む、無理……」

「気持ちいいんだね。もっと欲しいってねだって」

懇願と同時に唇を塞がれる。

舌同士が絡まり、これでは何も言えない。唾液を嚥下《えんげ》することもできないほどに快楽に犯されて、フレアはリディウスがもたらす愉悦に震えるだけだ。

「ん、んんん――っ」

「フレア、とても可愛いよ」

身を起こしたリディウスがフレアの足首を掴み、小指を口に含んだ。

「ずっときみのここをしゃぶりたかったんだ。新婚旅行できみが無防備に素足を晒すものだから、欲情を抑えるのに必死だったよ」

「あんっ……そこぉ、変になっちゃ……」

小指の腹にざらりとした粘膜を感じた途端に腰が揺れた。

飴玉を転がすように丁寧に一つ一つ指を舐《ねぶ》られる。そのたびにふくらはぎと太腿に電流のような刺激が生まれ、腹へと伝う。

「ああようやく、きみの生足に触れることができる」

そう言ってリディウスがふくらはぎに吸いついた。膝の裏を舐められれば、びくびくと体が揺れた。どうして足に触れられるだけでこんなにも感じてしまうのだろう。

両足を執拗に舐められ吸われ、フレアの気付かぬうちに肌の上にたくさんの赤い花が咲く。

リディウスは今しがたつけたそれらの鬱血痕《うっけつこん》を見つめ、満足そうに目を細める。

ふくらはぎから内太腿へ口付けが移っていく。

柔肌を這《は》う感触に体の神経が刺激され、身を震わせることしかできなかった。

足のいたる所に赤い花が散らされる。

どうやら新婚旅行での振る舞いがリディウスの何かに火をつけてしまったらしい。これからは気をつけようと誓うも、もう遅いかもしれないとも思った。リディウスが実に嬉しそうにフレアの足を撫で回すから。

足のつけ根にも吸いつき赤い花を散らした彼は、そのまま秘所へ口付けた。

「あああっ！」

開いた両足の間にリディウスが顔を埋める。

舌を使い秘所の襞《ひだ》を掻き分けられれば、指よりも数倍も強い愉悦に襲われた。

「あああああ、そんなところっ……ああ、だ、だめえ、リ、リディ……」

喉をのけ反らせ必死に訴えるのに、彼は顔を埋めたままだ。

それどころか音を立てて秘所を啜《すす》る。

卑猥な音に耳まで犯されている気分になった。

体中の神経が下半身に集中する。頭の奥がじんじんと痺《しび》れている。何も考えることができず、彼からもたらされる快楽に啼くことしかできない。

「あっ……あああっ……リディ……リディ……あああっ」

きつく花芽を吸われ、頭の奥で火花が散った。

こんなにも愉悦ばかり植えつけられたらおかしくなってしまう。

切れ切れにそう訴えると、快楽の沼に落ちてしまえとでも言わんばかりに舌を動かされ、甘噛みされる。

閃光が瞬き、意識が飛びかける。それでも彼はフレアから離れない。

達したばかりの体に再び愉悦の波が襲いくる。

快楽を少しでも外に逃がしたくて両足が宙を蹴る。ピンと張りつめる足をリディウスが優しく撫でた。その指の感触にすら感じてしまう。

花に集《つど》うミツバチのようにリディウスは溢れる愛蜜を啜る。

粘膜の内側に熱い舌の存在を感じ取り、両足が意識せずに震える。全身が性感帯に変えられてしまったかのようだった。

どこに触れられても啼くことしかできない。

身をくねらせて快楽をやり過ごすことしか考えられない。

その後もたっぷりと舌で愛でられ、合間に内太腿をきつく吸い上げられ。

いつまで続くのかも分からない快楽の責め苦に意識がもうろうとしてきた頃、リディウスが起き上がった。

布ずれの音がする。フレアはそちらへ視線を向けた。

まだ頭に霞《かすみ》がかかっている。ぼんやりとした意識の中、リディウスが乱雑に衣服を脱ぎ捨てる様子を見つめた。

これから彼が自分の中に挿《はい》ってくる。本番だというのに、今のフレアは指一本動かすのも億劫《おっくう》なほど蕩け切っていた。

それでも、一切無駄のないリディウスの胸筋を目にした途端にお腹の奥がキュンと疼《うず》いた。

おそらく、女の本能が男を求めているのだ。

「痛く感じないように十分溶かしたつもりだけれど、辛《つら》かったら言ってほしい」

そんな前置きと共にリディウスが熱いものをフレアの秘所へ当てた。

初めての時は痛むと聞いているが、初回は媚薬の効果なのか、さほど痛みを感じなかったと思う。

あまり覚えていないけれど。

フレアの中では今日の交わりが初めてのようなもので。

体が強張ったのがリディウスにも伝わったのだろう。宥めるように頬に触れられ、唇に柔らかな口付けを落とされた。濃密なものとは違い、啄《ついば》むようなそれを受け止めるように小さく唇を開いた。

舌と舌の先端を擦り合わせると、体から力が抜けていった。

同時に下腹部——膣《ちつ》内に硬い異物が侵入する感覚をおぼえた。

「ん……」

多少の違和感はあった。

それでも、覚悟したほどの強烈な痛みはない。

この体はすでに彼を知っているから——。

フレアが痛がっていないことを感じ取ったのだろう、リディウスがぐっと身を寄せてきた。

体の内側が硬いもので擦られる感覚に思わず喉を反らす。

「あ……ぁ……」

中がみっちりと埋まっている気がする。

「全部、挿ったよ」

「うん」

「辛くない？　痛みは？」

フレアはゆるゆると首を振った。

「ん……ない。あなたの方が、辛そう」

ゆっくりと腕を伸ばして彼の頬に触れる。すぐに摑まれて指先を彼の唇のもとへと持っていかれた。触れるだけの口付けから指先を口の中に含まれる。

見下ろされた瞳の中に宿るのはリディウスの、雄の本能のような欲望の色。それを一心に受け、背中がぞくりとする。

今までどうして彼の隣は安心などと油断しきっていたのだろう。

(食べられなかったのが不思議だわ……)

きっと、リディウスはフレアに向けたかった下心をそれはもう巧妙に隠していたのだろう。多分気付いた途端にフレアは逃げると考えたから。

「フレア、だめだよ。もう逃がすことなんてできない」

ぼんやりと頭の中に浮かんでいたことを見透かすような言葉に、もう一度首を振る。

「大丈夫……。今のわたしは、むしろあなたに食べてもらいたいから」

「本当に……フレアは無自覚に私を煽る」

「ん……」

リディウスが困ったような顔でフレアの手首をつぅっと舐めた。

「今度は全部覚えていて」

そう言った途端にリディウスが腰を引いた。

埋められたものがなくなる感触が寂しい。そう感じた次の刹那。

ズンッと奥まで熱い熱杭を打ち込まれる。

硬いもので体の中を貫かれる。

すでに蜜をしとどに垂れ流した膣は滑らかに男の熱杭を受け入れる。

「ああっ……あん、ああ……」

全身を揺さぶられる。胎《はら》の内側から食いちぎられてしまいそう。

前戯で快楽を植え込まれた体は、あっという間にリディウスがもたらす抽挿に陥落した。

リディウスが身を引き、膣道の浅い場所で腰を回し振る。

かと思えば一気に最奥まで楔《くさび》を打ち込む。

予期せぬ動きに体がぴくぴくと痙攣《けいれん》する。

強すぎる愉悦に本能が退避を命じる。

けれどそのようなことは認めないとばかりにリディウスはフレアの腰をがっちりと掴み、抽挿を繰り返す。

「あっ……ま、また、きちゃ……」

「達して。気持ちいいって顔をするフレア、とても可愛いよ」

交わる箇所から発せられる水音が増す中、フレアは今日何度目になるか分からない絶頂を迎えた。

「中の襞が欲しいって動いている。もっと欲しい？」

「分から……っ……ああっ、ま、まだ……動いちゃ……やぁ、リディ、あああっ」

フレアでは制御できない膣の動きに煽られるようにリディウスが腰を激しく揺らす。

臀部が宙に浮く。

彼の両肩に足が乗り、上から串刺しにするようにリディウスが剛直を突き刺した。

とめどなく零れ続ける蜜が滑りを良くして、奥まで一気に貫かれた。

下半身をしっかり抱え込まれているせいで逃げられない。

「おか、しく……なっちゃ……」

与え続けられる愉悦に、彼なしでは生きていけないように頭が塗り替えられていくかのようだった。それと同時に理性が擦り切れていく。

「ああっ……んんっ、あっ……ああっ……」

「フレア、もっと啼いて。可愛い声で私を求めて」

「リディ……ああっ……」

「ここがいい？」

奥の一か所、そこに当たると一際びくりと体を揺らしてしまう。その場所をリディウスが繰り返し攻め立てる。

「そこぉ……だ、だめ……」

「ここが気持ちいいんだね？」

尖端部でごりごり擦られると、頭の奥まで攪拌《かくはん》されるように意識が飛びかける。

「そこ……されると……頭、白くなっちゃ……」

いやいやと首を振る。

「それが気持ちいいってことだよ。寝台の上でこんなにも震えて、愛らしい声を出して。ずっとずっと、きみのこういう姿を見たかった。きみはどんな声で啼くんだろうって。私がこんなことを考えていただなんて、フレアは夢にも思わなかっただろう？」

両足を肩の近くで折りたたまれる。

くちゅくちゅと水音を立てながらリディウスの剛直がフレアの中を出入りする。

「もう離さないよ。きみは未来永劫ずっと私のものだ」

強い執着を思わせる言葉がフレアの脳内を犯していく。

「ずっとずっと、私のものだ」

熱く滾《たぎ》った剛直が膣道を出入りする。

リディウスの想いを受け止めるように膣襞が収斂《しゅうれん》する。まるでそれがフレアの返事であるかのように。

「フレア、愛している」

その言葉と同時に、最奥に剛直を穿《うが》たれた。

それから速度を上げ、何度も何度も。

何度目かも分からない絶頂に追い込まれ、頭の中で閃光が爆《は》ぜた。

同時に奥に熱い飛沫を感じ取る。

動きを止めたリディウスがフレアの上に覆いかぶさり、浅い呼吸を繰り返す唇を塞ぐ。

嚥下できない唾液を舐めとられ、敷布とフレアの間に腕を挟み込まれ持ち上げられる。

下腹部は未だに繋がったまま、彼を跨《また》ぐように座らされれば、蜜襞がきゅうと蠢《うごめ》いた。

（リディウスの……また、硬くなって……）

訳も分からぬまま二回目に突入され、フレアはこのあとも散々啼かされることとなった。

結果として三度目の半ばあたりで、リディウスの腕の中で意識を失う羽目になった。

翌朝、目が覚めた時は朝どころか正午を回っていた。

後日、無事にお互いの気持ちを通わせ合ったことをイデルダに伝えると「良かったわ。晴れて本物の夫婦になったわね」と笑顔で祝ってくれた。

聞けばリディウスにフレアが家を購入するつもりだとの情報を横流ししたのはイデルダとのこと。

フレアの渾身の友達関係脱却作戦を前にヘタレさを発揮したリディウスを呼びつけ、活を入れたそうだ。

どうやらイデルダとクリーウトは随分と前からリディウスの気持ちを把握していたらしい。

まさかの事実に仰天した。

「あのねえ、フラデニアの名門公爵で、外交関連で忙しくしている男が一人の女のためにまめまめしく手紙を書くだなんて、そんなの気がなけりゃやらないに決まっているでしょう。しかも、ひどい時には週三くらいで手紙が送られてくるし。筆不精なフレアに痺れを切らして強行スケジュールでアルンレイヒにまでやってきちゃうし」

「あの時は、友情ってすごいなあ……くらいにしか」

「友情なわけないでしょう。ものすごく重たい片思いよ。それにリディウスったらあなたにさりげなく彼の瞳の色と同じ青い小物ばかり贈っていたし」

そうだっけ、と思い返してみたら季節の折々にお土産やら何やらの名目でもらっていたのは、青い装丁の帳面だったり、ペン軸だったり、青いリボンがかけられたお菓子缶だったり。

「そういえば前にアクアマリンのブローチをもらったことがあったわね」

「水色の宝石がついたブローチをしれっと贈るリディウスにも突っ込みたかったけれど、何にも気付かないフレアにどうしたらいいのか……。あの時は悩んだわ」

今明かされる裏話である。

イデルダからしてみたら、単なる囲い込みにしか見えなかったとのこと。肝心の本人が全く気付いておらず、鈍《にぶ》さもここまでくると希少な宝石並みだと感心していたとか何とか。

「フレアがリディウスのことが全く受けつけられないっていうのなら、引き離す方向で行動したのだけれど。あなたも無自覚に彼にだけ懐きまくっているし、どう見ても特別視しているのに友情の一言で片付けちゃうし？　一応背中は押したわよ？　いい加減じれったかったし」

それがあの『リディウスに恋をしてみれば』発言だったとのことだ。

結果としてフレアの恋はイデルダに随分と助けられていたのだ。

「イデルダ様、ありがとう」

「まとまるところにまとまってくれて嬉しいわ」

改めてお礼を言うと、イデルダが肩を揺らして祝福してくれた。


「リディウス、変なところを触ったら……だめ」

「変なところって？　私はただ、きみの体を洗っているだけだよ」

浴室に響くのはフレアの切羽詰まった声とリディウスの楽しそうな声。

「ただ洗っているだけなのに、フレアのここが尖《とが》ってきているね？」

「やあ……そこばかり……だめ」

浴槽の中で背後からリディウスにしっかり抱えこまれた状態で、乳嘴ばかり泡で撫で回される状況に体が否応なしに反応する。

ひくひくと体を揺らすフレアの反応を楽しむように、彼は同じ場所だけ執拗に触れてくる。

そして単なる湯あみが夫婦のいちゃいちゃに取って代わられてしまうのだ。

「フレアのここ、すごく欲しそうにしている」

などと耳元で囁かれ、結果として彼を受け入れてしまい、朝から散々に溶かされるのが最近の日常になりつつある。

どうして湯あみを一緒にすることになったのかというと、フレアがリディウスに「今までたくさん待たせてしまったから、あなたのために何かしたいの」と提案したからだ。

リディウスはフレアの気持ちが開花するまで辛抱強く待っていた。

もし彼が本気になれば、リーヒベルク公爵家からファレンスト家へ正式に結婚を申し入れることだってできた。娘を溺愛する父は反対したかもしれないけれど、公爵家として事前にあらゆる根回しを行っていれば、フレアにはリディウスに嫁ぐ選択しかなかったと思う。

けれども彼はその方法を取らなかった。

結局、媚薬によって男女の仲になり、色々あって夫婦になってしまったけれど、結婚後には強引に体を求めることもなく、フレアの気持ちが追いつくまで忍耐強く待ってくれていた。

今度はフレアが彼に返してあげたい。これまで与えてくれた分、できることをしてあげたい。

そう告げた時、リディウスは両手で顔を覆って空を仰ぎ見た。いたく感激したらしかった。

しかも「もう円周率を延々数えなくてもいいんだ……」などという謎な一文を呟いていた。

彼のリクエストは「存分にいちゃついた次の日の朝、きみを湯の中でも愛でたい」というフレアの想像の斜め上をいくもので。

明るい中で素肌を見られるのは恥ずかしくもあるが、これも彼への気持ちだ。女にも勢いと度胸は必要なのである。

そういうわけで、前日の夜に寝台の中でたっぷりと啼かされたフレアは、翌朝彼に抱きかかえられて浴室へ連れていかれ、一緒に湯に浸かり、散々喘ぐことになった。ここまでがセットである。

一回だけかと思っていたら、すでに今日で五回目だ。

世の夫婦とはこのような甘々いちゃいちゃを毎日行っているのだろうか。さすがに聞けない。恥ずかしい。

「フレア、果物なら食べられる？　桃を剝いてもらったよ」

「……食べる」

腰が砕けたフレアを膝に乗せるリディウスはとっても幸せそうだ。

口元に持ってこられた桃を食べるために小さく口を開ける。瑞々《みずみず》しい桃が喉を滑り落ちる感触に目を細めた。

「もう一切れ食べる？」

こくりと頷くとリディウスがフォークで刺した桃の欠片を運んでくる。

「これはリディウスを甘やかすのではなくて、わたしを甘やかしているだけなのでは？」

ここ数日思っていたことを告げてみる。

「私は十分にこの世の春を堪能しているよ」

「……？」

「フレアを腕の中に抱いて思う存分いちゃいちゃできる。控えめに言っても最高だ。いくら触れてもいいし、口付けもできるし、円周率を数えなくてもいいし。これがこの世の春ではなくて何だろう」

「円周率？」

「こっちの話」

先日も聞こえた単語だったため問いかけると、いい笑顔が返ってきた。

「リディウスが満足しているのなら構わないけれど」

「他に希望があるとすれば、一週間くらいぶっ通しでフレアを抱きたい」

「それは……体が持たないわ」

これ以上抱かれ続けたら寝台から起き上がれる気がしない。

「もっと違うことで何かない？　今のは奉仕されているような気になるし……」

じっと仰ぎ見ると「ああ可愛いなあ。食べてしまいたい」と言われ、そのまま唇を貪られた。

リディウスにしてみたら、こうしてふとした時にフレアと戯れられる今が最高に幸せなのだそうだ。それは自分にも当てはまるため、もう少し違う角度から彼を喜ばせたい。

そう言うと、リディウスが「そうだなあ……」と思案する。

「また歌を聴かせてくれる？」

「歌？」

「きみと二度目に会った時、イデルダ夫人に歌を聴かせていただろう。あの時のきみの歌はとてもきれいだったんだ。正直言うと、いつか私だけのために歌ってほしいと思っていた」

「あ……りがとう。恥ずかしいけれど……あなたのために歌うわ。どんな曲がいい？」

彼が提案したのは有名な古典戯曲の中で歌われるもので。女性が恋に目覚めたという内容。詩の一部は恋文に引用されたりもするほど有名だ。

「……頑張ります」

歌っているさなかに酸欠になるかもしれない。そのくらい率直に想い人への愛を表現する歌詞なのだ。

「楽しみにしているよ」

「うぅ……期待値が上がっている気がする」

再び口付けが降ってきた。

リディウスから疑う余地のない愛情を注がれて。

こんなにも幸せで大丈夫なのかな。

ふとそんなことを考えた。

それはフレアが書き上げた脚本を劇場の担当者へ納品しに行った時のことだった。

劇場の担当者は、いつもの変装姿で現れたジョセニア・ラビエを前に苦々しい顔を作った。

あまり歓迎されていない。そう直感で感じた。だがどうして。フレアは依頼を受けて新作を書き、できあがったものを持ってきたのに。

「今後ジョセニア・ラビエの脚本が使えなくなった」

劇場の担当者はため息を吐《つ》きながら言った。

「――っ！」

予期せぬ言葉に絶句した。

担当の男はばつが悪そうな雰囲気を醸し出し、こちらと目を合わせようともしない。

心臓が嫌な音を立てる。担当者の表情からこれは冗談ではなく本気の話なのだと察した。

「ど、どう……して？」

かろうじてそれだけ口から絞り出せば、担当者は理由を言うことなく首を左右に振る。

「まあ、そういうことだから。できあがった脚本も悪いけれど受け取れないんだよ」

「り、り、理由をおしえてくだ……さい」

「こっちにも事情があるんだ。帰ってくれ」

担当者は迷惑そうに言った。取りつく島のない声色にそれ以上尋ねる勇気がしぼんでしまった。

結局そのまま劇場を出てとぼとぼと帰路に就いた。

その日は何をしていても上の空で、食事も寝支度も気がつくと済んでいるような状況だった。優秀な侍女は何も尋ねてこない。使用人は主を詮索することはしないのだ。

自分でも消化できない事態を誰かに言う気にもなれなかった。

リディウスは男性だけの集まりに呼ばれているようで帰宅が遅かった。先に眠ってしまったおかげで彼に気付かれることもなかった。

翌日、今度は別の劇場に赴いてみた。担当者はフレアを迎え入れてくれたものの、歓迎されていないのだと肌で感じた。

居心地の悪い思いをしながら、次の仕事について切り出してみる。この劇場からは来季の脚本の書き下ろしを依頼されているのだ。

担当者は硬い顔のまま「悪いけれど、今後ジョセニア・ラビエは使えなくなった」と告げてきた。

昨日と同じだ。理由を尋ねても歯切れが悪く「そういう判断になったんだ」を繰り返すのみ。

現在付き合いのある劇場を回り、最後に訪れたのは新聞社主催の公募企画を開催し、フレアをデビューさせてくれた劇場だ。

新担当は困り切った顔でフレアを出迎えた。ああここもなのか。その瞬間に答えを悟ってしまい、フレアは唇を噛みしめた。

「すまないねえ。ラビエ先生とは今後仕事ができなくなって」

「そうですか」

彼もまた理由は教えてはくれないのだろう。

劇場から出たフレアは嘆息した。

ミュシャレンの劇場からジョセニア・ラビエが締め出された。

多分、何かしらの圧力がかかったのだ。複数あった仕事先全てから同じ対応をされたのだから、否が応でも理解する。

では一体誰がどのような目的で？

（ジョセニア・ラビエの経歴はわたしがローミーの身元を借りて作った仮のもの。どこにでもいる一般人……市民階級ということになっている）

何の伝手も後ろ盾もない小市民。それがフレアが作ったジョセニア・ラビエであった。

新聞社主催の企画に応募する時、本当の身元を書いたら忖度されるのではないか。そう懸念した。

親の七光りだと言われるのは嫌だった。

仕事先には一切の身元は明かしていない。それが今回、悪い方向に出てしまったようだ。

フレアは最後に出版社に向かった。

「これはラビエ先生。お願いしていた短編をお持ちいただけたのでしょうか？」

「いいえ。もうすぐ書き終わります。……今日はお尋ねしたいことがあり、訪問しました」

出迎えてくれた編集部員は先日会った時と同じく朗らかなままだった。身構えていた分、安堵した。

彼はフレアを追い出すことなく応接間に案内してくれ、コーヒーを持ってきてくれた。

婉曲《えんきょく》な表現は得意ではない。さっそく本題を切り出す。

「こちらの編集部にもジョセニア・ラビエを使うなって……そういう話が来たりしましたか？」

「……」

編集部員は沈黙のまま苦笑いを浮かべた。肯定も同じである。

彼はテーブルの上に置いたカップを手に取り啜った。

「……あるかないかで言うと、ありましたよ。随分と居丈高な物言いで。ですが劇場と出版社では、しがらみの種類も違いますし、検閲税へ思うところもありますしね」

編集部員が言う検閲税とは、新聞社や出版社が会社を設立する時に納める税金のことだ。

国王や王族への過度な批判を行わせないための規則なのだが、彼らとしては面白くないのだろう。

「まあ……今回は、ラビエ先生の味方になろうと。そういう方針になりましたので、先生の起用は継続する予定です」

「ありがとうございます」

フレアは深々と頭を下げた。

編集部員の言葉から圧力元の身元の一端が垣間見える。おそらく広告を出す資本家ではなく、権威を笠に着て命令を下すような者、要するに貴族階級なのだろう。

「これを機に本格的に小説家への転向を考えてみられては？　ラビエ先生なら十分やっていけるでしょう」

編集部員は真摯な声を出した。こちらの力になろうとしてくれているのだというその気持ちが身に染みた。

「ありがとうございます。でも……舞台が好きなんです」

小説は読むのも書くのも好きだ。

けれども、それと同じくらい、いやそれ以上に舞台の煌《きら》びやかな世界観が好きなのだ。

初めて舞台を鑑賞した時の興奮と感動を、フレアは昨日のことのように覚えている。あのときめきが大好きで夢想した。もしも、自分が書いたお話が舞台で上演されたら、と。

夢が叶って自分の作り出した世界が目の前で繰り広げられたあの瞬間。

フレアはぽろぽろと涙を零した。

「僕もラビエ先生の舞台のファンの一人です。圧力には屈しないで表現し続けてください。もちろん我が社も応援という意味で今後も執筆の依頼をします。生活に困ったら何でも相談してください」

「ありがとうございます」

編集部員の温かく現実的な励ましに涙が盛り上がる。分厚い瓶底眼鏡をつけていて良かった。

その後フレアは侍女のローミーに今回の件を伝え、どのような経緯でアルンレイヒ演劇界からジョセニア・ラビエが干されたのか調べるよう命じた。

「叔父様やお父様に知られると面倒だから、そちらの伝手は使えないのだけれど大丈夫かしら？」

と尋ねると「お任せください！」と自信たっぷりに頷いてくれた。

有能な侍女はこういう時、非常に頼もしい。

さて、そのローミーの調べによると、どこぞの貴族から「ジョセニア・ラビエを今後一切使うな」という圧力があったとのこと。

この業界、競争が激しく足の引っ張り合いも多い。そのためパトロンを求める同業者が少なからず存在する。今回は有力なパトロンを得た同業者がジョセニア・ラビエの排除を頼んだのだろう。

演劇界に限らず表現することを生業《なりわい》とする業界ではよく行われていることである。

「恐れながら、よろしいでしょうか。今回の件に対抗するのであれば、フレア様も後ろ盾を得る必要があるのではと存じます」

「……」

ローミーの言いたいことは理解できる。

何の後ろ盾もない一般市民だからこそ、ジョセニア・ラビエが狙われたのだろう。

産業構造の変化により、資本家が台頭してきた世の中とはいえ、まだ貴族階級への忖度は大きい。

フレアが一発逆転を行うには、今回妨害してきた貴族と同等、もしくはそれ以上の後ろ盾を見せつける必要がある。

「ジョセニア・ラビエは仕事先と家との往復で、基本的に業界人との付き合いはほぼないわ。そんな人が突如パトロンを得たら人々は要らぬ詮索をするのではないかしら」

後ろ盾になってもらうのであれば必然的に近しい人物に頼むことになるだろう。

「メンブラート伯爵でしたらそう不自然ではないと思います。これまでも奥様とご一緒にジョセニア・ラビエが書いた脚本の舞台に足繁《あししげ》く通っておられますし」

「叔父様かあ……。頼んだら協力してくれるとは思うけれど……。悔しいわ。結局のところ、実力よりも貴族の後ろ盾がものをいうのね……」

「フレア様……」

ファレンスト家の娘であると同時にメンブラート伯爵の姪という七光りが嫌でずっと正体を隠してきた。

それは自分の実力でキャリアを積みたかったから。フレアを使えばファレンスト家の出資を得られるのではないかとの打算の上で選ばれたくなかったから。

地道に劇作家として仕事をこなして、複数の劇場と取引ができるまでになった。出版社から原稿の依頼をもらえ、表現場所が増えた。

全部、自分の力でつかみ取ったものだった。

それが今回、あっさりとひっくり返った。どこかの貴族の横やりによって。

「創作活動に専念するためにパトロンを得る。このやり方が間違っているとは言わないわ。お母様だって駆け出しの役者たちの支援をしているもの」

「けれども、自分が目をかけた劇作家を表に出すためにライバルを潰すやり方は賛同できません」

「ローミー、ありがとう。わたしだって、そこのところには物申したいわ。ただ、今後のことについては……少し考えたいの」

今まで何の後ろ盾もなかったジョセニア・ラビエが突如後ろ盾を得てアルンレイヒ演劇界に復帰すれば、業界関係者の興味を引きつける恐れもある。そこから正体が露見するのは避けたい。

必然的にフレアが現在公爵夫人であることも報じられることになるだろう。

貴族階級の女性は、慈善活動は行うものの、商業主義とは一線を画し、自ら労働は行わないのである。保守的な考えもまだ根を張る貴族社会で目立ってしまっては、リディウスにも迷惑をかける恐れがある。

結果、理由は判明したがどう動くか悩むこととなった。


幸いというべきか、ジョセニア・ラビエとしての仕事は激減しても、フレアディーテ・レヴィ・リーヒベルクとして社交の場に出る機会が増えたことで、グチグチと思い悩む暇はなかった。

最初は緊張で口から心臓が飛び出そうだったのだが、回数を重ねることで最近では多少ましになってきた。

社交で忙しくしている中、メンブラート伯爵主催の舞踏会が近付いてきた。

『せっかくだから前日と言わずに数日前から泊まりにおいで。ただし一人で』という叔父馬鹿全開な手紙を寄越した叔父に対して『わたしはもうリディウスの妻だから、彼と一緒でないと泊まりは却下です（一部抜粋）』と返したら、叔母から返事が来た。

どうやら返事の書き方が母とそっくりだったようで、叔父は涙にくれたのだという。この夫婦、叔母の海よりも深い懐によって成り立っているなあと、しみじみ感じ入った次第である。

舞踏会当日、フレアはリディウスと共に夕刻前にメンブラート伯爵邸へ赴いた。舞踏会前の晩餐会に出席するためだ。

到着するとまずサロンに通され、食前酒と共につまみを楽しむものなのだが、親族ということもあり、フレアは他の招待客とは別の応接間に通された。リディウスを締め出すという大人げない対応をしなかったため、快く応じることにした。

叔父と叔母、それからフレアとリディウスの合計四人の席である。

時候の挨拶に始まり、近況報告と型通りの会話が進められていく。

「そろそろこの男の本性が垣間見えて結婚に嫌気がさしてきた頃だろう。フレア、少しでも嫌なことがあれば遠慮せずに我が家に戻ってきていいんだぞ」

「おかげさまでリディウスとはとっても仲良く過ごしているから、そんな心配は一切ありません」

通常運転のメンブラート伯爵にフレアはにこやかに返した。

いつまでも彼を目の敵《かたき》にしないでほしい、という意思を込めてリディウスへ体を寄せ良好な関係をアピールする。

いつもならここで悲嘆にくれるはずのメンブラート伯爵は今日に限っては一味違った。

なぜかリディウスに向けて、余裕綽々《しゃくしゃく》の表情で胸を張る。

「フレア、最近困ったことが起こっていただろう？」

「えっ……？」

実際その通りだったため、フレアは若干目を泳がせた。

「安心していいぞ、フレア。ジョセニア・ラビエを起用するなという圧力は私が叩き伏せておいた」

「ええっ。お、叔父様、いつの間に……？」

「水臭いじゃないか、フレア。困ったことがあればいつでも相談してくれればいいのに」

メンブラート伯爵がにこやかに微笑んだ。

「いや、その前に……どうしてわたしが干されているって分かったの？」

「もちろん私がフレアの、いや、ジョセニア・ラビエのファンだからだよ」

「それは……応援してくれているのは理解していたけれど」

「この人は代理人を立てて、ジョセニア・ラビエの強火《つよび》ファン活動を行っているのよ。正体がバレるといけないから、普段はちょっぴり裕福な中流階級の紳士という設定の代理人を立てて、常にジョセニア・ラビエの最新情報を収集しているの」

くすくすと笑いながら実態をバラすのは叔母である。

どのような業界もそうだが、業界人が集まるカフェやクラブというものが存在する。ミュシャレンの劇場関係者が多く出入りをする酒場や、俳優や劇作家が利用するカフェやクラブに足繁く通うファンも少なからず存在する。

メンブラート伯爵が仕立てた代理人も日々そのような場所に赴き、ミュシャレンの劇場界隈の噂話を拾い集めているのだという。仕事内容が特殊すぎて雇われた代理人に同情してしまったフレアである。

そうしていつものように噂話を集めていた代理人は、不穏な話を小耳に挟んだ。

そして即雇い主のメンブラート伯爵へ報告したのだという。

「まさかジョセニア・ラビエを締め出そうとする不届き者がいるとはな！　むかっ腹が立ったから彼女は我がメンブラート伯爵家の最推しだと演劇界に通達を出してやったというわけだ。というわけでフレア、きみは今まで通りミュシャレンで劇作家として活動できるよ。有能な叔父を持って嬉しいだろう？」

「わたしもフレアの書くお話のファンの一人だもの。だから今回のような事態は見過ごせなくって、やっちゃえってリュオンを後押ししたの。これからも新作楽しみにしているわね」

なるほど、叔母公認であったらしい。姪に甘いのは叔母も同様なのである。

「いつも応援してくれてありがとう」

メンブラート伯爵がアルンレイヒ演劇界に圧力返しを行ったおかげで、事態はあっさりと解決した。近いうちにジョセニア・ラビエ宛に連絡が行くだろうとのことだった。もしかしたらすでに仕事名義の住所に手紙が届いている可能性もある。

劇作家としての活動を続けることができるのは純粋に嬉しい。

ただ、親の七光りと言われるのが嫌で正体を隠してきたのに、知らないうちとはいえ家の力を使ってしまったことに対して複雑な心境になった。

結果としてアルンレイヒ演劇界はメンブラート伯爵家の名前にひれ伏し、今後もジョセニア・ラビエを起用すると、意見をひっくり返したのだから。

変わり身の早さに胸中でため息を吐く。

「有能な叔父を持って誇らしいだろう？」

「え、ええ」

叔父のおかげで劇作家としての寿命が延びたのは事実のため、フレアは頷いた。

するとメンブラート伯爵がリディウスに向けて勝ち誇るように胸を張る。

「どうだ、若造よ。これがフレアの熱烈なファンの実力なのだよ」

さらにはリディウスを煽るようにせせら笑う。

「叔父様……。色んなことが台無しだわ」

フレアは大人げない叔父の言動にがっくりと肩を落とした。


その日の晩、メンブラート伯爵邸から帰宅したフレアが寝支度を終え寝室へ赴くと、硬い顔のリディウスによって腕の中に閉じ込められた。

「今日のメンブラート伯爵の話のこと、改めて教えてもらえる？」

彼はずっと気になっていたのだろう。

フレアはリディウスには今回のことを何も伝えていなかった。

メンブラート伯爵から手柄を誇示される形でフレアのピンチを知り、色々と思うところがあったのだろう。多分にメンブラート伯爵の挑発とも取れる最後の台詞が響いている気もしなくもない。

「ええと……何ていうか、色々あって」

リディウスの腕の中で、事件のあらましを説明する。

それを聞いた彼は消沈したような声を出す。

「きみのピンチに気付けなかった。私もこれからはきみの強火ファン活動を行うための代理人を立てる」

「いや、あの……叔父様の真似をする必要はないのよ？」

「強火じゃなくて烈火ファンになるよ」

話の論点がずれている。ファン活動に強火も烈火も必要ない。それぞれできる範囲で応援してくれたら嬉しい。

「あまり過度に入れ込まれると、それはそれで正体がバレるかもしれないから……物陰から応援するくらいで、全然ありがたいのよ？」

「ファン活動の内容についてはともかく」

リディウスがずれた論点を元に戻した。

「何かあったら頼ってほしかった。私だってきみのためなら何だってする」

間近で真剣に見つめられる。

友達の頃から彼はいつだってフレアの味方でいてくれた。創作への協力を惜しむことはなかった。

親身になってくれる彼と今後も友人を続けたかったから、フレアは彼への相談ごとは創作のことだけにすると線を引いていた。

「あなたには昔から助けられていたわ。ヒーロー像の参考にさせてもらっていたし、外交の話や社交の時にどういう会話をしたのか、そういう話を聞けて登場人物のキャラクターに幅を持たせることができた。それはとっても役に立っているの」

フレアはゆっくりと自分の考えていたことを唇に乗せる。

「リディウスは公爵という高い身分だもの。だからこそ、あなたの身分目当てで友達になったのだと思われたくなかったし、わたしはわたしの実力で仕事の幅を広げていきたかった。だからあなたを使ってジョセニア・ラビエの名声を高めることはしないって決めていた」

「フレアの潔癖な考え方は尊いものだと思うよ。きみが私をただのリディウスとして見てくれたから、私はきみに惹かれた。けれど……今はもう夫婦になっただろう？」

「それは……そうだけど。今回の件も正直に言うと複雑だった。これまで何の後ろ盾も得ずに頑張ってきたのに……メンブラート伯爵の声で状況が簡単にひっくり返ったのだもの」

叔父の応援は嬉しかった。けれども、その心とは別に悔しくもあった。

ジョセニア・ラビエの今の実力では、圧力を覆《くつがえ》すことはできないのだという事実も突きつけられたから。

「今後は私がジョセニア・ラビエのパトロンになるよ」

「それはだめ」

即答するとリディウスが傷付いたように顔を歪《ゆが》めた。

「あなたの申し出は嬉しい。でもね……ミュシャレンに赴任してきて日の浅いあなたがジョセニア・ラビエの後援に回ると、そこからわたしの正体がバレる恐れがある。公爵夫人が仕事を持っているというのも外聞が悪いかなとも思うし。あなたに迷惑はかけたくないのよ」

人生に数ある選択肢の中でフレアは公爵家の妻になる道へ進んだ。六か月後に離婚するのではなく、この先もリディウスの隣にあり続けたいという自らの意思で婚姻の継続を選んだ。

その結果として、ある懸念が生じた。

世間では中流階級以上の女性が働くことは即ち経済的に苦しいことを意味する。宮殿に仕える名誉職などはその限りではないが、それ以外、例えば家庭教師などの職業は、生活のため背に腹は代えられない女性が行うものという認識が共有されている。

劇作家は芸術家と言えなくもないが、商業主義が蔓延《はびこ》る演劇界でこの理屈を通すのは難しいと思う。現にフレアが書いているのは芸術性を突きつめた文学作品ではなく、流行りの恋愛作品である。そしてがっつり報酬もいただいている。貴族の夫人が行う無報酬の慈善活動とは訳が違うのだ。

「フレアの考えは理解したよ」

リディウスがフレアの額に唇を寄せた。

「新しいものや流行のものに寛容な気質のフラデニアでさえ、これまで女性の大学入学は認められてこなかった。けれども、ようやく一部の学部だけという制約つきだけれど入学が認められるようになった」

「ようやくだったわね。お姉様はいち早く女性の経済学部への大学入学を認めた隣国へ留学してしまったけれど」

フレアの姉は昔から経済への関心が高く、将来は自身で商いを興すことを目標としていた。

その夢を叶えるためにフラデニアよりも商人の発言力が高い貿易大国へ旅立ったのだ。

「時代は確実に変化している。産業の発達によって、女性の社会進出はもっと加速すると思う。前時代の価値観を守り続けようとする保守層が存在するのも確かだけれど、私はきみが職業を持つことに対して反対する気持ちはないよ」

リディウスの声は穏やかそのもので、その言葉に嘘偽りがないことを伝えてくる。

「むしろ私の妻はこんなにも才能豊かなんだと自慢して回りたいくらいだ」

「もう……。いつの間にそんな夫馬鹿になってしまったの？」

「最高じゃないか」

リディウスがフレアをぎゅうっと抱きしめた。

「ありがとう。あなたがわたしの味方だっていうのはとっても心強いわ。今後どうするのか、即答はできないけれど……相手の正体のことを含めて自分の中で考えてみる」

世間に広がる価値観というものはそう易々と変化するものではないのだ。夫が絶対的な味方とはいえ、堂々と公表するにはフレアの社交界での地位はまだ不安定だ。

「次に困ったことがあったら絶対にメンブラート伯爵よりも先に私に言ってほしい。それだけ約束してくれないか」

「ん、頑張る」

結局のところ、リディウスはメンブラート伯爵のあの勝ち誇った顔が悔しいのだろう。

「愛しているよ、フレア」

きっかけはどうあれ、夫婦で話し合えて良かったのかもしれない。

「わたしも。大好きよ、リディウス」

自分一人で抱え込まずに一緒に打開策を模索する。だってフレアはもう一人ではないのだから。

リディウスに押し倒されて、そのまま唇を塞がれる。

口腔内をじっくり舐られる。

絡めた指先にぎゅっと力を入れると、彼の愛撫が深まるのを感じて、フレアは夫に身を委ねた。

†

七月初旬の公園に繁る木々は緑の色を濃くし、そこかしこに影を作っている。

緑の合間を縫うように赤や紫、橙色《だいだいいろ》といった鮮やかなドレスやパラソルが楽しげに揺れている。

午後の公園は上流階級の女性たちの重要な社交場だ。

友達同士で散策をしたり、恋人候補を誘って二人で歩いてみたり、思い思いに楽しむ。

「まあ、ご覧になって。リーヒベルク公爵夫妻だわ」

「アルンレイヒに赴任した途端にご結婚されたでしょう？　娘のお相手にどうかしらって考えていたから、あの報せにはびっくりしたけれど……。悔しいけれどお似合いねえ」

「フレアディーテ・ファレンストといえばイデルダ元第三王女殿下の話し相手をしていた頃から、その美貌が際立っていましたものね」

風に乗って聞こえてきた噂話にイザベラは思わず顔をしかめた。

見たくもないのに、つい視線が吸い寄せられてしまうのは惚れた弱みというものか。

視線の先で佇むリディウス・レヴィ・リーヒベルクは本日も文句なしに麗しく、イザベラが夢見る完璧な貴公子そのものであった。

その彼の唯一の欠陥。それが隣を陣取るどぶ川のような髪色の女。成金男爵家の娘、フレアディーテだ。

あの女がリディウスの隣に平然と佇むことが許せない。

どうしてあんな何の取り柄もない娘がリディウスの隣にいるのか。そのきっかけとなった仮面舞踏会でのことを思い出すと今でもはらわたが煮えくりかえる。

（あの媚薬でリディウス様の妻になるのはわたくしのはずだったのに！　あの女、ちゃっかりといいところを持っていった挙句にしれっとリディウス様の妻の座に収まって。しかも、このわたくしに恥までかかせたわ！　ほんっとうに許せないっ‼）

怒りから今日も今日とて侍女にこてで巻かせた髪がうねうねとうねる。

昔からイザベラはリディウスとの結婚を目標としていた。

生まれた娘が素晴らしい結婚にありつけるようにと、彼女の母はイザベラが幼い頃から貴族の娘の結婚観について、己の考えを植えつけた。

外国語や礼儀作法、古典文学、詩歌、楽器などを習うのと同時に、侯爵家の娘に相応しい相手とはどのような男性か、そしてイザベラの相手になり得る男性はフラデニアの中でも僅かしかいないのだということを言い聞かせてきた。

そう、母の言うイザベラが将来結婚すべき相手、それがリーヒベルク公爵家の嫡男、リディウスであった。

初めてリディウスをこの目で見たのは九歳の頃のこと。フラデニアのルーヴェ市内の上流階級専用の公園へ連れていかれ、母から「あの御方がリディウス様よ。とっても素敵な御方でしょう？あなたもそう思うわよね？　思うでしょう？」と何度も同意を求められた。

実際目に映るリディウス・レヴィ・リーヒベルクという青年は、少女時代のイザベラからしても十分に憧れの対象となり得る麗しさであった。

大学の夏季休暇中だという彼は、若々しい牡鹿のようなしなやかな青年であった。

曇りのない完璧な金髪にすらりとした体軀。顔はもちろん、周囲にいるどんな男性よりも格好良く、まるで物語の中の王子様のようだと思った。

母の「あなたは将来リディウス様と結婚するのよ」という言葉は、いつしかイザベラ自身の目的になった。

母が過剰なまでにリディウスにこだわるのは、その昔彼の父に懸想《けそう》したにもかかわらず結婚できなかったから。それを知ったのは、数年後のことであった。

リディウスの父である前リーヒベルク公爵が別の女性と結婚してしまったため、母は嫁《い》き遅れないために、五歳年上の凡庸だった父との結婚を決めた。

女たちにとっての結婚は、その後の人生を左右する一大事業だ。

貴族の家に生まれた男子の中でも、将来家を継げる人間はただ一人。その継嗣の妻の座を狙い、女たちは熾烈な競争を繰り広げる。

貴族の家に生まれた息子でも、継嗣とスペアでは価値が全く違う。親から財産を譲り受けて、年金や配当金で暮らしていけるほど裕福な家の息子であればまだいいが、妻となる女性が社交界で大きな顔をしたければ、やはり爵位を継ぐか否かは必須なのである。

妥協で父との結婚を決めた母は、生まれた娘に夢を託した。

つまりは己がなしえなかった、リーヒベルク公爵家との婚姻だ。

リディウスの持つ父譲りの美貌はフラデニア社交界でも群を抜いて目立っていた。

リディウスとイザベラの年の差は九歳。少し離れているが、社交デビューしてしまえば、十や二十の年の差での結婚などごくありふれた光景である。

男性は己の足場を固めるまでは結婚に二の足を踏む傾向がある。

リディウスが大学卒業後早々に誰かと婚約をしてしまえば、仕方がないと諦めただろう。

だが、彼は長い間独身を貫いた。仕事の方が楽しいらしいという噂が回ってきたし、彼の両親が息子たちへの結婚を急かす様子もなかった。
十五、十六と歳を重ねながら、イザベラはリディウスとの結婚を現実的なものとして捉えるようになった。
十七歳の年に社交デビューをすると、とにかくリディウスとの接点を持つための活動を熱心に行った。

父から彼を紹介してもらい挨拶を交わした。初めて彼の視界に自分が映った時の感動と喜びは今も忘れられない。

彼の目に留まったのだから、すぐにでも求婚してもらえるはず。だってわたくしは完璧な淑女ですもの。豪華なドレスを身に纏ったイザベラはそう夢想した。

しかし、現実は簡単ではなかった。

彼はどんな女性であっても一定の距離感をもって接するのだ。

誰一人として彼のプライベートに入り込むことはできない。それはそれで安心なのだが、彼の特別になれないまま時間だけが過ぎていった。

若さは結婚において有益な武器である。社交デビュー一年目にちやほやされたことに胡坐《あぐら》をかいていると、翌年痛い目を見ることになる。若い娘は毎年わんさか湧いて出てくるのだ。

「ああ、本当に苛つくわ。どうしてあんな子がリディウス様の隣で笑っているの？　成金娘が貴族社会に入ってくることが本当に許せない」

「ええ。イザベラ様のおっしゃる通りですわ。彼らは卑しくも商売で稼いだお金でごてごてと着飾って、お金で殿方の歓心を引いて……。わたくしたちの世界に入り込んでこないでほしいわ」

憎しみを込めた声に賛同が上がる。

アルンレイヒでのイザベラの取り巻きの少女たちだ。

リディウスを追いかけて隣国へと赴いた娘のために、母は取り巻きとなり得る娘を数人用意してくれた。もちろん貴族階級の娘だ。

失恋後即座に思考を切り替え、手ごろな相手との結婚という実利を取った母のおかげで、イザベラが生を受けたのはフラデニアでも名門の侯爵家で、国内外に幅広い交友関係を持っている。

「資本家たちが持参金の額を自慢し合うおかげでわたくしたちの結婚が遠のくというのに」

「お金で爵位を買うだなんて恥知らずもいいところだわ」

近年、貴族の結婚もずいぶんと変化した。技術革新の波に乗ることができずに没落の危機に瀕《ひん》する貴族が増える中、彼らに資金援助をする条件として己の娘を嫁がせる事例が目につくようになったのだ。

資本家たちが提示する援助の額、即ち娘につける持参金の額は途方もない。新産業で儲けた財産を餌に、貴族の縁戚の座を買うのである。

旧来の貴族の娘にしてみたら、たまったものではない。結婚とは結局のところ持参金の額によって決定するからだ。

イザベラの取り巻きたちも持参金はあまり見込めず、かといって群を抜いた美貌を持つわけでもない（そもそも自分よりも美しかったら取り巻きから外している）。

彼女たちにしてみてもフレアの存在は苛立つのだろう。女というものは共通の敵を作ると途端に一致団結するものだ。

フレアディーテ・ファレンストを徹底的に調べろと探偵に命じてみれば、面白い報告が上がってきた。なんとあの女は偽名を使って劇作家として創作活動をしているというのだ。

まずはフレアディーテのその経歴を潰してやると、取り巻きの一人の身分を借りて、適当に選んだ駆け出しの劇作家をアルンレイイヒ演劇界にごり押しした。代わりにジョセニア・ラビエに一切の仕事を与えるなともつけ加えた。

「ジョセニア・ラビエへの妨害は失敗してしまったけれど……まあいいわ。次の仕込みは順調だもの。あんな女、社交界にいられなくしてあげる。そしてリディウス様に見限られればいいんだわ」

ファレンスト家の娘は過去にアルンレイイヒの名門侯爵家の当主の後妻の座に収まり、現男爵は名門伯爵家の娘を手中に収めた。

代々やり方が汚いのだ。その血を受け継ぐフレアディーテ・ファレンストはイザベラからリディウスを横取りした。

「笑っていられるのも今のうちよ、フレアディーテ・ファレンスト」

あの女をリーヒベルク公爵夫人などと絶対に呼ぶものか。

イザベラの意地であった。

†

リディウスと一緒に社交の場に出るようになったフレアは、少しずつ公の場での振る舞いにも自信が持てるようになってきた。

隣に彼がいてくれるという安心感もあるのだろう。

またリディウスの妻になったおかげで、持参金目当ての男たちから追いかけ回されることがなくなった。つまりは舞踏会に参加しても身の危険を感じなくなったのである。これは大変に素晴らしいことだった。

夫が公爵というのも大きい。継嗣が生まれれば、その後に愛人希望の野心家男性に狙われる可能性も否定はできないけれど。それはその時になったら対策を考えることにする。

見栄えの良い従僕が「リーヒベルク公爵ご夫妻のご入場」と高らかに告げるのと同時に大広間に足を踏み入れ、楽団の奏でる音色に合わせてリディウスと最初のダンスを踊る。

今日のドレスは淡いクリーム色の絹のサテン地製。

フレアが回るたびにシャンデリアの光を反射しきらりと光沢を放つ。その様子がリディウスの金色の髪を思わせて、遅まきながら彼の意図に気付く。

「今日、あなたが用意してくれたドレスって……もしかして、あなたの髪色に、合わせている？」

「もちろん」

非常に良い笑顔で頷かれた。

「好きな女性を自分色に染めたいって考えるのは至極当然のことだと思うんだ。もちろん私も好きな女性の色で染められたいから、ずいぶんと前からきみの瞳の色に似たカフスボタンやタイピンを蒐集《しゅうしゅう》しているよ」

「そ……そうなんだ」

僅かに頬を染めて宣《のたま》う夫の台詞が乙女よりも乙女すぎて、妻であるフレアの方が恥ずかしくなる。

「フラデニアにいた時はきみが恋しすぎて、春になるときみの瞳と同じ色をしたプリムラの鉢植えを部屋に置いて愛でていたっけ」

「へえ……」

まさかの過去に若干遠くを見つめてしまった。

「新しく家を買ったら、庭にはプリムラをたくさん植えようか。プリムラ畑の中で微笑むフレア。控えめに言っても最高に可愛い」

「……好きにしてちょうだい」

多分何を言っても彼はプリムラ畑を作るのだろう。愛情表現が真っ直ぐすぎて恥ずかしいのだが、嬉しいのも事実だ。口元が知らずにむずむずする。

「でも……わたしたちはフラデニア人なのに、ミュシャレン郊外に家を買ってもいいの？」

「もちろん。妻の執筆環境を整えるのも夫の大切な役割だろう？　夫婦二人きりでのんびり庭いじりするのも楽しいと思うんだ。そう、夫婦二人で」

多分にメンブラート伯爵を意識した台詞だと思われる。

家は人生設計に合わせて都度買い替える、というのが広く共有されている価値観だ。

今はアルンレイヒに居を構えているのだし、まあいいかと思うことにする。のちに賃貸に回す手もあるし、子供が複数人生まれれば、爵位を継がない子に相続させることもできる。

「リディウスとのんびり庭づくりするの、楽しそうね。わたし、庭にベリー園を作りたいわ」

「ブルーベリータルトや木苺のジャムを作ってもらおうか」

「ヨーグルトに入れても美味しいわ。あなたの分はわたしが摘むわね」

「じゃあ可愛いフレアの分は私が摘もう」

ダンスのさなか穏やかな時間が二人を包む。

とはいえ社交の場のため、夫とばかり踊るわけにはいかない。

リディウスはこういう時、次に踊る紳士を紹介してくれる。皆年上で落ち着いた礼儀正しい人物のため、フレアは安心して踊ることができる。

独占欲を剝き出しにする発言も多いが、社交の場ではこうしてフレアが舞踏会に溶け込めるように心を砕いてくれるのだ。心遣いが大変ありがたい。

舞踏会が始まって八曲ほどが経てば、場内の空気も温まり、各々《おのおの》ダンス以外に興味を向け始める。

紳士たちは喫煙室で酒と煙草《たばこ》を片手に政治談議を始め、女性たちは別室に用意された軽食を摘まんだり、招待された芸術家の作品にうっとりした視線を向けたりする。

リーヒベルク公爵夫人となったフレアは、婦人たちの輪に加えてもらうことも増え、彼女たちとの世間話にも少しずつ慣れてきた。

娘を持つ母たちはさりげなくメンブラート伯爵の息子たち、つまりはフレアの従弟《いとこ》の様子を尋ねてきたりもする。まだ十代前半の少年である従弟二人もいずれは社交界に顔を出すことになる。

「わたくしの十歳になる娘は語学の習得に熱心ですのよ」

「わたくしの娘はピアノが得意ですの。今度のお茶会の席で二、三曲披露させようと考えていますのよ。リーヒベルク公爵夫人もぜひ聴きにいらして」

などと誘われる。

メンブラート伯爵が姪のフレアを溺愛していることはこの国では有名なのである。その姪の口から己の娘の名前がぽろりと出ることがあれば。それが褒め言葉であれば。メンブラート伯爵の覚えも良くなるのではないか。そういう打算が働いているようだ。

（あの子たちもこれから大変ね……）

男だらけの寄宿学校でわんぱくに過ごしている従弟たちに同情してしまった。

話の輪から外れて飲み物をもらおうと歩いていたフレアは、一人の招待客とすれ違いざまに体が触れ合った。

「あっ……と、ごめんなさい」

フレアと同世代くらいの娘である。

直後、何かが割れる音が聞こえた。大理石の床の上にガラスの小瓶が転がっている。香水入れだろう。液体が零れるのが見て取れた。

「いいえ。わたくしの方こそ、不注意で公爵夫人の持ち物を割ってしまって申し訳ないわ！」

ドレス姿の娘が高い声を出した。それはよく響いた。

「え……これは……」

液体からふわりと独特な甘い香りが立ち上がる。濃い匂いをまともに嗅いでしまい、思わず息を止めた。

「ああ、ここにいたのですか」

二人の会話に男性が加わった。明るい茶色の髪の二十代後半ほどの男だ。

あいにくと見覚えはない。目の前の少女の知り合いだろうか。

だが、その男は訝しむフレアへと視線を定めた。

「約束の場所で待っていたのにいらっしゃらないから迎えに来ました。ラビエ先生」

見知らぬ男性もまた、周囲に聞こえるほど声を張り上げる。

「！」

どうして彼がジョセニア・ラビエの名を、今この場で口にするのだろう。

少なくない招待客たちがさりげなく会話に聞き耳を立てる。

「次の作品作りの参考にしたいからと、あなたからお誘いくださったのではないですか！　部屋で特別な薬を試したいからと手紙をくださったのはあなたの方だったというのに！」

「なっ……にを言って……」

男がずいっとフレアに体を寄せる。

反射的に後ずさるも、知らない男性から無遠慮に距離を詰められたフレアはたちどころに硬直してしまった。

「おやぁ！　これは、私とのお楽しみで使う予定の例の薬ではないですか！」

「こ、これはさっき別の参加者が……」

フレアが視線を巡らせるも、体がぶつかった娘はすでに立ち去ってしまったようだ。

「ああ、今宵はこの媚薬でたくさん楽しむ予定でしたのに！」

「ちょっと……わた、わたしは知らないと……」

男の声は張りがあり、よく響いた。

（……周囲に聞こえるようにわざと大きな声を出している？）

そう気付いたものの、すでにこの場は目の前の男の独壇場とも言える空気ができあがっていた。

「あなた……媚薬だなんて、そんないかがわしい薬を使っているの？」

男の一人芝居のような場に、もう一人女の声が加わった。

薄茶色の髪をくるくると縦にきつく巻いた娘には見覚えがあった。以前舞踏会に参加した時、フレアに喧嘩を吹っかけてきたフラデニアの侯爵令嬢、イザベラである。

彼女は今まさに獲物の喉に鋭い牙を突き刺す肉食獣のように瞳を細めた。

「まさかその媚薬を使ってリディウス・レヴィ・リーヒベルク公爵の妻の座にまんまと収まったの？　おかしいと思ったのよ。リディウス様がアルンレイヒに駐在された途端にあなたのような何の取り柄もない娘と結婚したのだもの。でも、あなたが媚薬という卑怯な手段を使ったのなら、納得だわ」

「な……」

あまりの図々しい物言いに、フレアは開いた口をパクパクと動かすことしかできなかった。

これまで何度もリディウスに媚薬を仕掛けておいて、何たる言い草か。

だが、人間思いもよらぬ言いがかりをつけられると、咄嗟に返す言葉も浮かばないようで、驚きに硬直している間にイザベラはとどめとばかりにさらなる言葉の刃を突き刺す。

「さすが人気劇作家はやることが違うわね。ジョセニア・ラビエ先生？」

想定外の事態にフレアは頭の中が真っ白になった。

翌日のこと。朝目覚めた瞬間、フレアは頬を思い切りつねった。

痛い。ということは昨晩のあれは夢ではないのだ。ああ目覚めたくなかった。

フレアは掛布を頭からかぶって芋虫のように丸くなった。

意気消沈するフレアをどうにか脱皮させようとリディウスが猫撫で声を出す。

「フレア。フレア、起きて。朝だよ」

「……夫に迷惑をかける妻なんて、この世で最も必要のない存在よ」

フレアはぐすっと洟《はな》を啜った。

「私にはフレアがこの世で最も必要だよ。さあ、起きよう？　そうだ、今日はパンケーキを焼いてもらおうか。つけ合わせはブルーベリーにする？　それともアイスクリームを載せてもらおうか。一緒にチョコレートソースをかけるのはどうだろう？」

こんな時でもリディウスの声はとろとろに甘い。チョコレートソースよりも甘いと思う。

「こんな……役立たずな妻に優しい声をかけないで……」

「役立たずではないよ。フレアは存在しているだけで尊い存在だよ」

「リディウスったら……わたしを甘やかしすぎよ。あんな……あんな失態をしてしまったのに」

ぐすんともう一度洟を啜ったフレアは掛布を頭から少しだけ引き下げた。

「あんなの失態のうちに入らないよ」

「だって……その場で毅然とやり合うべきだったのに……言葉が何も出てこなかったのよ」

そのことが悔しかった。今まさに自分の評判を地に落とされているというのに、場の空気に呑まれて反論の言葉が何一つ出てこなかったのだ。

昨晩のあれはイザベラが仕組んだ茶番だと直感が告げていた。

彼女は協力者を使ってフレアがさも媚薬の常習者であるかのように周囲へ見せつけた。夫がいるにもかかわらず、愛人と媚薬を使って大人の愉《たの》しみに興じるような女なのだと吹聴したのだ。

絶妙なタイミングで現れてのあの台詞である。

嵌《は》められたと思った。

だが、そう悟った時にはすでに場の空気はできあがっていた。

社交界という所は恐ろしいのだ。ちょっとそれらしい空気と証拠を示してきっかけさえ作れば、あとは人々が勝手に噂を伝達して回る。招待客は目新しいスキャンダルに飛びつき、さらなる尾ひれをつけて広めていくだろう。

「大丈夫。まだ逆転の機会はある」

「だって、わたしは淫乱女のレッテルを貼られたのよ？　リーヒベルク公爵家の評判まで貶《おとし》められたわ。こうなってしまった以上、りこ――」

離婚されるのも仕方がない、と言おうとしたフレアの唇がリディウスの唇によって塞がれた。

性急な舌の動きに呼吸を整える暇もない。舌の奥を擦られ、吐息ごと呑み込まれる。一方的に舌を絡められ、強く啜られる。

その後も舌裏や頬の内側を散々舐められる。寝台の上に倒れた状態のため逃げ場がない。その上リディウスはフレアの頭に手を添えて、動きを制限する。

必然的に彼にたっぷりと口腔内を蹂躙されることとなった。

リディウスがフレアから離れたのは唇を塞がれて五分は経過していた頃のことだった。

「……落ち着いた？」

「……っ……さ、酸欠で、頭がくらくら……する」

「言っておくけれど、私は今後の人生で何が起ころうともフレアを手放すつもりはないよ」

青い双眸にじっと見下ろされる。感情が読めずに、僅かにたじろいだ。

「きみはもう私のものなんだ」

「ん……ものかどうかはともかく……リディウスの妻っていう認識はしている」

少々訂正すると、リディウスが微苦笑を浮かべて「たまにきみの世界を私だけで染めたくなってしまうよ」と渇望するような声色で呟いた。

たくさん想われているのだな、と感じるのと同時に、彼から離れるような態度を見せると彼の言動は危うくなる傾向にあることが分かった。

「わたしだって、あなたとずっと夫婦でいたいわ。リディウスのこと、大好きなのよ」

「良かった」

リディウスがホッと息を吐き出した。

「では、形勢逆転といこうじゃないか」

「え……。こんなひどい状況で逆転なんてできる？」

「もちろん」

リディウスがにこやかに笑った。非常にいい笑顔である。

不思議だ。目覚めた当初はこの世の終わりのように暗かった心が、彼の力強い言葉のおかげで浮上するのだから。

一人じゃないのはすごい。

大好きな人が絶対的な味方でいてくれることで、ここから一気に逆転できるような気がしてきた。

フレアに向けて力強く形勢逆転を宣言したリディウスはさっそく動き始めたようで、随時進捗を教えてくれる。

数日後の夕食後、二人きりの席のことである。

「きみが使用予定だったという触れ込みの媚薬は、最近フラデニアやアルンレイヒで密かに出回っている、非合法すれすれのもののようだ」

「非合法？　普通の媚薬とは違うの？」

「その媚薬は、数回使ううちに常習性を持つようになるらしくて、警察も問題視をしているようだ。けれど貴族への捜査は遅々として進まないことがある。今回はさっさと片付けてしまいたいからね。フラデニアの副大使として私が全面協力することにした。もともとバシュレー侯爵家の娘は私に何度も媚薬を飲ませようとしてきたのだから、叩けば埃《ほこり》がたくさん出る身だろう。単身アルンレイヒまでやってきているのは都合が良かった。侯爵へ情報が伝わるには時間を要するから、横やりを入れられる心配がない」

「あの子、そんなに怪しい代物をリディウスに飲ませようとしていたの？」

フレアは眉をひそめた。

「あの娘が私に対して同じ媚薬を仕込もうとしていたのかまでは分からない。けれども、もしそうだとしたら、実際に一度口にしてしまったきみは被害者だ」

「……ま、まあ……あのあと特に媚薬が欲しくなるような衝動に駆られたり……ってことはないけれど」

「あの娘の罪状が増えたね」

リディウスが剣呑《けんのん》な光を瞳に宿す。

「それはそうと、フレアの方は変わりはない？」

「ええ、まあ。イデルダ様からお茶会に招かれたから出席しようとは思っているけれど。それくらいかしら。締め切りが近いから基本的には引きこもって執筆に励んでいるわ」

「イデルダ夫人がいる場でフレアを悪し様に言う人間はいないだろう。大丈夫、普段のきみを知っている人たちは、変な噂に惑わされたりしないよ」

「うん。イデルダ様もそういう考えでわたしのためにお茶会を開いてくれるのだと思う」

舞踏会会場から漏れ伝わったのか、それともイザベラが積極的に喧伝したのか、やはりというか新聞に面白おかしく書かれてしまい、ジョセニア・ラビエの正体も広く認知されてしまった。

せっかく育てたジョセニア・ラビエの肖像がたった一晩の失態で瓦解してしまった。

ミュシャレンでそれなりに人気の劇作家であったジョセニア・ラビエの正体が、メンブラート伯爵の姪、フラデニアの大富豪ファレンスト男爵の娘で、しかもリーヒベルク公爵の妻であるフレアディーテであるというのは相当に反響があったようだ。

大きな記事として出回り、案の定というか七光という単語も使われていた。

怖いもの見たさというか、自分のことをどう書かれてあるのか気になってしまい、いくつかの新聞を取り寄せさせたのだ。

「従僕に言って屋敷の周辺を見張らせてはいるけれどね。独占記事が欲しいと意気込む新聞記者は時に大胆な行動を起こすことがあるから」

「はあ……。こういうことじゃなくて、脚本を書いた舞台の評価で追われたいわ」

具体的に言うと、その年の最も素晴らしい作品に贈られる賞を受賞したとか、そういう類で。

「きみは素晴らしい劇作家だ。結果はおのずとついてくるよ」

「ありがとう、リディウス」

いつだって彼はフレアの良き理解者でいてくれる。

「それでね、イザベラへの形勢逆転の件だけれど、わたしは具体的に何をしたらいい？」

「妻に売られた喧嘩は夫が買うものだと相場は決まっているものだよ」

「妻への喧嘩は妻が買うものでは……？」

「まさか。妻への喧嘩は夫への宣戦布告も同じだ。だからフレア、よおく見ていてほしい。メンブラート伯爵でもファレンスト男爵でもなく、夫である私が世界で一番頼りになるところを」

「……あなた、まだ叔父様のあれを根に持っているわね？」

うすら寒い笑みを浮かべるリディウスに、フレアはつい突っ込みを入れてしまった。

どうやらリディウスは頼りになるところとやらをしっかり見ていてほしいようだ。

確かに非常に頼もしいのだが。

「でも、あなたの背中に隠れっぱなしなのは違う気がするのよ」

「フレアにはフレアにしかできないことがあるだろう？」

自己主張をしたフレアに対してリディウスが小さく首を傾げた。

「わたしにしかできないこと？」

「ああ。私は対外的な処理が得意だ。一方のフレアは創作活動が得意で、今現在締め切りを抱えている。今書いている作品の完成度を高めること。これがきみにできる闘いの手段だと思うんだ」

「それは……確かに」

好き勝手書かれた新聞記事を思い起こしたフレアは、夫の台詞に深く頷いた。

「お互いに得意分野で頑張ろう」

「ありがとう、リディウス。わたし、やる気が湧いてきたわ」

傷つけられたジョセニア・ラビエの名誉は作品で挽回《ばんかい》するしかないのだ。

いつまでも沈んではいられない。リディウスがフレアのために一肌脱いでくれているのだから、こちらも執筆に全力を尽くさなければ。

そう奮起して机に向かうこととなった。

現実問題、公爵家の妻が捜査に首を突っ込むわけにもいかない。

リディウスの提案通り、フレアは全力で締め切りと向き合うことにした。

今書いているのは今年の冬頃に上演される予定の脚本だ。

例の新担当から「色気がない」と言われ、最初はどうしたものかと迷路に嵌まってしまったけれど、頭の中でもう一度順序立てて組み立て、ペンにインクを浸して書き始めてみたら、するすると筆が進むのである。

(不思議。リディウスと恋愛をしたから?)

彼に恋をして色々な感情を心に宿した。

いい意味で一皮剝けたのかもしれない。

結果として、筆が乗っているうちに書いてしまえと日々机に向かっている。

そのさなか、仕事先から励ましの手紙が多く届いた。それからファンレターも。

おそらく担当者が励みになるようなものを選別してくれたのだろうが、多くが作品を愛しているという趣旨のもので、胸に抱きしめて喜びを嚙みしめることとなった。

ジョセニア・ラビエの強火ファンを公言するメンブラート伯爵からは、直ちにフレアを窮地に追いやった人物を地獄へ叩き落としてやるという過激な連絡をいただいたのだが、この件についてはリディウスに委託をしているため手出しは不要と丁重にお願いをしておいた。

でないと、またリディウスが根に持ってしまう。宥めるのはフレアなのである。

イデルダもたくさん心配してくれて、料理番自慢のお菓子を持参して励ましに来てくれた。

「わたしも徹底的に戦うわって意気込んだらクリーウトから、リディウスの仕事を取り上げたらだめだよって言われてしまったの」

改めてたくさんの人々に可愛がってもらっていたのだな、と身に染みた。

彼らの温かな励ましに応えるためにも、これからも最高の作品を世に送り出したい。

そうして目の前の原稿に全力を注いでいたある日、大きな報せが舞い込んできた。

†

侍女に爪を磨かせながらイザベラは悦に入っていた。

「ああ、なんて気分がいいのかしら。目障りな女が社交界から消え去ってくれて晴れ晴れしいわ」

鼻歌を口ずさむほどに上機嫌なのは、もちろん憎き成金男爵家の娘フレアディーテの評判を完膚なきまでに叩きのめしてやったから。

ジョセニア・ラビエへの圧力は失敗に終わってしまったが、今回は上手くいった。

アルンレイヒで得た取り巻きの一人から、某男爵家の三男を紹介してもらい、仲間に引き入れたのが功を奏したのだ。

彼にはフレアディーテの愛人役を演じてもらった。あの舞踏会の場で、招待客たちは二人が以前から秘密の関係を有していたのだと認識しただろう。

貴族社会は評判がものをいう。醜聞さえ広めてしまえば、あとは周りが勝手に面白おかしくはやし立てる。そうなれば身の破滅だ。

リディウスだって今度こそ見限るはず。結婚後六か月の縛りがなくなればすぐにでもあの女は公爵家を追い出されるだろう。その後はあなたの出番だ。フレアディーテをもらい受ければいい。

この誘い文句で男爵家の三男はイザベラの計画に加わった。ファレンスト家の財産に魅力を感じてのことだ。

(きっとリディウス様だって間違いで結婚したあの女と離婚したかったに違いないもの。今回の働きに感激して、わたくしの魅力を再発見するに違いないわ)

そうすれば来年には結婚式を挙げることができるだろう。

本当は十代のうちに結婚してしまいたかったが、あのリディウス・レヴィ・リーヒベルクの妻になれるのだったら多少の計算違いには目を瞑ろう。

フラデニアにいた頃、イザベラを取り巻くことでおこぼれに与《あずか》ろうとしていた貴族の娘たちは、売れ残らないためにそこそこのお相手と妥協して結婚していった。

それなのに結婚して妻になった途端に妙な自信をつけて、話の端々に優越感を乗せるようになった。

そして示し合わせたようにこう言うのだ。

「ああ、イザベラ様にはまだ分からない話題でしたわね」と。

侯爵夫人である母は、いつまで経ってもリディウスをものにしない娘に対して呆れの色を隠さなくなった。

「わたくしの娘のくせに、意中の男性一人その気にさせることができないだなんて恥ずかしい」

情けない。何のためにお金をかけて教育してきたのだか。そう吐き捨てられた時、イザベラの中で何かが切れた。

自分はその父であるエヴァイス・レヴィ・リーヒベルクと結婚できなかったくせに！

わたくしはお母様とは違うわ。絶対にリディウス様をものにしてみせる。そう誓ったイザベラは、直接的な手段に打って出ることにした。

つまりは彼に媚薬を盛り、既成事実を作るよう仕向けることにしたのだ。結局それは失敗したが、最終的にリディウスと結婚できるのだから良しとしよう。

「お嬢様、お手紙が届いております」

別の侍女が銀の盆を持ち入室してきた。

「誰から？」

「リディウス・レヴィ・リーヒベルク公爵でございます」

「まあ！　何ですって。それを早く言いなさいよ。あなた、爪のお手入れはもういいわ。封筒を切ったら出ていって」

ピッとペーパーナイフを滑らせて封を開けた侍女に、イザベラは机の上を目線で示した。

一人きりになり、弾む心で封筒の中から紙を取り出した。

飾りけのないカードである。けれども紙は上質だ。こういうところが優秀なリディウスらしいではないか。

なんと、リディウスから会いたいとのお誘いであった。近日中で都合のつく時にフラデニア大使館で会おうと。

「ああ、なんて素晴らしいのかしら。最初のデートが大使館なのはちょっといただけないけれど、こういうところも浮いた話一つないリディウス様らしいのかもしれないわね。ふふふ、二回目のデートの時は公園かサロンか、どちらに連れていってもらおうかしら」

さっそく返事をしたためたイザベラは、侍女に超特急でリディウスのもとへ届けるように命じた。

こうしてはいられない。全身のお手入れに勤しまなければ。

イザベラは侍女たちに命じて髪の毛から足の爪の先までそれはもう丹念に磨かせた。

そうして迎えた翌日、嬉々としてフラデニア大使館へ赴いた。

身に纏うのは今季仕立てた淡い薔薇色のドレス。

大使館員に案内され控えの間から応接室へ。しばらく待っているとリディウスが入室する。

曇りのない漆黒のフロックコートを洒脱に着こなす彼に目が釘付けになる。

ああ、今日もとっても麗しい。陽の光を絹糸に写し取ったかのような艶やかな金髪も、宝石よりも澄んだ美しい青色の瞳も、左右対称にほぼ近い美貌の顔立ちも、何もかも！

そのリディウスと室内で二人きり。否が応でも心臓の鼓動が速まる。

「今日は出向いてくれたことに感謝するよ。コーヒーは苦手？　紅茶の方がいいかな？」

「お気遣いありがとうございます。コーヒーをいただきますわ」

本当はクリームがたっぷり載ったコーヒーが好みなのだが、大人っぽい自分を演出するため何も入れずに口をつける。

「ちょうど私の知り合いが大使館を訪れていてね。紹介したいんだ」

リディウスの声と同時に、部屋の隅に控えていた大使館員が扉を開けた。普段から興味のない人間はいないも同然に扱うため、今の今まで気付かなかった。

隣室に控えていたのだろう、間を置かずに入室したリディウスの知り合いとやらを目にしたイザベラは眉をひそめることとなった。

登場したのは三十代後半という風情のくたびれた男二人。一応それなりの見てくれを意識したのだろうが、リディウスよりも材質の劣るフロックコートに、磨かれてはいるものの明らかに履き古したと分かる革靴。二人の男の出身階級も知れるというものだ。

「紹介しよう。彼らはミュシャレン警察に籍を置く者たちだ」

リディウスが爽やかな声で、警部と警部補だと続けて紹介をしていたが、右の耳から左の耳へと抜けてしまった。

この場に全く似つかわしくない者の登場に、数秒気が遠くなりかけたが、侯爵家の娘としての意地で何とか踏み止まり、笑顔を作った。

「まあ、リディウス様には面白いお友達がいらっしゃるのね」

「彼らは最近フラデニアとアルンレイヒ両国で出回っている、ある薬について捜査を行っているんだ。そして私がフラデニア側の代表として彼らに協力をしている関係で、今日はバシュレー嬢に足を運んでもらった」

全く予想もしていなかった内容に頭がついていかない。

今日はリディウスと将来の話をするはずだったのに。何で警察だの捜査だの、そのような話の流れになっているのだ。

「そ、そのような話は……一言も」

「会いたいと書いた手紙に即座に返事をくれたじゃないか。協力してくれて嬉しいよ」

リディウスがにこりと微笑んだ。

†

まったく、おめでたいご令嬢である。見せかけの笑顔をイザベラに向けるリディウスは、しかし頭の中では辛辣《しんらつ》に評していた。

愛おしいフレアを侮辱した娘には社交界から退場してもらおう。

そのために己の名前を餌にしてイザベラに手紙を書いたのだ。釣り餌としての効果は抜群であった。リディウスとしてはフレア以外の女性に好意を持たれても迷惑以外の何ものでもないのだが。

「その薬を売りさばいていた奴らから押収した顧客名簿の上位に記載されていた名前を辿った先にいたのが、イザベラ・マレ・バシュレー嬢、きみだ。ミュシャレン警察の警部殿はきみから詳しい聞き取り調査をしたいそうなんだ。協力してくれるね？」

「わたくしは何も知りませんわっ！　まずは証拠。そうよ、証拠を見せていただきたいですわ」

イザベラが金切り声を上げた。

リディウスは胸ポケットから紙きれを取り出した。

ミュシャレン警察の警部を呼んだのはリディウス側の事情である。非合法すれすれの媚薬の製造と流通に関わっていた者たちはすでに拘束され、事情聴取が進められている。

その裏付けとして顧客から聞き取り調査を行うにしても、普通に考えればあとあと面倒になりそうな隣国の侯爵家の娘をわざわざ指名などしない。

しかしリディウスの最終目的はフレアの名誉回復である。それから彼女を侮辱したイザベラに落とし前をつけさせること。そのためには、彼女から色々と証言を得る必要がある。

リディウスは獲物を捕らえるかのように目を眇《すが》めた。

「この顧客名簿に記載されている女性の名前は偽名だが、受け取り人がバシュレー侯爵家の使用人であることは調べがついている。フラデニアとアルンレイヒ両国の薬の流通組織は横で繋がっている。きみがフラデニアで紹介を受けて、アルンレイヒでも同じ薬を買い求めたことも把握しているんだ」

「こ、こんなの……っ、我が家の使用人がお楽しみで使うために勝手に買ったに決まっていますわ」

「使用人が勝手に買ったのに、きみは薬の効用を知っているかのような話し方をするんだね」

「っ……」

イザベラの言葉尻を捉えて追い込む。

これまで彼女は、リディウスが社交界で見せる外面の好い部分しか目にしたことがなかった。仕事で見せるような厳しい表情と口調に戸惑っているのがありありと分かったが、遠慮してやる必要などない。

「そういえばきみは最近アルンレイヒのとある男爵家の三男と懇意にしているようだとの証言を得ているが」

「違いますわ！　わたくしがあんな男を相手にするはずありませんわっ」

媚薬の使用相手かと示唆されたとも取れるリディウスの話し方に、イザベラが顔を真っ赤にして叫んだ。

「男爵家の三男については、色々と埃が出てきてね。詐欺の容疑で現在取り調べの真っ最中だ」

「そ、そうですの……」

イザベラの目が泳ぎ始める。

彼まで拘束されたと分かって、内心冷や汗を掻いているのだろう。素行調査をしてみたら面白いほどに小悪党であった。男爵家の名を笠に着て、立場の弱い者に対してやりたい放題。さすがはイザベラの人選だと感心した。もちろん皮肉である。

「彼は面白いことを言っていたよ。バシュレー侯爵家の娘の言う通りにすれば、フレアディーテ・ファレンストは現在の嫁入り先から離縁されて追い出されるだろうって。バツがついたフレアディーテを嫁にすれば、ファレンスト家からたんまりと持参金をつけてもらえるだろうから協力することにしたと」

全くもって不愉快な話である。

「その男にはこう宣言しておいた。私は未来永劫何があってもフレアを手放す気はないって」

「おかしいですわ！　あなたは間違いであの女と結婚したはずなのに！　あんな家の娘に義理立てなどしなくていいのです！」

なるほど、彼女の中ではそういうことになっているようだ。そしてそのことを許せないという気持ちが怒りの原動力となってフレアを侮辱したのだろう。

「どうしてきみは、私とフレアの結婚が間違いだと、そう決めつける？」

「だって、あの日あの媚薬でリディウス様はわたくしと結ばれるはずだったのです！　それなのに、あの娘がわたくしから全てを横取りして――」

イザベラは怒りからか、途中でぎゅうっとこぶしを握り締める。

「仮面舞踏会の日、私に飲ませようと、きみは意図して酒に媚薬を入れた。そう言いたい？」

「皆を見返すためにはなりふり構っていられなかったわ！　媚薬であなたが手に入るなら安いものよ。だって、もうすぐわたくしは二十になってしまうもの！」

イザベラの言い分はリディウスにとって迷惑以外の何ものでもない。彼女が欲しいのはリーヒベルク公爵夫人という肩書だ。もしくはこの見てくれに惹かれたのか。どちらにせよリディウスの中にはイザベラを妻にするという選択肢は存在しなかった。

「あの女が美味しいところを全部持っていったせいでわたくしは遠回りをする羽目になったのに……。リディウス様の隣で笑みを浮かべるあの女……憎々しいったらなかったわ」

フレアへの醜い感情をさらけ出す彼女に辟易《へきえき》してきた。

色々と証言も取れたし、もう十分だ。

「私はね、この件でバシュレー侯爵家を告訴する用意がある。きみは私にこれまで何度も薬を盛ろうとしていた。仮に私が媚薬を飲んでも、きみのような娘に欲情するはずもないだろう？　私の想い人は世界でただ一人、フレアディーテ・ファレンストなんだ」

「だって、リディウス様には女性の影なんて今まで全く……」

「大事な宝物は隠すに決まっているだろう？　社交界での私を見て知ったふりをしないでほしい。フレアとはプライベートでずっと親交を深めてきたんだ。そして彼女に求婚するために副大使としてミュシャレンに赴任した。媚薬のせいで結婚などという話ではない。私はフレア以外と結婚するつもりはなかったのだから」

言われた事実を消化しきれないのか、イザベラはリディウスを見つめたまま何の言葉も浮かばないようであった。

「きみは私の最愛の妻フレアを侮辱した。代償は支払ってもらうよ」

最後に突きつけた言葉が彼女の中の何かに触れたのだろう。

イザベラが「いやぁぁぁ！」と叫んだ。

それには取り合わずにリディウスは部屋から退出した。あとはミュシャレン警察の二人と大使館職員の領分である。

フレアに「叔父様よりも頼りになる」と褒めてもらうため、あと少し頑張ろうではないか。

大使館でいくつかの案件を片付けて帰宅したリディウスは、侍女にフレアの様子を尋ねた。

この数日、筆が乗っているようで今日も食べる暇を惜しむほど机にかじりついていたのだそうだ。

絶好調なのは喜ばしいが、健康には気を使ってほしい。

それから夫のことも思い出してほしい。

締め切り近くは夫婦のイチャイチャはお預けだと宣言されてしまい、少々、いやかなり寂しい。

「旦那様、奥様が寝落ちしてしまいましたのでお運びいただけますでしょうか」

夜も更けてきた頃合いに侍女のローミーから救援依頼が入った。

昔からたまにこういう事態が起こっていたそうで、メンブラート伯爵邸では、叔父である伯爵自らがフレアを寝台まで運んでいたそうだ。

そんなことを知ってしまえば、対抗意識がめらめらと湧き起こる。

これからその役目は絶対に私のものだと、使用人たちに言い聞かせた次第だ。

「フレア、入るよ」

仕事部屋に入室すると、確かに書きもの机の上でフレアが突っ伏していた。

リディウスが抱え上げても起きる気配がない。

「あらあらフレア様ったら、また乾ききっていないインクの上で寝落ちされましたわね」

「本当だ。ローミー、これは落ちるのかい？」

フレアのおでこには黒い点や線がついている。よほど眠たかったのか、書き終えて気が緩んだのか、どちらかだろう。

「もちろんですわ。このような事態にも慣れていますので」

長年フレアについて秘書役もこなしてきた侍女の返事は頼もしい。

「まずフレアを寝台へ運ぶよ」

歩きながらリディウスはフレアの寝顔を見つめる。安心しきって、すうすうと寝息を立てる姿が非常に可愛い。うっすら開いた唇から白い歯が見える。思わずかぶりつきたくなるのを我慢すると、フレアが「う……ん」と吐息を漏らしてリディウスの胸に頬を擦りつけた。

「！」

寝ぼけたフレアが愛らしすぎて全身の血が逆流しそうになる。

「リディ……」

しかも名前まで呼ばれた。

閨《ねや》で切羽詰まった時だけ、フレアはリディウスのことを「リディ」と呼ぶようになった。普段から呼んでくれて構わないのにと思うが、情事のさなかだけというのも特別感があって良いのではないかとも考えている。

フレアの柔らかな肢体から伝わる体温に、胸の鼓動が激しくなった。

結婚前もあとも、フレアはリディウスを無自覚に煽る天才だ。眠っているフレアに色々と悪戯を仕掛けたくなる衝動を必死でやり過ごす。

ロー三ーは寝台に寝かせたフレアの額についているインクを丁寧に落としたのち出ていった。

リディウスが寝台に入ると、その気配に気付いたのかフレアがうっすら目を開けた。

「……リディ……？」

「起こしてしまった？」

「んー……原こぉ……できた……の……。りき、さ……く……」

書ききったことを報告したかったのか、寝ぼけまなこでそれだけ言って再び、くうくうと寝息を立て始める。

「頑張ったね、フレア。こっちも色々と片が付いたよ」

頭を撫でるとフレアが「ふふ」と、唇から笑みともため息ともとれない息を漏らした。

それからきゅうっとリディウスに抱き着いてくる。

これを無意識にやってのけるのだから罪作りだ。

むにゅっと柔らかなものが押しつけられる感覚に男の部分が反応する。

もう何度も味わった柔らかな肢体がすぐ側にあるのだ。

「う……」

まずい、とうめき声が口から漏れ出る。

ああ今すぐにフレアに襲いかかりたい。

しかし、だ。一仕事終えてお疲れのフレアを起こして襲いかかるなど、どこの野獣だ。

「リディ……す、き……」

「！」

（3．14159265358979323846264338327950２――）

抱き枕よろしく抱きつかれたリディウスは、すっかりお馴染みになった円周率を本日も数えて煩《ぼん》悩《のう》をやり過ごすのだった。

「原稿が書き終わったあああ！」という安心で寝落ちした翌日、朝寝坊をしたフレアはとっても驚いた。

なんと、リディウスが捜査協力をして押収できたという媚薬の顧客名簿を新聞社が入手したようで、名のある貴族が複数掲載されていたのだ。その中にはあの、イザベラ・マレ・バシュレー侯爵令嬢の名前もあった。

市民は貴族のゴシップ記事が大好きだ。世間は瞬く間に、媚薬を使用していたという上流階級の話題一色になった。

いつの時代もスキャンダルとは、市民の娯楽のネタなのである。

となると、他の新聞社も追随するように記事を書き始める。購買意欲を駆り立てようと、掲載された使用者たちの人となりなどの追加記事が出回り始めた。

イザベラについては、社交界で自分よりも身分の低い娘を標的にいじめを行ったり、言うことを聞かせようとしたりという傲慢な性格の一端を示すようなエピソードまで書かれていた。

さらには、別の詐欺事件で逮捕された某男爵家の三男と共謀し、リーヒベルク公爵夫人を陥れる計画が明らかになったとも報じられたおかげで、フレアへは同情が集まることとなった。

（これ、リディウスが関わっているのかしら……？）

聞いたら笑顔で肯定が返ってきそうだ。

さて、一躍時の人（？）となったイザベラはというと。

南の隣国の領土である孤島の修道院へ預けられることに決まった。

かの国は大陸の西南端に位置する大きな領土を治めており、西端海と呼ばれる大洋に船で二日ほどの場所にある島も領有している。今でこそ蒸気船で二日で行けるものの、その昔は帆船で六日ほどかかっていたような辺鄙《へんぴ》な場所で、これといって特産もないため、この島を治める領主は収入源を得ようと一計を案じた。

女子修道院を設立し、大陸から訳あり女性を募ったのだ。身分が高い家ほど、さまざまな事情を抱えている。定期的な寄付と引き換えに家で持て余した女性の引き受け手になったのである。

そのような謂れの修道院は、現在でも上流階級から寄付を募り、世間から隠したい女性の受け入れを行っている。

当初、バシュレー侯爵は、隣国でスキャンダルに巻き込まれた娘をどうしてフラデニア大使館は守らなかったのか、あのような記事を差し止めなかったのかと烈火のごとく怒り、ミュシャレンに乗り込んできた。

だが、リディウスから「イザベラ嬢から複数回にわたり媚薬を盛られた件と合わせて、妻への侮辱行為について告訴する準備ができている」と言われ、態度を翻した。

何しろ当のイザベラ本人がミュシャレン警察の警部が同席する中で、身勝手な理由のためにリディウスに薬を盛ったことを認めてしまっていた。当人が飲んでいないとはいえ、同意も得ずに薬を飲ませようとしたのだ。

バシュレー侯爵は、遅くにできた娘を可愛がっていた。しかしそれは、あくまでもバシュレー侯爵家の家名に泥を塗らないことが前提条件。

告訴などされたらたまったものではない。世間はさらにイザベラへ好奇の目を向け、バシュレー侯爵家の評判は地に落ちるだろう。

どうにか穏便に済ませてほしいと懇願した侯爵に対して、リディウスは交換条件を提示した。

それは、イザベラが今後一生涯フラデニア・アルンレイヒ両国の領土内に足を踏み入れないこと、そしていかなる国の社交界にも姿を見せないこと、これに違反した場合は多額の違約金を支払ってもらうことだった。

スキャンダルによる風評を最小限に食い止めたいバシュレー侯爵は、リディウスの求めに応じイザベラを孤島の修道院に閉じ込めることに決めた。

実質的な国外追放も同じであった。

おそらくリディウスは最初からこれが目的だったのだろう。現実的な落としどころを提示し、早急に彼女を国外へ出すことを求めた。

リディウスにばかりいい恰好はさせられないと、メンブラート伯爵とファレンスト男爵もバシュレー侯爵家に対してきっちりと抗議を行ったようで、侯爵からは長い謝罪文をいただいたフレアである。

『どうか、どうかお父上とリーヒベルク公爵、そしてメンブラート伯爵によろしく頼む（一部抜粋）』と書かれてあり、「ねえ、どういう方法でバシュレー侯爵を追い詰めたのよ」と三人に尋ねたものの、全員からは「何もしていないよ」との返事しか来なかった。

多分これは聞いてはいけない類のものだ。瞬時に悟ったフレアである。

ただし、イザベラの処遇については同情はしない。

彼女は身勝手な嫉妬心でフレアがこれまで大事に守ってきたジョセニア・ラビエ像を壊そうとし、さらにはリーヒベルク公爵夫人を侮辱したのだから。

そのような感想を晩餐の席でイデルダに漏らしたら、「さすがのフレアもそこまでお人好しではなくて安心したわ」と返ってきた。

ようやく日常が戻ってきて、今日はイデルダたち夫妻を招いての夕食会だ。

心配をかけたため、事後報告も兼ねての会である。

本日のメインである子羊肉をオーブンで焼いたものを赤ぶどう酒で流し込み、口を開く。

「最初に悪意をぶつけてきたのはイザベラの方だもの」

「そういえば、そのイザベラをリディウスと結婚するよう扇動していたバシュレー侯爵夫人もフラデニアから追い出され……ゴホン。療養に向かうと聞いたけれど」

「そうみたい。どうやらイザベラが執拗にリディウスにこだわるのは、物心ついた頃からずっと母親である侯爵夫人から、将来は彼のような男性と結婚しなければいけないって刷り込まれてきたことも原因みたいなの」

「なにそれ、怖い」

「今回のイザベラの処遇に不満たらたらな夫人がさらなる喧嘩を吹っかけてきたところで、バシュレー侯爵がようやく妻の本性に気がついたようだよ。それで家名を守るために彼女とも距離を置こうと南の地へ療養に送ることにしたそうだ」

フレアから引き継ぐようにリディウスが語った。

しかもバシュレー侯爵夫人は、二人いる息子の嫁たちをいびっていたそうで、息子たちも父の味方についたのだという。

その話を聞いて、なるほど母娘《おやこ》だと思ってしまった次第だ。

「バシュレー侯爵が話の分かる人物だったおかげで、交渉ごとが長引かずに済んだよ」

リディウスが爽やかな笑みを浮かべた。

「うわあ……。その笑顔が恐いわ」

と引いた顔を作ってみせたイデルダは少々不満そうな声を出す。

「リディウスったらわたしの出る幕が全くないくらい、こてんぱんにバシュレー侯爵家をやっつけちゃうんだもん。わたしもフレアのために一肌脱ぎたかったわ」

「妻への喧嘩は夫が買うものだと相場が決まっているからね」

「それについては同意見だね」

クリーウトが即座に言った。そして男同士視線を絡めて笑顔で頷き合う。

そんな二人をイデルダが呆れたように横目に見る。

「まったく、過保護なんだから」

「今回イデルダ様が普段通りに接してくれたから助かった部分もたくさんあったわ」

一度は醜聞に晒されたフレアではあるが、イデルダが公然と「わたしはこれまで通りフレアディーテ・レヴィ・リーヒベルク公爵夫人とお友達よ」と宣言してくれたおかげで、大半の貴族たちが静観に回ってくれた。

その後もお茶会や晩餐会にフレアを誘ってくれ、何ら変わりなく話しかけてくれたから、フレアも変に気負わずにミュシャレンの社交界に出ていくことができた。

女性だけの社交の場で浮くことがなかったのは、イデルダがいてくれたおかげだ。

「イデルダ様、改めてたくさんありがとう」

「あなたはわたしの大事な親友だもの。当たり前でしょう」

イデルダがふわりと笑った。


春から夏の社交シーズンもあっという間に過ぎ去り、季節は初冬。

貴族たちは領地に帰る頃合いだが、領地を持たない新興富裕層や宮殿勤めの官僚や軍人など、王都には多くの人々が留まる。

彼らを目当てに劇場は通年で公演を行い、新聞各社はこれからの季節に封切される新作の予告広告の掲載と出演者たちへのインタビュー記事で人々の関心を引き寄せる。

フレアの新作ももう間もなく封切されるのだが、一人の歌劇好きとしては、同時期の公演も気になるところ。さっそく複数の新聞を買い込み、どの作品から観て回ろうかとスケジュール調整に余念がない。

ちなみにこれ、現実逃避の一環も兼ねている。

自分が担当した作品のことがふとした時に頭をよぎり、そのたびに胃が痛くなるからだ。

いつも公演初日前には緊張するのだが、正体がバレて以降の新作ということもあって、今回は過去一で心配やら不安やらに襲われている。

「うぅ……胃がキリキリする……」

「大丈夫。フレアが書いた力作なんだから、絶対に大成功するに決まっているだろう？」

公演初日が近付くにつれて浮かない顔をするフレアを励ますリディウスというのが最近のリーヒベルク公爵邸での日常風景だ。

「だって……ジョセニア・ラビエがフレアディーテ・レヴィ・リーヒベルク公爵夫人であることは皆にバレているのよ？　新聞にも公爵夫人の新作封切！　って書かれているし。これで面白くないって酷評ばかりされたら……プレッシャーで胃が……無理、口から出る」

「新担当にも色気バッチリって言われた力作じゃないか」

「わたしにはその色気の部分がさっぱり分からないのよ」

新担当に第一稿を提出したのち、「おおお～、ラビエ先生、こういうのを待っていたんですよ」とホクホク顔で言われた。確かに恋愛描写には気を使ったが、そう方向性を変えたわけでもなかった。ただ、自分が恋愛をしてみたことで感情の動きの書き方に少々変化があったくらい。

色気を重視して書いたわけでもないのに、新担当は「今作は色気バッチリですねえ～。いやあ、最高でしたよ！　一皮剝けましたね！」と大絶賛。正直、今でもピンとこない。

彼は全ての恋愛表現を『色気』という単語の中に込める性質なのかもしれないと思うことにした。

正体が露見した当初こそ盛大に戸惑っていたフレアの仕事相手たちは、しかしフレアが変わらずジョセニア・ラビエの格好で現れ続けるために、次第にいつもの態度へ落ち着いていった。

これからも地味でちょっぴり流行から外れた外出着と、瓶底眼鏡と三つ編みスタイルを守っていく所存だ。

第一稿は新担当や演出家、監督のチェックを経て、いくつかの場面を書き直したのち稽古に入り、あっという間に封切間近と相成り、今に至っている。

「フレアの書く話は面白いから自信を持って。そうそう、母上も今度妹と一緒にミュシャレンに観劇しに来るって言っていたよ」

「いやぁぁ！　プレッシャーをかけないで」

義理の家族の観覧など一番知りたくない情報だ。

「私も一ファンとして楽しみにしているよ。もちろん公演切符もたくさん買った。メンブラート伯爵には負けないよ」

「変なところで張り合わなくていいのよ？」

「私はジョセニア・ラビエの烈火ファンだからね」

心臓を押さえて丸まるフレアをリディウスが覆い包んだ。

さて、そのように若干情緒不安定で臨んだ新作の上演初日。

結果としては大成功を収めた。

ヒロインの切ない恋心が観客の共感を呼んだ今作、観賞したイデルダやメンブラート伯爵夫人からは「涙が零れてきてハンカチがびっしょびょしょになったわ」とか「恋する心って、時に思い通りにいかなくて……好きな人の一挙手一投足に翻弄されてしまうのよね」などという感想をいただいた。

女性客の圧倒的支持を得て、各新聞の論評では、『ハンカチ二枚は必要な感動もの』や『絶対に泣ける純愛』などの副題がつけられた。

となれば領地に帰っていた貴族の女性たちも、列車に乗りミュシャレンに駆けつけるというもので。

公演観賞後にこの感動をぜひ劇作家本人に伝えたいと、フレアのもとにはお茶会への招待状がたくさん舞い込むことになった。

公爵夫人であるフレアを気兼ねなく誘える家となると限られるものだが、メンブラート伯爵家やイグレシア公爵家と懇意にしていたりすると、そちら経由でも誘いが届いたりする。

新作は女性客を中心に複数回劇場に通うファンで連日満員御礼。公爵夫人でもあるジョセニア・ラビエへの取材は敷居が高いが、役を演じる女優や俳優たちにならば、と取材が殺到したおかげで彼らへの注目度も高まった。

年末には早々にロングラン公演が決定し、劇場のオーナーはホクホク顔であった。

そんな思わぬ大反響を得てもやっぱりピンとこない。

リディウスと恋愛したことで恋心を創作に落とし込んだのは確かだ。でも別に実体験を書いたわけではない。

それでも、リディウスへの恋心を自覚したフレアはたくさんの気持ちを知った。彼の気を引こうとして失敗したこともあった。失恋したと思い込み、逃げに走ったりもした。

きっとそういう経験がフレアの中に蓄積され、創作へと昇華したのだろう。

もちろん大絶賛の裏には『合わなかった』や『対象者を限定しすぎている』などという感想もあった。

批判があるということは、それだけ大勢の人々が劇場に足を運んだという証《あかし》でもあった。

そして嬉しいこともあった。

年の瀬間近のある日の晩、フレアはリディウスと暖炉の前で寛ぎながら、今日届いた仕事の依頼を話した。

「実はフラデニアの劇場から、うちでも書いてみませんかって依頼の手紙をもらったの」

「へえ、すごいじゃないか」

「だから年が明けたら一度ルーヴェに行ってこようと思って」

「メンブラート伯爵領経由で？」

「そうねえ。叔父様に顔を見せないと拗ねてしまいそうだわ」

年末年始の休暇を領地で過ごすメンブラート伯爵からフレアたちも招待されたのだが、その時は今年は夫婦水入らずで過ごすからまたの機会にと返事をしたためた。

そうしたら泣きの手紙が届いた。ついでに父からも。

「伯爵家の領地経由だと長々と引き留められそうだよね。それはルーヴェも同じか。いっそのこと、私も何か仕事を作ってルーヴェに向かおうか。全日程合わせるのは無理だけど……」

などとリディウスがぶつくさと言い始めた。

「お父様のところには今お姉様が里帰りしているから大丈夫よ」

何はともあれ平穏な休暇を迎えることができて良かった。

「正体がバラされて、どうなることかと思ったけれど……公爵夫人が手に職を持つことで、誰でも気軽に職業婦人を目指せる世の中になればいいなあって、そう思うようになったのよ」

「私はフレアのことを誇りに思っているし、応援しているよ」

フレアはリディウスにそっと体を寄せた。

自分が劇作家として堂々と過ごしていれば、夢を追いかけたい女性たちの後押しになるのではないか。そう考えるようになった。

もちろんリディウスを支えたいとも思っている。

公爵夫人として立ち回ってこそ、否定的な意見を撥《は》ねのけることができる。

こういう前向きな気持ちになれたのも、リディウスがいつもフレアを肯定してくれて、好きなようにやらせてくれるからだ。

それに彼は友達期間だった頃と同じように、今もフレアの創作活動に協力してくれる。

リディウスがミュシャレン警察と連携して仕事をしていたことを知ったフレアが色々と質問をすれば、彼は答えられる範囲で教えてくれた。

フレアが一番最初に尋ねたことといえば「刑事ってやっぱり張り込み中はパンと牛乳瓶が必須なのかしら？」という多分に探偵小説に影響をされたものであったが。

「ねえリディウス、いつもの感謝を込めて、あなたにお礼をしたいのだけれど、何かしてほしいことはある？」

前回歌を歌ってほしいと言われて、それは二か月ほど前に完遂した。熱心に耳を傾けるリディウスの前で歌うのはとっても恥ずかしかったけれど、彼が喜んでくれたから良しとする。

彼はしばし黙り込んだのち、ゆっくりと口を開く。

「……じゃあ……一つお願いがある」

「なあに？」

「以前フレアは私に男友達との仲を進展させる方法を実践してくれただろう」

「…………え、ええ」

若干黒歴史である。思えばなかなかに暴走したなあとフレアは心中で遠い目をした。

「あの時、私はフレアの色仕掛けに耐え忍ぶことに精一杯で、よくよく堪能することができなかった」

「た、堪能？」

「正直、とっても心残りだ。せっかくフレアが私のために色仕掛けをしてくれたのに。あの時は頭の中で円周率と素数と歴代の国王陛下の名前を唱えることで、きみに襲いかかりたいのを我慢しまくっていた」

「へ、へえ……」

力説されたフレアの口から出たのは生返事。気持ちは嬉しいのだが……嬉しいのだが。そこまで残念がるほどのものだっただろうか。謎である。

リディウスがフレアの手をぎゅっと握る。

「あの時と同じように、私に色仕掛けをしてほしい」

「！」

フレアは思わず目を泳がせた。

すぐ隣から期待に満ちた気配が漂ってくる。

正直とっても恥ずかしい。あの時のあれば、リディウスに女性として意識してもらいたい一心で行った苦肉の策であった。つまりは勢いがあったからできたわけで。いや、勢いも何も多大に酒の力を借りたけれど。

（いつもリディウスにはたくさん甘やかしてもらっていて、わたしはそのお礼をしたいのだもの。彼がそう言うなら……頑張るしかない？　今日は夕食の時にグラスで一杯だけどお酒飲んだから完全な素面ではない……。多分いける。よし、いける！　わたしはできる子。できる子なのよ！）

という結論に至った。

それなりに酒が入っている証でもある。

「今日はあなたへのお礼だもの。不肖フレアディーテ、男友達との仲を進展させる方法を再実践します」

と宣誓をしてすぐに「あっ」と小道具の存在を失念していたことに思い至る。

「そうだわ。お水を入れた香水入れを用意しないと」

「水？」

「ええと、瞳をうるうるさせる秘密道具なのだけれど……」

リディウスに告げた時点で秘密ではなくなってしまったが。

「ああ、そういえばあの時フレアは泣いていたね。突然涙を流すからびっくりしたよ」

「泣いてなんかいないわ。ちょっと瞳がうるうるしすぎただけよ」

「そういうことにしておくよ」

拗ねた声を出すと、リディウスが笑いをこらえるかのごとく肩を揺らした。

「小道具はいらないから、さっそく私を悩殺してほしい」

「な、難易度が上がった気がするのだけれど」

などという軽口を続けているおかげでちっとも艶めいた空気にならない。

フレアは気分を変えるべく一度深呼吸をした。

会話の持っていき方をどうしようかと考えるも、二人は現在本物の夫婦なのだから、色っぽく寝台に誘えばいいのではと思い至る。

「リディウス……」

ぴたりと寄り添い、夫を見上げる。

これから彼を寝台に誘うのかと思うと頬に熱が集まり、心臓の鼓動もドキドキと高鳴り始める。

フレアはリディウスの手を取った。

そしてそれを自分の胸へと押し当てる。前回とは違い今回はちゃんと加減をしたため咳き込むことはなかった。

フレアよりも大きな手のひらが胸を包み込む。

互いに寝間着の上からガウンを羽織るだけの姿のため、昼間よりも纏う布の数は少ない。手のひらから伝わる温もりに体の芯が切なく戦慄いた。

「わたしの胸の鼓動、聞こえる？」

彼の手の上に自分のそれを重ねたまま問いかけたフレアは、ちょっぴり首を傾げた。

「……リディウス、どうしたの？」

なぜなら彼は感極まった様相で片方の拳をぐっと握りしめていたからだ。

「パン百個はいける……」

「お腹空いているの？」

こてりと首を傾ける角度を深めた。

「いいや。こっちの話。それで、次はどうしてくれるんだったっけ？」

「期待されると……やりにくいのだけれど」

先を促すリディウスの背後には喜色の光がさんさんと輝いているようにも見える。

まあ、喜んでくれているのなら、と深くは考えずに次の動作へと移る。

「わたしが、こういうことをするのはリディウスだけ……なの」

以前アリアンヌがしてくれたように彼の手を唇の前へと持ってきてそっと口付ける。

次は一番の難関、太腿を撫で回すアレである。

フレアはきゅうっとリディウスにしがみつき、細い指を彼の膝の上に置いた。今回で二回目。まだ慣れぬ手付きでゆっくりと彼の膝から腿にかけて撫でていく。

彼の腿の上を辿る感触に、妙な心地になってきた。自分よりも太くて硬い腿は男性的で、否が応でも男女のあれやこれやを思い出す。

すでにリディウスの体を知った身だ。彼からもたらされる熱と快楽を知る女の本能がゆらりと立ち上がる。

どうやら女性にも異性が欲しいという欲求が存在するらしい。触れて気持ちが高まるのはリディウスだけ。彼以外では考えられない。

高まる気持ちを抑えながら、最後の台詞を口にする。

「リディ……そろそろ、寝台へ……行こ？」

最後までやり切った。

「……どう？　ちゃんと悩殺できたかしら？」

「最高だった」

感動しきりな表情で言われた。ここは悩殺するところで感動させる要素など何一つなかったのだが。

「フレアが私を誘ってくれる光景が可愛すぎて心臓が止まるかと思った。どうして世の中には映像を記録できる装置がまだないのだろう」

「研究は行われているみたいだけれど」

確かファレンスト家でもどこかの研究所に出資を行っていたはずだ。

それはさておき、二度目の男友達との仲を進展させる方法実践編は一応成功だったようだ。

艶っぽい空気にはならなかったが、リディウスが感激してくれたので良しとする。ただ、アリアンヌの時のような色気むんむんな様子を再現できなかったのは無念だ。

(もっと大人の色気ってやつを研究した方がいいのかしら)

友達関係が長かった分、結局すぐに砕けた空気に落ち着いてしまう。

などと考えているフレアをリディウスが抱き上げ、膝の上に乗せた。

「フレアが可愛く誘惑してくれたから、今日は存分に仲良くしよう」

リディウスの端整な顔が近付いてきて、柔らかなものが唇に押しつけられる。

フレアはうっすら口を開いた。もう何度も行ったから自然と彼を受け入れてしまうのだ。

すぐにリディウスの肉厚な舌がぬるりと口腔内に入り込む。舌に絡め取られ、粘膜が擦れる感触に体の力が抜けていく。

「ふぅ……んっ……ん」

甘ったるい声が息と同時に漏れる。リディウスは唇を離したりくっつけたりしながらフレアの舌の浅い箇所を何度も撫でた。

そうされると受けた刺激が体の奥から背中へと伝わり、ぞくぞくと震えが走る。

促されるように舌を前に出せば、リディウスのそれに絡め取られ、余計にびくびくと背中が跳ねた。

「うっ……ふぅ……ああっ……」

膝の上で抱きかかえられていては逃げ場などない。

その上舌戯に翻弄されながら胸を揉みほぐされてはたまったものではない。

コルセットもつけていないため、彼の手先は器用に乳嘴を刺激する。指の腹で軽く押されたり撫でられたりしただけであっという間にぷくりと勃《た》ち上がってしまう。

ぴんと尖ったそれをリディウスが指先で弾いた。

唇はまだ塞がれているため、喉を反らし震えるしかない。

「ん……んん」

こちらを忘れないで、と言わんばかりに舌の奥を絡め取られる。

布越しに触れられているため、得られるものは少し物足りなくて。

直接触れてほしい。布越しでは嫌。そのような本能が胸の奥に湧き起こる。

リディウスは焦らすように乳嘴の外側を指で辿る。緩慢な感覚にじわりと涙が浮かんだ。

「フレア、物足りないって顔をしているよ」

唇を離したリディウスが唾液を舌で舐めとる。妖しく光る青い瞳に晒されて、体の芯がぞくりとした。瞳の奥に宿る野性的な光に、フレアの中の女性の部分が反応したからだ。

「ここも、すっかり熱くなっているようだ」

胸から足のつけ根へ彼の手が移動する。

そこはすでに蜜を零し始めていて、男を受け入れる準備を整えつつあった。

「胸とここ、どちらを先に慰めてほしい？」

フレアははくはくと唇を動かした。

どちらにも欲しい。待たされるほど疼いて仕方がなくなるから。

ただ、まだ自分の口から言うには恥ずかしくて。

「両方に欲しいって顔だね」

「……」

図星を指されて余計に頬に熱が集まった。

リディウスがフレアの寝間着の裾を持ち上げる。素肌が彼の前にさらけ出される。空気の冷たさに震えたが、それよりも彼に胸を見られていることに体が熱くなった。

「フレア、少しの間持っていて」

言う通りにすると、リディウスが身をかがめフレアの胸にしゃぶりついた。

「ああっ」

指よりも舌で触れられる方がより肌が敏感に反応する。

彼は同時にドロワーズの中に手を滑り込ませ、蜜襞を上下に優しく撫で始める。

フレアは気付かないうちに足を開いていた。

彼の膝の上に閉じ込められながら二か所を攻め立てられ、生まれる快楽に没入する。

リディウスの舌が乳輪の上を辿る。

飴玉のように硬くなった乳首にカリッと歯を立てられる。

舌先で乳首を押されて、ちゅうっと強く吸われて。

もたらされる愛撫が快楽へと置き換わり、啜り泣きにも似た高い声だけが口から滑り落ちる。

「ああっ……んん……あ、ああっ……」

啼くたびに体の芯が熱くなり、蜜道の奥から愛蜜が湧き起こる。

それがリディウスの指の滑りを良くして、さらなる快楽を得ようと奥へと誘う。

花びらの奥に隠された芽を押しつぶされるのと同時に乳嘴をカリッと甘噛みされる。

頭の奥で火花が散って、びくびくと大きく体を揺らした。

二つの乳房を交互に慰められて、花芽を何度も押しつぶされて、フレアはひっきりなしに嬌声を上げる。

もうこのままおかしくなってしまうのではないか。

そのくらい強い悦楽を植え込まれているのに、本能が訴えるのだ。まだ足りないと。満たされていないのだと。

リディウスが胸から顔を離し、再びフレアの唇を塞いだ。

秘所への愛撫は変わらずに続けられていて、蜜道へ硬い指が埋まる感触に喉が震える。

蜜襞が蠢き男の指を絡め取る。

ある一点を擦られたフレアは思わず腰を浮かした。

リディウスには中の弱い箇所をすでに知られている。そこを指の腹で擦られるたびにフレアの体はびくびくと反応を示すのだ。

埋まる複数本の指がバラバラと動く。

「フレア、腰が揺れているよ」

「だ、だって……」

指では奥まで届かない。物足りない。もっと奥へ来てほしい。欲求が知らずに行動に現れてしまうのもいつものこと。

「可愛いな。きみが乱れる姿を見ることができるのは、世界でただ一人、私だけなんだ」

リディウスが欲情しきった声で独占欲を丸出しにする。

彼の艶やかな声も視線も、全部がフレアのもの。そう思い至れば、自分の中に存在する彼を独り占めにしたいという気持ちが蜜道へ伝わって、彼の指を絞めつける。

「今日はこのままきみが上になってくれる？」

「ええ」

フレアの下着を剝ぎ取ったリディウスが下衣を寛げた。すでに大きく膨れ上がった彼の半身が姿を現す。

びくびくと痙攣するそれはグロテスクにも見えるのに、これから得られる快感を想像してか、秘所がひくりと蠢いた。

フレアは腰を浮かせてそびえ立つ剛直をそっと持ち、ゆっくりと体重を落とす。

隘路の入口を切っ先が掠める。

「ん……」

それだけで悦楽の欠片を体が拾い上げ、吐息が漏れ出てしまう。

ずぷりと全てを呑み込んだ隘路がリディウスの形に馴染んでいく。

奥までみっちり埋まっているのが分かった。

「あ……ぁ、リディ……の」

「私のものを全部呑み込んで気持ちいいって陶然とするフレアが可愛すぎてたまらない」

「ん……奥、震えて……」

硬い屹立《きつりつ》が痙攣するのを敏感に感じ取って、それだけで蜜道がきゅうきゅうと切なく戦慄いた。

「フレア、きみから口付けて」

請われるままにリディウスの唇を塞ぐ。

下腹部を圧迫する屹立の脈動に翻弄されて口付けに集中できない。

フレアは舌を動かし、リディウスにいつもしてもらっているように彼の口腔内を優しく撫でた。

口付けに集中しようとするとリディウスがフレアの臀部に手をやり上下に揺らし始める。

「ん、んん……」

みちみちと内部を圧迫されて擦られて。

硬い熱杭が奥を穿つたびに頭の芯まで響くような愉悦に襲われる。

ああ何も考えられなくなる。

この快楽だけを追い求めたい。

舌を使うこともおろそかになって、合わせた唇の端からどちらのものともいえない唾液が零れ落ちる。

一度呼吸を整えたくて唇を離そうとすると、後頭部に手が回されて固定される。

「んんん～～！」

口腔内の主導権を奪還されて、剛直が突き上げるのと同時に舌の奥をぎゅっと擦られた。

同時に与えられる愉悦を前に、震えることしかできない。

くたりと力を抜かしたフレアをリディウスが何度も突き上げた。

ぐんっと奥まで貫かれ、目の前に火花が散る。

密着した隙間から愛液が零れ落ち、喉を反らし喘ぐしかないフレアを、リディウスは執拗に攻め立てた。

「ああ、もう……きちゃ……」

子宮口まで届くほど奥を繰り返し叩かれて、その回数だけ体の中に愉悦の花びらが積もっていた。

もうすぐ溢れてしまう。頭の中が焼き切れてしまいそう。

「フレア、私の目の前で達して」

リディウスがフレアの臀部を持ち上げ、上下に激しく動かし始めた。

「あああ、あっ……ああ、きちゃ……あああっ！」

最後はあっという間に高みへと上った。

息も絶え絶えになったフレアを宥めるようにリディウスが頬や目じりに口付けて、さらに唇を柔らかく食む。

「そろそろ寝台に行こうか」

まだ繋がったまま、くたりと力を抜かしたフレアをリディウスが寝台の上へと運んだ。

仰向けにされて両足を左右へ開かれたフレアは、まだ終わりではないことをぼんやりする頭で理解する。

埋まったままのリディウスの半身の大きさはほぼ変わっていない。

むしろこれからが本番だとでも言うようにリディウスが腰を引き、一気に貫いた。

達したばかりの体が浮いた。

休むことなく与えられる愉悦の塊を前に、ただただ喘ぎ体を揺らしてやり過ごすしかない。

それでも体の方は素直にリディウスを求めていて、蜜襞はもっととねだるかの如く収斂する。

「フレア、締めつけすぎ……だ」

「や……加減、できな……い」

リディウスが前後に動くたびに水音が耳に届く。

卑猥なそれは何度も何度も耳を犯す。

「もっと気持ち良くなって」

「あっ……これ以上は……だ、だめ」

何をするのか悟ったフレアはいやいやと首を左右に振った。

今日はまだ、中で一番感じる場所を擦られていない。

足首を持ったリディウスがフレアの足を折りたたむ。自分の肩の横辺りに膝が来て、真上から膣道を真っ直ぐに突き刺される。

奥に亀頭がごりごりと当たる。弱い箇所を集中的に何度も刺激されて、喉を反らし啼きながら「もぉ……無理……」と訴える。

その直後に追い立てられるように達した。

びくびくと体が痙攣する間も同じように攻められて。

感覚もないままにもう一度達した。

同じことを繰り返され、フレアはリディウスに組み敷かれて嬌声を上げるだけの存在になる。

愉悦が理性を凌駕《りょうが》する。もう彼から与えられる快楽以外に何も考えられない。

「フレア、フレア」

リディウスが何度も名前を呼ぶ。

「リディ……お、奥、気持ち……いい」

「たくさん……気持ち良くなって。フレア」

ぎしぎしと寝台が揺れる。

真上から激しく突かれて、意識が飛びつつある。それでもリディウスにもっと求められたいという欲求が湧いて出る。

それは彼のことが大好きだから。この行為が単なる快楽のためだけじゃなくて、互いを必要としているという想いを分かち合うためだから。

今この瞬間、世界にはフレアとリディウスの二人きり。そう互いに認識したい。

互いの息遣いがさらに荒くなった。

高みに昇るのなら二人同時に。

視線で訴えると、リディウスが口元を緩めた。

大きく中を貫かれた直後、二人は同時に達した。すぐ横に体を傾けたリディウスの胸元に引き寄せられたフレアはぴたりと寄り添いながら呟いた。

「リディ……愛している」

その声が届いたのかどうか。背中に回るリディウスの腕の力がぐっと強まったようにも思えたのだが、そろそろ限界でフレアは夢の中に旅立った。

「私も、きみを愛しているよ」

その囁きは夢なのか現実なのか分からない。

耳に届く声の優しさにフレアはふにゃりと頬を緩めた。

外の明るさに釣られるようにフレアは目覚めた。冬の日の出は遅いというのにカーテンの隙間の

向こうに垣間見える様子に朝寝坊をしたのだと欠伸《あくび》混じりに思った。

こちらをぎゅうっと抱きしめる夫はまだ夢の中の模様だ。金の髪が閉じられた瞳にかかっている。

もぞもぞと体を動かして夫の腕の中から這い出たフレアは、その寝顔を見つめる。

前にも一度こうして彼の寝顔を見つめたことがあった。

あれは仮面舞踏会に出席して媚薬入りカクテルを飲んで彼と一夜を明かしてしまった翌朝のことだった。

「ふふ。相変わらずとびきりの美貌よねえ……」

思えばあれから色々なことがあったなあ、と美しい寝顔を前に感じ入る。

「あなたの寝顔を見ることができるのはわたしだけの特権であってほしいわ」

なんてことを呟いてみた。

自分も案外独占欲が強いのかもしれない。

ふふっと微笑み、そっとリディウスの瞼の上に口付けを落とす。

リディウスが目覚めたのはもうあと少し後のことで。

覚醒した途端に彼は極上の笑みと共にフレアをぎゅっと抱きしめるのだ。

「朝からフレアが横にいる……最高だ」

「もう。まだ寝ぼけているの？」

「フレアが口付けてくれたら覚醒できるかもしれない」

先ほど眠る彼にそっと触れたのは内緒のこと。

「おはよう、リディウス。世界で一番大好き」

フレアはリディウスの唇に自分のそれを重ねたのだった。

半年後に円満離婚のはずが、なぜだか溺愛されています

著者　月宮アリス
イラストレーター　芦原モカ

2024年9月5日　初版発行

発行人　藤居幸嗣

発行所　株式会社 J パブリッシング
〒102-0073　東京都千代田区九段北3-2-5 5F
TEL 03-3288-7907　FAX 03-3288-7880

製版所　株式会社サンシン企画

印刷所　中央精版印刷株式会社

ISBN:978-4-86669-701-7
Printed in JAPAN